COLLECTION FOLIO

Franz Kafka

La muraille de Chine

et autres récits

Traduit de l'allemand
par Jean Carrive
et Alexandre Vialatte

Gallimard

Franz Kafka, né à Prague le 3 juillet 1883 d'une famille juive, a fait ses études au Lycée allemand de Prague de 1893 à 1901, puis à l'Université allemande où, en 1904, il a connu Max Brod qui allait devenir son plus fidèle ami et l'éditeur de ses œuvres posthumes. En 1907 il entre dans une compagnie d'assurances « Assicurazioni Generali » et en 1908 dans une compagnie d'assurances contre les accidents du travail qui était une entreprise semi-nationalisée. Son expérience professionnelle jouera un rôle capital dans la vision du monde social que son œuvre reflète avec la plus extrême précision.

Quatre amours ont marqué sa vie : en 1912 il rencontre Félice Bauer avec qui il se fiance deux fois et rompt définitivement en 1917, année où sa tuberculose pulmonaire est diagnostiquée. En 1919 il se fiance avec Julie Wohryzek et rompt en partie à cause de l'influence de son père hostile à ce mariage et en partie à cause de ses relations avec Milena Jesenska, écrivain tchèque de talent, avec laquelle il échange une admirable correspondance d'amour. À la fin de 1920 son état de santé s'aggrave et dès lors il va de maison de santé en maison de santé sans jamais se faire soigner dans un sanatorium. En 1923, au cours de vacances au bord de la Baltique, il fait la connaissance de Dora Dymant, s'installe avec elle à Berlin. Là, la misère due à l'inflation et un terrible hiver sans charbon hâtent l'évolution de sa maladie. Atteint de laryngite tuberculeuse, il est transporté après deux séjours dans des hôpitaux de Vienne au sanatorium de Kierling où il meurt le 3 juin 1924 après une atroce agonie.

Le présent recueil est composé de différents textes de fiction. D'abord, Description d'un combat, *seule œuvre posthume complète qui date de 1902-1903 ou de 1907. C'est, sous une forme juvénile, très expressionniste, un étrange récit où l'on reconnaît déjà certains grands thèmes de Kafka, notamment le thème de la solitude.*

La Muraille de Chine, *qui date de 1918-1919, est une œuvre inachevée dans laquelle l'auteur prend position contre le néo-positivisme de l'époque.*

Le recueil est complété par une série de textes, les uns très courts les autres assez longs, dont Recherches d'un chien, *l'un des derniers récits de Kafka, écrit sans doute à Berlin en 1923-1924, qui constitue l'un des fragments les plus saisissants de sa « théologie négative ».*

Description d'un combat[1]

Et sur le gravier les promeneurs vont et [viennent
Tous en habit de fête et d'un pas hésitant
Sous la grande voûte du ciel
Qui des coteaux lointains s'étend à ceux du [loin...

I

Sur le minuit quelques invités se levèrent, saluèrent et, tout en serrant les mains, déclarèrent avoir passé une très agréable soirée ; puis, par la porte ouverte à deux battants, ils passèrent dans le vestibule y prendre leurs manteaux. Debout au milieu du salon, la maîtresse de maison rendait allégrement courbette pour courbette. Les plis de sa robe ondulaient avec élégance à chaque mouvement.

1. Pour les passages encadrés d'astérisques*, voir les notices à la fin du volume.

Assis devant un petit guéridon aux trois pieds minces et courbes, je dégustais, sans perdre de vue la petite provision de pâtisseries que j'avais moi-même choisies et soigneusement rangées sur mon assiette, une troisième bénédictine.

D'une pièce voisine, je vis alors surgir mon nouvel ami pas mal ébouriffé et les vêtements quelque peu en désordre. Ça le regardait seul et j'allais discrètement m'esquiver. Mais, déjà, il était sur moi et, souriant comme avec distraction de ce qui m'occupait :

— Excusez-moi, dit-il, de m'arrêter auprès de vous ! Mais jusqu'à présent, j'étais seul dans la pièce voisine à côté de ma petite amie. Depuis dix heures et demie ! Ah ! mon cher, quelle soirée ! J'ai tort, je sais bien, de vous dire cela ; nous ne nous connaissons que pour nous être, n'est-ce pas ? rencontrés ce soir dans l'escalier et ce n'est qu'en qualité d'invités à la même soirée que nous avons échangé quelques mots ! Malgré tout pardonnez-moi, de grâce ! Je déborde de bonheur, je n'en puis plus, et ne connaissant ici personne à qui me confier...

Je le regardai, morose (le morceau de tarte auquel je venais de mordre n'était pas des meilleurs !) et, tendant la tête jusqu'à son visage joliment rouge :

— Heureux, bien entendu, de mériter votre confiance ! lui dis-je. Mais vos confidences me seraient plutôt désagréables ! Si vous étiez moins égaré, vous sentiriez qu'il est incongru de parler d'une tendre amante à un monsieur seul, assis devant son verre.

Sur ce, il s'assit brusquement et se rejeta en arrière, les bras pendants, puis, s'appuyant sur les coudes, se prit à marmonner d'une voix assez haute :

— À l'instant même nous étions à côté, tout seuls

Annette et moi. Et je l'ai embrassée, embrassée sur la bouche, sur les oreilles, sur l'épaule ! Ah ! grands dieux !

Quelques invités qui bâillaient se rapprochèrent, soupçonnant de notre côté un entretien plus animé. Je me levai aussitôt et déclarai à haute voix :

— Eh bien, d'accord ! Je vous accompagne, puisque vous y tenez. Mais il n'en demeure pas moins insensé d'aller, par une nuit d'hiver, se promener au Mont-Laurent. Il fait froid là-haut et la dernière neige a dû faire des chemins de vraies patinoires. Mais, enfin, comme il vous plaira !

Il me jeta un regard étonné ouvrant sa bouche aux lèvres humides ; puis, découvrant notre entourage, sourit et se leva.

— Mais si, dit-il, la fraîcheur nous fera du bien, nos habits sont imprégnés de chaleur et de fumée. Et puis, je me sens un peu gris sans pourtant avoir bu. Allons, prenons congé !

Nous allâmes à la rencontre de la maîtresse de maison, il lui baisa la main.

— Ah ! qu'il me plaît, lui dit-elle, de vous voir un air si heureux !

Cette bonne parole l'émut et derechef il baisa la main de la dame qui se prit à sourire. Je dus l'entraîner... Dans le vestibule attendait une femme de chambre jusqu'alors ignorée. Après nous avoir aidés à passer nos manteaux, elle prit une petite lampe pour éclairer l'escalier. Son col était nu, cerclé seulement d'un ruban de velours noir ; sous ses vêtements mollement ajustés son corps se penchait, s'étirant devant nous, tandis qu'elle descendait l'escalier en abaissant sa lampe vers les marches. Elle était encore rouge de tous les vins qu'elle avait bus et, à la faible lueur que sa lampe jetait dans l'escalier on voyait trembler ses lèvres. Au bas de l'escalier, elle posa la lampe sur une marche, fit un pas vers mon ami, le prit dans ses bras, l'embrassa et resta blottie contre lui. Il me fallut lui glisser une pièce de monnaie dans la main pour qu'elle s'en détachât enfin d'un air tout endormi. Lentement elle ouvrit la porte et nous partîmes dans la nuit.

Au-dessus de la rue déserte, baignant dans l'égale clarté d'une lune en son plein, s'étendait le ciel que de légers nuages rendaient plus vaste encore. La neige gelée ne permettait que de tout petits pas.

À peine à l'air libre, je me sentis envahi d'une immense gaieté. Je levais une jambe, puis l'autre, faisais craquer mes articulations, ou je criais un nom, comme si j'eusse vu un ami disparaître au coin de la rue ; je lançais en pirouettant mon chapeau en l'air et le rattrapais d'un geste glorieux...

Mon ami, lui, marchait à mon côté, la tête inclinée, indifférent et sans mot dire. Ce n'était pas sans m'étonner, car je m'étais attendu, dès que tiré de cette soirée, à le voir se livrer à une joie désordonnée. Raison de plus pour me calmer moi-même à mon tour ! Je venais pour le ravigoter de lui appliquer une joyeuse claque sur les épaules, lorsque brusquement mon excitation me parut absurde et à la réflexion je retirai ma main. Ne sachant plus qu'en faire, je la glissai dans la poche de mon manteau.

Nous marchions en silence. J'observais le rythme de nos pas sans arriver à comprendre pourquoi je ne pouvais marcher au pas de mon ami. L'atmosphère était pourtant pure et je voyais distinctement ses jambes... De temps à autre, quelqu'un nous regardait, penché à sa fenêtre. Rue Ferdinand, je m'aperçus que mon ami s'était mis à fredonner un air de la Princesse Dollar, en sourdine, il est vrai ! mais assez haut pour que j'entendisse fort bien. Pourquoi cela ? Voulait-il m'agacer ? Qu'à cela ne tienne ! J'étais prêt à me passer de sa princesse et, qui plus est, de la promenade ! À coup sûr ! Mais pourquoi donc ne parlait-il pas ? S'il n'avait que faire de moi, pourquoi ne m'avoir pas laissé en paix, au chaud avec ma bénédictine et mes confiseries ? Ce n'était certes pas moi que cette promenade avait séduit ! Aussi bien pouvais-je me promener à ma guise, je venais de passer la soirée dans le monde, j'y avais sauvé du ridicule ce jeune ingrat, et voilà qu'à présent je flânais au clair de lune... Quoi de plus naturel ? La journée au bureau, la soirée dans le monde, la nuit dans les rues, et le tout sans aucun excès ! À force d'être naturelle, pareille vie outrepassait les normes mêmes du naturel !

L'ami me suivait toujours, il pressait même le pas, lorsqu'il remarquait mon avance. Nous ne disions mot, mais on ne pouvait non plus dire que nous courions ! Je me demandais pourtant si le mieux ne serait pas d'enfiler à l'improviste quelque rue latérale ; rien, en somme, ne m'obligeait à une promenade à deux ! Je pouvais fort bien rentrer. Qui avait le droit de m'en empêcher ? Adieu, cher nouvel ami !...

En rentrant, je trouverais ma chambre chaude, j'allumerais sur ma table ma lampe en fer forgé, puis je m'étendrais dans mon fauteuil (il cachait une déchirure dans le tapis d'Orient !). Agréable perspective ! Et donc pourquoi pas ? Et puis après ? Oh ! après, qu'importe ? La lampe éclairera une chambre chauffée et moi-même sur le fauteuil, le visage doucement protégé de l'excès de lumière. Allons-y ! Et puis, peu à peu la pièce refroidira, mais je passerai seul ces heures entre les murs tapissés de papier à fleurs, les pieds sur le plancher qui, dans la glace à cadre doré pendue au mur, semble descendre en obliquant.

Mes jambes s'alourdissaient, j'étais bien décidé à regagner mon lit, lorsque se posa la question : fallait-il en m'en allant saluer mon compagnon ? Trop timide pour m'esquiver sans lui dire au revoir et trop indécis pour crier « Bonne nuit ! » — je m'arrêtai et attendis au clair de lune, en m'appuyant du dos contre le mur d'une maison.

Traversant le trottoir, mon compagnon s'approcha de moi précipitamment comme pour se jeter dans mes bras ! Il clignait de l'œil comme pour faire allusion à quelque chose dont nous aurions convenu entre nous et qu'apparemment j'aurais oublié.

— Et alors quoi ? demandai-je.

— Mais rien ! dit-il. Simplement je voulais votre avis sur cette soubrette qui m'a embrassé dans le corridor. Qui est cette fille ? L'avez-vous déjà vue ? Non ? Moi non plus ! Est-ce même une femme de chambre ? Je voulais vous le demander tout à l'heure en descendant l'escalier.

— Que ce ne soit qu'une femme de chambre, et même pas une première femme de chambre, je l'ai tout de suite compris à ses mains rouges et en lui glissant son pourboire dans la main, j'ai senti combien la peau en était rêche.

— Cela ne prouve que ce que je pensais : qu'elle est en place depuis quelque temps déjà.

— Vous pourriez bien avoir raison.

Le clair-obscur de l'escalier rendait difficile d'y

voir — mais son visage me rappelait bien celui d'une fille d'officier d'un certain âge que je connais bien.

— Moi pas ! fit-il.

— Cette question ne me retiendra pas ; il est tard, et demain matin, bureau ! On y dort mal !

Et je lui tendis la main pour prendre congé.

— Oh ! que voilà une main froide ! fit-il. Avec une main comme ça, je n'aimerais guère aller au lit ! Que ne vous êtes-vous, mon cher, laissé embrasser comme moi ? Occasion manquée... Enfin, vous pouvez toujours vous rattraper ! Mais dormir ? Par une nuit pareille ? Qu'est-ce qui vous prend ? Songez un peu à tant de pensées agréables qui s'étouffent sous sa couverture, quand on est seul dans son lit, et à tous les mauvais rêves qu'on y réchauffe !

— Je n'étouffe ni ne réchauffe rien, répliquai-je.

— Laissez-moi rire, vous êtes un humoriste ! conclut-il en s'éloignant.

Je le suivis sans m'en rendre compte, tout occupé que j'étais de sa remarque. En parlant ainsi mon nouvel ami ne m'attribuait-il pas un sentiment imaginaire, mais qui, dans sa pensée, me conférait l'importance même qu'on pût m'en supposer capable ? J'avais donc bien fait de ne pas rentrer. Qui sait ? Cet homme à mes côtés avec son haleine fumant dans l'air froid, cet homme tout à ses histoires de bonnes, peut-être était-il en son pouvoir, sans que j'eusse à le mériter, de m'imposer aux yeux du monde ? Puissent les femmes ne point me le gâter ! Qu'elles l'embrassent et se serrent contre lui, c'est leur affaire — c'est aussi son droit ! Mais halte-là ! Défense de me le prendre ! En l'embrassant, c'est un peu de moi qu'elles embrassent aussi — du coin des lèvres, pour ainsi dire ! Mais me le prendre c'est un vol ! Qu'il reste donc toujours près de moi, toujours et à jamais ! Sinon, qui le protégerait ? Le pauvre, il est si naïf ! Qu'on l'appelle en plein froid de février : « Eh toi ! Allons ensemble au Mont-Laurent ! » — et le voilà ! Que fera-t-il, s'il tombe, s'il prend froid, si au coin de la rue de la Poste un rival lui tombe dessus ? Et moi alors ? Me jettera-t-on à la porte du monde ? Voire ! Non, non et non, il n'en finira pas avec moi !

Demain, il fera conversation avec mademoiselle Anne. On parlera de tout et de rien pour commencer, comme il se doit ! Mais tout d'un coup il n'y tiendra plus : « Hier, Annette, en pleine nuit, après notre soirée, sais-tu, je me suis trouvé avec un type comme tu n'en as, bien sûr ! jamais rencontré. Il a l'air, comment te dire ? Il a l'air d'une perche qui se balance, avec tout en haut un crâne à cheveux noirs. De petits bouts d'étoffe jaunasse pendent à son corps et le couvrent entièrement, tant ils plaquent bien, comme hier jour sans vent ! Quoi, Annette ? Ce n'est guère appétissant ? Pardon de si mal raconter ! Ah ! si tu l'avais vu, tout timide à côté de moi et devinant que j'étais amoureux (ce n'était pas malin !), cheminant seul un bon bout en avant pour ne pas me gêner. Ah ! je crois bien, Annette, que tu aurais un peu ri et peut-être un peu tremblé, non ? Mais moi, j'étais ravi de sa présence ! Où étais-tu en effet, ma petite Annette ? Dans ton lit ! L'Afrique n'était pas plus loin ! Mais parfois, en soulevant sa mince poitrine, il me paraissait, crois-tu, soulever tout le ciel étoilé ! Exagération vas-tu dire ! Que non, Annette chérie, de par mon âme qui t'appartient ! Que non pas ! » Je n'épargnais à ma nouvelle connaissance — nous arrivions juste au quai François-Joseph —

aucune miette de la honte qu'il eût dû ressentir à tenir de tels propos. Mes pensées, il est vrai, s'entremêlaient alors constamment et passaient à d'autres sujets, effet sans doute de l'obscurité qui enveloppait la Moldau et le quartier d'en face, où clignotaient au loin de petites lumières !

La chaussée traversée, nous gagnâmes le bord du quai où nous nous arrêtâmes, moi-même m'appuyant à un arbre voisin. De l'eau montait un souffle froid et je mis mes gants en soupirant sans raison, ainsi qu'on fait souvent la nuit au bord d'un fleuve. Puis je voulus repartir. Mais mon compagnon regardait l'eau sans bouger. Finalement il s'approcha plus encore du garde-fou, les jambes serrées contre le fer, il s'accouda et se prit le front entre les mains. Qu'arrivait-il encore ? J'avais froid et relevais le col du pardessus. Mon ami, lui, s'étirait au-dessus du vide. Il allongea le dos, les épaules, le cou et, s'appuyant à bout de bras, se pencha plus encore.

— Des souvenirs, n'est-ce pas ? lui dis-je. En soi, le souvenir est triste, triste aussi son objet ! Chassez donc ces pensées ! Elles ne valent rien, ni pour vous ni pour moi. On affaiblit ainsi sa position présente sans profit pour la précédente. Est-il rien de plus clair ? Sans compter que ce qui naguère était un réconfort, maintenant a cessé de l'être... Croyez-vous par hasard que je n'ai pas de souvenirs ? Oh ! dix pour un des vôtres ! Tenez, en ce moment, je pourrais, par exemple, me ressouvenir de m'être assis à L. sur un banc. Le soir tombait. C'était aussi au bord de l'eau, mais en été, naturellement... Au cours de ces belles soirées j'ai coutume, une fois assis, de replier mes jambes vers ma poitrine et de les entourer de mes bras. J'avais alors appuyé la tête sur le dossier du banc et je regardais sur l'autre rive les montagnes pareilles à des nuages... Un violon jouait doucement dans une salle du Casino... Des deux côtés du fleuve des trains passaient en glissant, empanachés de fumée lumineuse...

L'ami m'interrompit en se retournant brusquement. Il parut presque étonné de me voir toujours là.

— Ah ! que de choses pourrais-je encore vous raconter ! ajoutai-je sur un ton bref.

— Pensez donc, c'est toujours comme ça que ça commence, fit-il. Aujourd'hui, en descendant l'escalier pour me promener un instant avant notre soirée, je contemplais non sans étonnement mes mains baller allégrement en dehors des manchettes. À l'instant même je pensais : « Patience ! Aujourd'hui quelque chose t'attend ! » Ce quelque chose m'est arrivé !

Ce disant, il se remit en marche en me regardant, tout souriant, de ses yeux grands ouverts.

J'en étais donc là ! Liberté lui était donnée de me raconter tout cela, à moi, tout souriant et les yeux grands ouverts ! Et force m'était de renoncer à lui passer mes bras autour des épaules et de lui baiser les yeux pour le récompenser de n'avoir plus besoin de moi ! Pareilles confidences ne pouvaient en effet plus rien changer, et partant, ne plus nuire à personne ! Et c'était bien là le pire ! Je n'avais plus qu'à m'en aller, m'en aller à tout prix !

Comme en grande hâte je cherchais un moyen de prolonger un instant le côte-à-côte, l'idée me vint que ma haute taille pouvait lui être, par comparaison, désagréable. Cette question m'absorba — si noire que fût la nuit, si solitaire aussi ! — m'absorba au point que je me pris à courber l'échine jusqu'à toucher en marchant mes genoux de mes mains !

Afin de lui donner le change, c'est seulement par degrés que je changeai ma stature — tout en cherchant à détourner son attention, une fois même vers le fleuve, la main pointée du côté de l'Ile-aux-Chasseurs ou du reflet dans l'eau des réverbères du pont.

Mais s'étant brusquement retourné, alors que je n'étais pas au bout de ma tentative :

— Mais quoi, mais quoi ? s'écria-t-il en me regardant, vous voilà tout tordu. Que fabriquez-vous donc ?

— J'en conviens, lui dis-je, la tête à hauteur de sa hanche, donc hors d'état de l'entrevoir entièrement. Vous avez l'œil perçant !

— Allons, redressez-vous ! Quelle idiotie !

— Non, lui dis-je, les yeux presque à ras du sol. Tel je suis, tel je reste !

— Mon cher, il faut bien vous avouer que vous vous entendez à irriter les gens. Tout ce temps perdu ! Finissons-en !

— Que de cris, dis-je, par une nuit paisible !

— Et puis à votre aise ! ajouta-t-il, et après un instant il conclut : Voilà une heure moins un quart ! Sans doute voyait-il l'heure à l'horloge de la Tour-du-Moulin.

Déjà je m'étais redressé comme tiré par les cheveux ; une seconde je gardai la bouche ouverte pour calmer mon énervement. Hélas ! j'avais compris ! Il ne voulait plus de moi. À ses côtés plus de place pour moi ! En serait-il une, qui donc la pourrait découvrir ? Pourquoi m'acharner à rester avec lui ? Non, je n'avais qu'à filer illico. Rejoindre les parents et les amis qui m'attendaient. Et si j'étais sans famille et sans amis, il ne restait qu'à me débrouiller seul. À quoi bon se lamenter ? Mais avant tout ne plus m'attarder où j'étais ! Plus rien à espérer ni d'une haute taille, ni d'un bon appétit, ni d'une main froide — et si, malgré tout, m'était avis de coller à lui à tout prix, c'était là parti fort dangereux !

— Je n'ai pas attendu que vous me le disiez ! répliquai-je — et c'était bien la pure vérité !

— Dieu merci, vous voilà enfin droit !... Mais j'ai simplement dit qu'il était une heure moins un quart !

— Ça va, ça va ! dis-je en insérant entre mes dents deux ongles qui me firent grincer de tous mes nerfs. Si je n'ai que faire de vos avis, à quoi me serviraient vos explications là où me manque seulement votre miséricorde ? De grâce, retirez, s'il vous plaît, ce que vous avez dit !

— Qu'il est une heure moins un quart ? Mais avec plaisir — et d'autant plus que le quart est passé depuis longtemps !

Il leva le bras droit, agita la main en prêtant l'oreille au léger cliquetis produit par les chaînettes qui fixaient ses manchettes.

L'heure du crime venait de sonner, c'était l'évidence même ! Je resterais à côté de lui, il tirerait de sa poche un couteau, dont il serrait déjà le manche, le lèverait en le dissimulant le long du pardessus... et, sitôt, me frapperait ! L'extrême simplicité de tout cela ne l'étonnerait sans doute même pas — à moins que, pourtant... sait-on jamais ? Je ne crierais pas, je le regarderais seulement aussi longtemps que mes yeux en auraient la force.

— Eh bien ? interrogea-t-il.

À quelque distance, devant un café aux vitres noires, un agent de police s'exerçait à faire des glissades de patineur. Son sabre le gênait, il le prit à la main et se lança dans une longue glissade qu'il acheva en décrivant sur lui-même une courbe semi-circulaire. Puis, il poussa un petit cri de joie et, la tête pleine de mélodies, poursuivit son entraînement.

Ce n'est qu'alors, à la vue de ce brigadier aveugle et sourd à tout ce qui n'était pas lui-même, indifférent au meurtre qui se préparait à deux pas, que la panique me saisit ! De toute façon c'en était fait de moi... — que je me laissasse poignarder ou m'enfuisse ! Mais perdu pour perdu, ne valait-il pas mieux fuir et même risquer ainsi la mort la plus pénible et, partant, la plus douloureuse ? Choisir ? Je n'aurais pu au moment même fonder ma décision, mais à l'article de la mort d'autres soucis s'imposaient aussi ! Plus tard, quand j'en aurais le loisir... À condition toutefois d'être à présent fermement décidé à fuir ! Et je l'étais en effet.

Il fallait donc fuir, c'était chose facile : là où la rue tournait à gauche vers le pont Charles-IV, je me jetterais à droite dans la rue du même nom, venelle tortueuse, pleine de porches obscurs et de cabarets encore ouverts. Oui, il restait un espoir !

C'est vers cette ruelle que je me ruai donc, les bras en l'air, dès que, franchie la voûte au bout du quai, nous eûmes débouché sur la place des Croisés. Mais devant une des petites portes de l'église du Séminaire, je butai contre une marche inattendue. Le bruit de ma chute fut assez fort ; le réverbère le plus proche étant trop éloigné, je gisais dans l'obscurité. Du cabaret en face sortit une grosse femme munie d'une toute petite lampe, pour voir ce qui était arrivé ; à l'intérieur, le piano se mit en sourdine, le musicien ne devait plus jouer que d'une main et tourné vers la porte : celle-ci, jusqu'à présent entrebâillée, s'ouvrit complètement sous la poussée d'un homme en veste haut boutonnée ; il cracha et étreignit si étroitement la grosse femme qu'elle dut, pour la protéger, élever sa petite lampe.

— Il n'y a rien ! cria-t-elle aux gens du dedans. Puis tous deux rentrèrent et la porte se referma.

Quand je tentai de me relever, je ressentis une vive douleur au genou, je retombai en me disant : « Le verglas ! » — mais je me félicitais d'avoir échappé à l'attention des gens du cabaret et de pouvoir, tranquillement, rester là jusqu'à l'aube. Sans doute l'ami était-il allé jusqu'au pont avant de remarquer mon absence, car je ne le revis qu'un long moment plus tard. Il ne parut pas autrement surpris, quand, pour me caresser doucement, il se pencha sur moi, inclinant le col à la façon de l'hyène. Il me passa la main sur chaque joue, puis la reposa sur mon front.

— Vous vous êtes fait mal, n'est-ce pas ? Il y a du verglas, il faut être prudent. Vous-même ne l'avez-vous pas dit ? La tête ? Non ? Ah ! le genou ; ça fait mal là !

Mais il ne songea pas à me relever. Le coude sur le pavé, j'appuyai ma tête sur ma main droite.

— Nous voici donc de nouveau ensemble ! dis-je et, comme la peur me reprenait, je portai pour l'éloigner mes deux mains sur ses tibias, criant : Mais va-t'en, va-t'en donc !

Les mains dans les poches, il regardait alternativement la rue déserte, l'église du Séminaire et le ciel. Enfin, une voiture passant dans la rue voisine le fit se souvenir de moi.

— Mais, mon cher, pourquoi ce silence ? Vous trouvez-vous mal ? Pourquoi ne pas vous lever ? Voulez-vous un fiacre ? Ou que j'aille vous chercher un peu de vin en face ? Mais il ne faut pas rester ici couché dans le froid. N'avions-nous pas décidé d'aller au Mont-Laurent ?

— Certainement ! dis-je en me levant sans aide, mais non pas sans douleur !

Je chancelai aussitôt et dus fixer avec attention la statue de l'empereur Charles pour assurer mon équilibre. Peine perdue ! Si ne m'eût alors secouru la pensée de l'amour fidèle, sans être pourtant passionné, que m'avait voué certaine jeune fille au col cerclé de velours noir !

La lune était trop aimable de m'éclairer de ses rayons ! Par discrétion, je pensais à me réfugier sous la voûte de la Tour-du-Pont, quand je compris qu'il était après tout naturel que la lune éclairât toute chose. De joie j'en ouvris tout grands les bras pour jouir pleinement de sa clarté. Ah ! que tout me fut facile, lorsque, exécutant nonchalamment de mes bras les mouvements du nageur, je me mis à avancer sans peine et sans douleur ! Que n'avais-je déjà essayé ! Ma tête baignait dans l'air frais et c'était justement mon genou droit qui fonctionnait le mieux. Je le tapotais pour l'en féliciter, tout en évoquant le souvenir d'un ami peu aimé, lequel sans doute poursuivait à présent sa promenade au-dessous de moi ! Dans tout ceci, ma plus grande joie était de constater la qualité de ma mémoire, n'avait-elle pas conservé pareils détails ? Mais je n'avais guère loisir de penser, il me fallait toujours nager sous peine de couler bas. Pour n'avoir pas cependant à m'entendre dire plus tard que tout un chacun saurait nager sur le sol et qu'il n'y avait point là motif à narration, je franchis d'un seul élan le parapet et me mis à nager dans l'air tout autour des statues de saints qui ornent le pont.

À la cinquième, l'ami profita de ce que je me maintenais par d'imperceptibles mouvements au-dessus du trottoir pour me saisir par la main... et me voilà de nouveau à terre, dans la rue avec une douleur au genou !

— J'ai toujours, me dit-il, en me maintenant de sa dextre, tandis que de l'autre main, il m'indiquait la statue de sainte Ludmilla, j'ai toujours admiré les mains de l'ange, celui de gauche. Prenez la peine d'admirer leur délicatesse ! De vraies mains d'ange ! En avez-vous vu de semblables ? Vous non, mais moi, si ! Car ce soir même j'en baisais de pareilles !...

Il y avait donc maintenant un troisième moyen d'échapper à la mort ! Je ne devais pas nécessairement me laisser poignarder ni m'enfuir, je pouvais en outre m'élancer dans les airs. Qu'il y aille à son Mont-Laurent, je ne le dérangerai pas, ah ! non, je ne le dérangerai pas, même en fuyant !

Incontinent je lui criai :

— Sortez-les donc, vos histoires ! J'en ai assez de vos réticences ! Dites-moi tout, de l'A au Z, tout ! Je veux tout savoir, tout, je vous en avertis ; j'en brûle d'envie !

Mais quand il m'eut regardé, je cessai de crier.

— Et comptez que je saurai me taire ! Racontez ce que vous avez sur le cœur, un confident aussi discret, vous n'en avez jamais rencontré ! Et à mi-voix, ajoutai-je tout près de son oreille : N'ayez surtout pas peur de moi, ce serait vraiment superflu ! Son rire sonne encore à mon oreille. Je conclus par ces mots : Mais oui, mais oui ! Je vous crois, n'en doutez pas !

Et, ce disant, je lui pinçais les mollets pour autant que j'eusse les doigts libres.

À part moi je pensais : « Pourquoi aller avec ce

type ? Il ne t'est ni chaud ni froid. Une fille fait tout son bonheur et il n'est même pas certain que sa vertu soit très farouche... Cet homme t'est totalement indifférent, absolument indifférent ! Il n'est même pas dangereux comme tu as pu le constater, tu peux donc l'accompagner au Mont-Laurent. Au reste, ne le fais-tu déjà ? La nuit est belle, laisse-le parler ! Mais amuse-toi à ta façon, ce sera, mais chut ! ton meilleur moyen de défense ! »

II

DIVERTISSEMENT

ou

comme quoi il est démontré
que la vie est chose impossible

1. CHEVAUCHÉE

D'un seul bond, comme si de ma vie je n'eusse rien fait d'autre ! je fus sur ses épaules et le mis au petit trot par une bonne dégelée de coups dans le dos. Et comme il se montrait quelque peu rétif et piaffait au lieu d'avancer, je l'éperonnai au ventre de mes talons à plusieurs reprises, affaire de lui donner du nerf ! Nous arrivâmes assez vite au cœur d'une vaste région en cours d'aménagement.

La route où je chevauchais était pierreuse et dure à monter, ce qui justement m'agréait. Je m'évertuais au contraire à la rendre plus scabreuse et pierreuse encore. Dès que ma monture bronchait, d'un coup bref je la redressais ; au moindre soupir, je lui administrais quelques coups de poing sur la tête. J'éprouvai rapidement tout le bienfait de cette salubre chevauchée au grand air et, pour la rendre plus énergique encore, je fis souffler en longues rafales un dur vent debout.

J'en vins alors à multiplier sur les larges épaules de l'ami les saccades du cavalier et, tout en me cramponnant des deux mains à son cou, je rejetais du mieux possible la tête en arrière de façon à mieux observer les nuages qui, plus faibles que moi, par cela seul voguaient plus lourdement. Je riais et tremblais d'exaltation. En s'ouvrant, mon veston accrut ma vitesse. En même temps je resserrais ma prise au risque, à vrai dire, d'étrangler ma monture !... Quand le ciel me fut caché par les arbres que je faisais croître le long de la route, je me pris à réfléchir.

— Je ne sais, m'écriai-je d'une voix muette. En vérité, je ne sais rien du tout. Si personne ne vient, personne ne vient. Je n'ai fait de mal à personne et personne ne m'en a fait ; mais personne, non plus, ne veut m'aider, absolument personne ! Non, il n'en est pas ainsi. Il y a ceci seulement, c'est que personne ne me vient en aide. À part ça, ne serait-elle trop belle la présence d'absolument personne ? J'aimerais bien faire (qu'en dites-vous ?) une excursion en compagnie d'absolument personne. Dans la montagne, bien sûr ! — sinon où ? Quelle cohue — sans personne pourtant ! Oh ! tous ces bras enlacés, tous ces pieds que séparent des pas microscopiques ! Tous en habit, il va de soi ! Nous avançons à la débandade, une brise délicieuse souffle à travers les arceaux de nos bras enlacés. En montagne les gorges se déploient. C'est miracle que nous ne chantions pas !

C'est alors que ma monture s'abattit. L'examen me

révéla l'existence au genou d'une grave blessure. Elle ne pouvait plus m'être utile et je l'abandonnai de bon cœur sur les pierres de la route. Je sifflai quelques vautours pour servir de gardiens. Du haut des airs, ils accoururent se poser sur le corps, le bec sérieux.

2. PROMENADE

Insoucieux, je poursuivis à pied. Mais, redoutant la fatigue de la montée, j'aplanis de plus en plus la route jusqu'à l'abaisser là-bas en pente douce vers la plaine. Sur mon ordre, les pierres disparurent, le vent tomba.

Je marchais d'un bon pas et, comme la route descendait, je relevais la tête, raidissais le corps et me croisais les bras derrière la tête. Ami des pins, j'en traversai les bois, et, heureux de contempler silencieusement les étoiles, je me plus à les voir, à leur habitude, monter lentement au ciel. Je n'aperçus que de rares nuages étalés ; pour le plus grand étonnement du spectateur, ils avançaient, poussés par un vent qui ne soufflait que dans les hauteurs.

À quelque distance de ma route et probablement de l'autre côté d'un fleuve, je fis se lever la masse d'une haute montagne, dont le sommet couvert d'arbustes touchait au ciel. Je pouvais voir distinctement les fins rameaux des plus hautes branches. Ce spectacle, tout ordinaire qu'il fût, m'agréa tellement que, métamorphosé en petit oiseau sautillant sur les rameaux les plus élevés des arbustes et des broussailles, j'en oubliai de faire lever la lune, déjà prête derrière la montagne et sans doute furieuse d'être ainsi retardée.

Justement s'étendait sur la montagne la fraîche lueur qui l'annonce, quand elle jaillit soudain derrière un des arbustes agités par le vent. Mais j'avais, dans l'intervalle, porté les yeux ailleurs et, en regardant à nouveau devant moi, j'aperçus tout à coup, dans tout son éclat, le globe de la pleine lune. Je m'arrêtai, l'œil morne, ma route paraissait s'abîmer dans cette lune impitoyable !

Mais je m'y habituai en un clin d'œil et observai en toute tranquillité sa difficile ascension jusqu'à ce qu'enfin, après avoir fait un bon bout de chemin, j'éprouvasse une grande lassitude, effet probable de l'effort que m'avait coûté cette promenade inusuelle. Un temps encore je poursuivis, marchant les yeux fermés, ne me tenant éveillé qu'à force de frapper en un bruit cadencé mes mains l'une contre l'autre. Puis, comme le chemin menaçait de se perdre sous mes pieds et que, tout aussi fatigué que moi, le paysage déjà s'estompait, j'escaladai à toute allure la pente à droite de la route pour atteindre à temps le profond bois de pins où je voulais passer la nuit vraisemblablement imminente.

Il n'y avait pas un instant à perdre ! Les étoiles brillaient déjà d'un éclat plus vif dans un ciel serein et la lune coulait languissamment dans les cieux comme dans un océan agité ; la montagne était déjà la proie des ténèbres, la route s'effritait à l'endroit où avait commencé mon escalade et du fond des bois retentissait toujours plus près le craquement des arbres qui s'abattaient ! J'aurais bien pu me jeter tout de suite sur la mousse et dormir, mais, redoutant une nuit sur la dure, je grimpai sur un arbre qui, malgré le calme absolu de l'air, oscillait sous un vent violent. Combien entre la prise des bras et des genoux, le tronc glissa rapidement vers la terre ! Je m'étendis sur les branches, la tête contre le tronc et fus vite endormi, tandis qu'à l'extrémité tremblante d'une des branches se balançait, fruit de mon caprice, un écureuil, la queue tout droit dressée.

Je dormis d'un sommeil profond, sans rêve. Ne me réveillèrent ni le coucher de la lune, ni le lever du soleil. Sur le point de m'éveiller, je me sermonnais : « Tu as bien assez trimé hier, ménage ton sommeil ! » — et je me rendormais.

Mais pour être sans rêve, mon sommeil n'en fut pas sans trouble. Léger celui-ci, mais ininterrompu ! Toute la nuit en effet quelqu'un parla à mon côté. Je ne distinguai guère ses paroles (à l'exception de certaines où il était question d'un « banc au bord d'un fleuve »..., de « montagnes pareilles à des nuages »..., de « trains empanachés de fumée lumineuse »...), seul l'accent des paroles m'était un peu perceptible. Je me rappelle m'être frotté les mains dans la joie de n'avoir pas — puisque j'étais endormi !... — à reconnaître chaque mot.

« Ta vie était bien quotidienne ! soupirais-je tout haut pour m'en convaincre moi-même. Il devenait vraiment nécessaire de te sentir conduit ailleurs. Sois heureux, le lieu est gai, le soleil brille ! »

Alors le soleil brilla et, dans le ciel bleu, les nuages à pluie blanchirent, rapetissèrent et désenflèrent. Maintenant ils étaient d'un blanc brillant et se cabraient. Dans la vallée un fleuve apparut...

« C'est qu'elle était bien monotone en effet ! Tu as bien mérité cet intermède, dis-je encore quasi contraint, mais en était-elle moins dangereuse ? » Je perçus alors un soupir effroyablement proche.

J'allais descendre précipitamment, mais la

branche vacillait autant que ma main même, je tombai raide ! Je ne me cognais cependant qu'à peine et sans me faire aucun mal. Mais si faible étais-je et si malheureux qu'il me resta pour toute ressource à m'enfouir le visage dans l'humus de la forêt, tant la vue des choses de la terre m'était en horreur ! Il fallait se garder de tout mouvement et de toute pensée dans la conviction que tous m'étaient imposés. Le mieux était de rester couché dans l'herbe, les bras au long du corps, en cachant mon visage. Je cherchai à me persuader que la chance m'avait procuré la position la plus naturelle. N'étais-je point ainsi dispensé, pour y parvenir, de tout effort pénible de mouvement ou de parole ?

C'était un large fleuve avec de petites vagues qui bruissaient et scintillaient. De l'autre côté s'étendaient des prairies qui, un peu plus loin, cédaient la place à des arbustes et enfin, visibles de fort loin, à de claires allées d'arbres fruitiers, menant à de vertes collines. Enchanté du coup d'œil, je me laissai choir sur le sol et, tout en me bouchant les oreilles pour éviter le risque de m'entendre pleurer, je me dis qu'ici je pourrais trouver la paix de mon âme ; on était seul en effet et il faisait beau. La vie ne devait point ici exiger un courage exceptionnel ; bien sûr, on y devait peiner comme ailleurs — mais sans avoir à tant se démener. Rien que des montagnes et un grand fleuve que j'ai encore assez de bon sens pour considérer comme des êtres inanimés ! Bien sûr, quand j'aurai trébuché, seul, le soir, dans les raides sentiers des prairies, je ne serai pas plus délaissé que la montagne, mais j'aurai conscience de l'être ! Cela aussi passera, j'espère !

C'est ainsi que je jouais avec mon avenir, m'efforçant obstinément d'oublier. Je regardais en même temps le ciel de mes yeux qui clignaient. Il était d'une couleur étonnamment paisible. Depuis longtemps je ne l'avais vu tel ; j'en fus ému et me souvins de jours où j'avais cru lui voir le même aspect. Je cessai de boucher mes oreilles, ouvris les bras et les laissai retomber dans l'herbe.

Au loin quelqu'un sanglotait doucement. Le vent se leva et une multitude de feuilles mortes, que je n'avais pas vues auparavant, s'envolèrent dans un léger bruissement ; des arbres fruitiers churent follement des fruits verts ; de vilains nuages s'élevèrent derrière la montagne ; sur le fleuve, les vagues se cabrèrent et en gémissant reculèrent au souffle du vent.

Je me levai d'un bond. Mon cœur battait douloureusement, tant je m'imaginais voué pour jamais à la souffrance ! J'allais faire demi-tour et quitter ce pays pour retrouver mon ancienne vie, lorsqu'une pensée me vint à l'esprit : « Est-il assez étrange que, de nos jours encore, des gens de qualité en soient à franchir un fleuve de façon aussi compliquée ! C'est une ancienne coutume, telle est la seule explication. » Je secouai la tête en proie à un grand étonnement.

3. L'OBÈSE

a) Allocution au paysage.

Des buissons de l'autre rive s'avançaient d'un pas énergique quatre hommes nus portant sur leurs épaules une civière en bois. Un homme prodigieusement gros y était assis à l'orientale. Bien que ses porteurs eussent à s'ouvrir la route au travers des buissons, l'Obèse s'abstenait d'écarter les branches épineuses, mais laissait, imperturbable, le passage s'ouvrir sur son corps. Si parfaitement étalés qu'ils recouvraient toute la civière, dont ils débordaient par endroits comme un tapis jaunâtre, les énormes plis de ses masses de graisse ne le gênaient en rien. Son crâne était exigu et chauve, d'un jaune luisant ; son visage reflétait l'expression un peu niaise de celui qui réfléchit sans se donner la peine de le dissimuler. Parfois il fermait les yeux et, quand il les rouvrait, son menton en était dévié.

— Ce paysage déroute mes pensées, disait-il à voix basse. Il fait que je balance dans mes décisions comme un pont suspendu dans la tourmente. C'est une belle région, elle veut donc qu'on la regarde.

Je ferme les yeux et dis : O verte montagne au bord du fleuve, es-tu belle, ô toi, qui, pour te défendre, roules tes pierres contre l'eau !

Mais la montagne n'est nullement satisfaite, elle veut voir mes yeux ouverts et se tournant vers elle.

Mais si je lui dis, les yeux fermés : Montagne, je te hais, tu me rappelles les nuages, le rougeoiement des soleils couchants et le ciel qui semble monter. J'en pleurerais, tant à jamais tout cela demeure interdit à qui ne se déplace qu'en palanquin ! Dans ce que tu me montres, montagne sournoise, tu me caches les lointains, dont la vue me ravit et me révèle la merveilleuse perspective de l'espace maintenant accessible. Voilà pourquoi je te hais, montagne au bord de l'eau ! Oui, je te hais, te dis-je !

Mais cette harangue lui serait d'aussi peu que la précédente, si je ne parlais, les yeux ouverts. La montagne n'est point satisfaite, tant que je n'ouvre pas les yeux.

Or ne nous faut-il point la ménager, la montagne,

ne serait-ce que pour la maintenir en bonne humeur, elle et sa capricieuse prédilection pour nos cerveaux déliquescents ? Sur moi elle étendrait sinon ses ombres crénelées, elle barrerait silencieusement mon chemin de la nudité de ses murailles et mes porteurs trébucheraient contre les cailloux de la route.

Mais la montagne n'est pas seule à être aussi vaniteuse et importune et rancunière ; les fleurs, l'herbe et le fleuve le sont eux aussi ! Si bien qu'il me faut répéter sans trêve en écarquillant les yeux — me font-ils assez mal ! :

Oui, montagne, tu es belle, et les forêts, qui au couchant couvrent tes pentes me remplissent de joie ! Et toi aussi, ô fleur, tu me ravis, tes roses couleurs rendent la joie à mon âme ! Et toi, herbe des prés, tu es déjà haute et fraîche et vigoureuse ! Et vous, étranges broussailles, sous vos piqûres imprévues les pensées bondissent en moi ! Et quant à toi, ô fleuve aimable, tes flots me semblent si moelleux que je vais m'y embarquer !

Dix fois de suite, l'Obèse chanta cet hymne en l'accompagnant d'humbles inclinaisons du buste, puis il baissa la tête et dit, fermant les yeux :

— Mais à présent, je vous en prie, montagne, herbe, fleurs, broussailles, fleuve, ô vous tous, faites-moi place que je respire un peu, de grâce !

À la hâte, les montagnes se déplacèrent à l'entour et se poussèrent derrière une écharpe de brume. Les allées demeurèrent en place, bien entendu, et gardèrent à peu près la largeur d'une route ; elles s'estompèrent cependant assez vite. Dans le ciel, le soleil se cacha derrière un nuage chargé de pluie dont les bords demeurèrent doucement éclairés. Le paysage s'enfonça dans une ombre plus profonde où disparut la beauté des contours et des formes.

Les pas des porteurs se faisaient entendre jusqu'à la rive où je me trouvais, mais, dans le sombre carré de leur visage, je ne pouvais rien distinguer avec précision. Je les voyais seulement baisser la tête et arrondir l'échine sous cette charge extraordinaire. Leur fatigue m'inquiétait, je les en regardais avec d'autant plus d'attention fouler l'herbe de la rive et traverser d'un pas encore égal le sable humide avant de s'enfoncer dans la vase des roseaux, où les deux porteurs arrière durent se courber plus encore afin de maintenir horizontale la civière. Dans mon émoi je me tordais les mains. Il leur fallait maintenant à chaque pas lever si haut les pieds que dans la fraîcheur de cet après-midi pluvieux la sueur luisait sur leur corps.

L'Obèse restait tranquillement assis, les mains sur les cuisses ; les longues lances des roseaux le frôlaient en se redressant après le passage des porteurs d'en-tête.

Au fur et à mesure que ceux-ci approchaient de l'eau, leurs mouvements se faisaient saccadés ; parfois, la litière se balançait comme si elle eût déjà été sur les flots. À la traversée du champ de roseaux, il leur fallait enjamber ou contourner les petites mares dont quelques-unes pouvaient être profondes.

Des canards sauvages s'élevèrent en criant et piquèrent au nuage chargé de pluie. C'est alors que j'aperçus soudain le visage de l'Obèse, un visage transi de peur ! Je me levai et, en quelques bonds maladroits, gagnai le bas de la paroi rocheuse me séparant de l'eau. Insoucieux du risque, je ne pensais qu'à venir en aide à l'Obèse, lorsque ses serviteurs ne suffiraient plus à leur tâche. Je courais si étourdiment que je ne m'arrêtai qu'avec de l'eau jusqu'aux genoux. En face de moi, les porteurs étaient parvenus à force de déhanchements à mettre la litière à l'eau. Tout en se maintenant d'une main à la surface des flots agités, ils la soulevèrent de leurs quatre bras velus, dont on vit saillir les muscles d'une façon inhabituelle.

Ils eurent d'abord de l'eau jusqu'au menton, et bientôt jusqu'aux lèvres ; ils rejetèrent la tête en arrière et les brancards retombèrent sur leurs épaules. L'eau leur baignait déjà le nez qu'ils persistaient toujours dans leurs efforts, bien qu'ils fussent à peine au milieu du fleuve. C'est alors qu'une petite vague s'abattit sur la tête des porteurs de tête..., et les quatre hommes se noyèrent sans mot dire, entraînant avec eux la civière dans leurs mains désemparées ! L'eau se referma sur eux dans un violent remous.

À ce moment, les rayons obliques du soleil couchant percèrent les limbes du gros nuage, transfigurant jusqu'à l'horizon montagnes et collines, tandis que dans l'ombre du nuage le fleuve et le paysage demeuraient dans une lumière indécise.

Lentement l'Obèse se tourna dans le sens du cou rant qui l'entraînait comme une vieille idole de bois blanc qu'on eût jetée à l'eau ! Il filait sur le reflet dans l'eau du sombre nuage de pluie ; des nuages allongés le halaient, d'autres, petits et trapus, le propulsaient au milieu de gros remous déferlant jusqu'à mes genoux et sur les galets du rivage.

En toute hâte j'escaladai de nouveau la berge afin d'accompagner l'Obèse de la rive, car, vraiment, je l'aimais. Et puis, peut-être me serait-il possible d'obtenir quelques renseignements sur les dangers d'un pays qui cependant paraissait sûr ? J'avançais donc sur une langue de sable (d'une étroitesse à laquelle il fallait d'abord s'habituer) les mains dans les poches et le visage tourné à angle droit vers le fleuve, si bien que mon menton reposait presque sur mon épaule.

Des hirondelles étaient posées sur les galets de la berge.

L'Obèse me dit :

— Cher Monsieur de la Rive, ne cherchez donc point à me sauver. Telle est la vengeance de l'eau et du vent, je suis perdu. Car c'est bien une vengeance ! Que de fois ne les avons-nous pas attaqués, mon ami le Dévot et moi, au cliquetis de nos épées, dans l'éclat des cymbales, la solennelle ampleur des trombones et le bondissement des timbales !

À tire-d'aile, un petit moustique traversa son ventre sans rien perdre de sa vitesse.

L'Obèse continua :

b) Début de la conversation avec le Dévot.

**Il fut un temps où j'allais jour par jour à l'église, car une jeune fille dont j'étais amoureux y priait à genoux une demi-heure tous les soirs — ce qui me permettait de la contempler en toute liberté !

Un soir que la jeune fille n'était pas venue et que, pour tromper ma déconvenue, je jetais les yeux sur les fidèles, je fus frappé par le spectacle d'un maigre jeune homme qui de tout son long s'était jeté à terre.

De temps à autre il se prenait la tête de toute sa force et tout en soupirant la frappait contre les paumes de ses mains posées à même les dalles de l'église.

Seules se trouvaient là quelques vieilles femmes qui, parfois, tournaient de son côté leur mince visage dans leur mouchoir de tête. Il semblait heureux de l'attention qu'il suscitait ; avant de se livrer à ses pieux transports, il estimait d'un regard circulaire le nombre des spectateurs.

Choqué de tant d'indécence, je décidai de l'aborder à la sortie et de lui demander tout uniment le motif d'une si étrange prière. Depuis que j'étais arrivé dans cette ville, j'éprouvais passionnément le désir de m'expliquer tous les mystères... quand même, en ce moment, seule m'importât l'absence de la jeune fille !

Ce n'est qu'au bout d'une heure qu'il se releva. Il commença par épousseter si longuement son pantalon que je manquai de lui crier : « Assez, assez ! Nous voyons bien que vous avez un pantalon ! » Puis, s'étant consciencieusement signé, il s'avança vers le bénitier de la pesante démarche du marin.

Je me campai près de la porte, bien décidé à ne point le laisser passer sans explication. Déjà je me gonflais les joues et tordais la bouche (excellente préparation à la tenue de certains propos !), déjà j'avais porté en avant la jambe droite, tout en pointant du pied gauche (excellente position pour se donner de l'assiette, comme je l'ai maintes fois constaté !)..., mais fort probablement mon homme me guignait-il en s'aspergeant le visage d'eau bénite, peut-être même mon regard l'avait-il déjà mis sur ses gardes ? Toujours est-il qu'il s'élança inopinément vers la porte et sortit en coup de vent. Malgré moi, je bondis derrière lui ; la porte vitrée claqua, je la franchis sur ses talons, mais impossible de le retrouver au milieu des étroites ruelles et du tohu-bohu de la circulation !

Les jours suivants, il ne se montra pas, mais la jeune fille vint et pria dans l'ombre d'une chapelle latérale. Elle était vêtue de noir, les épaules et la nuque recouvertes d'une élégante collerette en dentelle de soie, sous laquelle apparaissait le demi-cercle du décolleté. Sa présence me fit aisément oublier notre homme, et, même lorsque plus tard il revint régulièrement prier à sa façon, je ne m'en souciais plus.

Mais toujours en passant devant moi, il hâtait soudain le pas et détournait la tête. Par contre, il ne cessait de me regarder durant ses prières. Il paraissait m'en vouloir de ne l'avoir pas naguère abordé, ma tentative me faisant un devoir, pensait-il sans doute, de la mener un jour ou l'autre à bonne fin. Un soir où, après un sermon, je le heurtai dans la demi-obscurité tout en suivant toujours ma dame, il me sembla bien le voir sourire.

Certes, l'aborder n'était nullement un devoir et pas davantage n'en éprouvais-je le désir. Bref, je balançais encore un soir, où j'arrivai en courant sur le parvis, sept heures sonnaient, la jeune fille avait, bien entendu ! depuis longtemps quitté l'église et, seul, notre homme besognait devant la grille de l'autel !

Sur la pointe du pied, je me glissai jusqu'au portail, donnai une pièce de monnaie au mendiant de service et me glissai près de lui, derrière un des battants de la porte ouverte. J'y passai une bonne demi-heure à jouir de la surprise que je préparais à mon Dévot. Mais ma joie fut de courte durée, je ne tardai pas à me dépiter de voir les araignées escalader mes vêtements — et puis, il était vraiment pénible d'avoir à m'incliner devant tous ceux qui, respirant bruyamment, sortaient de l'obscurité de l'église !

Il vint enfin ! Le carillon des grosses cloches, qui sonnaient depuis un moment, l'indisposait apparemment : je le voyais à chaque pas éprouver légèrement le sol de la pointe du pied.

Je me levai, et d'une seule enjambée, l'atteignis...

— Bonsoir ! dis-je en lui mettant la main au collet et je le poussai ainsi en bas des marches, jusqu'aux lumières de la place.

Il se retourna et, comme je ne lâchais pas prise, nous nous trouvâmes face à face.

— Lâchez-moi donc ! me dit-il. Je ne sais trop de quoi vous me soupçonnez, mais je suis innocent !

Puis il répéta : — Bien entendu, je ne sais ce dont vous me soupçonnez !

— Pas question de soupçon ou d'innocence ! N'en parlons plus, je vous en prie. Nous sommes étrangers l'un à l'autre, nos relations ne sont pas plus anciennes que hautes les marches du parvis. Où en viendrions-nous, si de prime abord nous parlions de notre innocence ?

— D'accord ! répondit-il. Mais, en disant *notre* innocence, voulez-vous dire que, la mienne étant prouvée, vous aurez à faire la preuve de la *vôtre* ? Est-ce bien ça ?

— Ça ou autre chose ! répliquai-je. En vous abordant, je n'avais d'autre intention que de vous poser une question, tenez-vous-le pour dit !

— J'aimerais bien rentrer chez moi, dit-il en s'écartant un peu.

— Comme je vous comprends ! Sinon vous aurais-je abordé ? N'allez pas croire que c'est pour vos beaux yeux !

— N'êtes-vous pas un peu trop franc, hein ?

— Faut-il vous répéter qu'il n'est pas question de ça ? Que viendrait faire ici franchise ou pas franchise ? J'ai une question à vous poser, vous répondez, et puis adieu ! Alors, libre à vous de rentrer en courant, si ça vous chante !

— Ne vaudrait-il pas mieux se rencontrer une autre fois ? À un moment plus propice ? Au café peut-être ? Mademoiselle votre fiancée n'est d'ailleurs partie que d'un instant, vous pourriez la rattraper, elle a si longtemps attendu !

— Non, criai-je dans le bruit d'un train qui passait, non, vous ne m'échapperez pas ! Vous me plaisez de plus en plus. Vous êtes la bonne prise et je m'en félicite !

— Mon Dieu, me répondit-il, vous avez, comme on dit, le cœur bien placé et vous êtes tout d'une pièce ! Vous me déclarez de bonne prise. Comme vous devez être heureux ! Mon malheur est en effet de grande fragilité et, quand on le touche, il se brise et s'abat sur celui qui m'interroge. C'est pourquoi : Bonsoir !

— C'est bon, dis-je en lui prenant inopinément la main droite. Bon gré, mal gré, vous me répondrez ! Je saurai vous y obliger ; partout je vous suivrai, à droite, à gauche, et jusque dans votre escalier et même votre chambre ! J'y trouverai une place, vous verrez ! Vous avez beau me regarder... et où prendrez-vous — je m'approchai tout contre lui et, comme il avait une bonne tête de plus que moi, je lui parlais, pour ainsi dire, dans le cou. — Où prendrez-vous le courage de m'en empêcher ?

Reculant un peu, il se mit à me baiser les mains l'une après l'autre et à les mouiller de larmes.

— On ne peut rien vous refuser. Tout comme vous avez deviné que je voudrais bien rentrer, j'avais prévu que je ne saurais rien vous refuser. Mais, je vous en prie, allons donc en face dans la petite ruelle !

J'acquiesçai. Une voiture nous ayant séparés, il me fit des deux mains signe de me hâter. L'obscurité de la ruelle qu'éclairaient de rares réverbères à la hauteur du premier étage, ne lui parut point suffisante et il me conduisit dans le couloir bas d'une vieille maison, sous un lumignon suintant au pied d'un escalier. Là il étendit un mouchoir sur l'une des marches qu'avaient creusées d'innombrables pas et m'invita à m'asseoir. Assis, vous m'interrogerez mieux et, debout, je pourrai mieux vous répondre, mais prière de ne pas me torturer !

Je m'assis, puisqu'il prenait tant la chose à cœur, mais ne pus m'empêcher de lui dire :

— Vous me conduisez dans ce trou, comme si nous étions des conspirateurs, alors que par curiosité seule je m'intéresse à vous, et vous à moi, rien que par la peur ! Au fond, je voulais seulement savoir pourquoi vous priez comme ça. Quelles drôles de façons ! Comme un fou, un véritable fou ! Tout cela est vraiment grotesque, odieux pour les spectateurs, et pour les fidèles intolérable !

Il s'était plaqué contre le mur, seule sa tête se mouvait librement.

— Quelle profonde erreur ! Les fidèles considèrent ma conduite comme naturelle et les autres la jugent conforme à celle d'un fidèle !

— Ma colère est bien la preuve du contraire !

— Votre indignation, à la supposer sincère, prouve simplement que vous ne faites partie ni des uns ni des autres.

— Très vrai ! J'ai un peu exagéré en parlant d'indignation. Non, votre conduite a quelque peu excité ma curiosité, je vous l'ai d'ailleurs dit tout au commencement. Mais vous-même, à quelle catégorie appartenez-vous ?

— Oh ! moi ? J'ai simplement plaisir à être remarqué, à jeter de temps à autre, si je puis dire, une ombre sur l'autel !

— Plaisir ? demandai-je et mon visage se contracta.

— Non, à vous dire vrai ! Ne m'en veuillez pas de m'être mal exprimé ! Non pas plaisir, besoin plutôt ! Oui, besoin d'être, une petite heure, cloué là par tous ces regards, alors que tout autour de moi la ville entière...

— Que dites-vous là ? m'écriai-je trop fort pour la petite remarque que je voulais faire et la faible hauteur du couloir ; après quoi j'eus peur de perdre ou d'affaiblir ma voix. En vérité, que dites-vous là ? Pardieu ! Dès le premier coup d'œil, j'avais bien deviné votre état ; vous me le confirmez ! N'est-ce point une espèce de lèpre que cette fièvre, ce mal de mer sur la terre ferme ? N'avez-vous pas l'impression de ne pouvoir, dans votre excès d'ardeur, vous contenter, ou vous rassasier, du véritable nom des choses et, partant, de les couvrir en toute hâte de noms pris au hasard ? Vite, vite, pensez-vous — mais à peine vous êtes-vous enfui loin des choses qu'à nouveau vous avez oublié leur nom. Le peuplier des champs, que, le voulant ignorer comme tel, vous avez nommé « Tour de Babel », se balance à nouveau innommé et il vous le faut appeler « Noé ivre »...

— Je suis content, m'interrompit-il, de n'avoir rien compris à ce que vous disiez !

Dans mon excitation, je lui dis très vite :

— Votre contentement m'est justement l'aveu que vous m'avez compris !

— Ne vous l'ai-je point dit ? On ne peut rien vous refuser !

J'appuyai mes mains sur une des marches supérieures et me rejetai en arrière. Dans cette position à peu près inattaquable, dernier recours des lutteurs :

— Ah, mais pardon ! déclarai-je. C'est manquer d'honnêteté que de me retourner l'explication que je vous donne !

Là-dessus, il s'enhardit. Il joignit les mains pour donner à son corps plus d'unité et me dit non sans une légère hésitation :

— Les discussions sur la franchise, vous les avez exclues dès le début. En vérité, une seule chose m'est à présent nécessaire : vous faire comprendre ma façon de prier. En savez-vous la raison ?

Voilà qu'il m'interrogeait à présent ! Non, je ne le savais pas et ne voulais pas le savoir. Je me dis alors que j'étais loin d'être ici de mon propre vouloir, c'était lui qui m'y avait amené de force, comme il m'avait contraint à l'écouter du reste ! Je n'avais donc qu'à faire la sourde oreille, et tout s'arrangerait, mais cela, précisément, j'en étais pour l'instant incapable !

En face de moi, mon dévot souriait. Puis, il tomba sur les genoux et me dit en grimaçant d'un air endormi :

— Je puis enfin vous trahir mon secret : pourquoi je vous ai laissé m'aborder. Par curiosité, par espoir ! Il y a longtemps déjà que votre regard me console. Par vous j'espère aussi apprendre la raison pour laquelle les choses s'évanouissent autour de moi comme flocons de neige, alors que pour les autres le moindre verre à liqueur posé sur la table est aussi stable qu'un monument !

Comme je ne répondais pas et que seul un tressaillement parcourait involontairement mon visage, il me demanda :

— Vous ne croyez pas qu'il en soit ainsi pour les autres ? Vraiment pas ? Écoutez un peu : un jour où, tout petit, après ma courte sieste, j'ouvrais les yeux, encore incertain de ma propre vie, j'entendis ma mère, du haut de son balcon, demander de sa voix la plus naturelle : « Que faites-vous là, ma chère ? Quelle chaleur ! » Du jardin, une femme lui répondit : « Vous voyez, je goûte sur l'herbe. » Elles parlaient sans y penser, à l'étourdie, comme si cette femme se fût attendue à la question et ma mère à la réponse !

Me croyant interrogé, je portai ma main à la poche-revolver de mon pantalon, comme si j'y eusse cherché quelque chose — en fait, je ne cherchais rien, mais je tenais à changer de position pour témoigner de mon intérêt à la conversation ! — et je lui déclarai trouver que cette petite aventure semblait fort curieuse et vraiment mystérieuse. J'ajoutai ne pas croire à son authenticité et la supposer imaginée pour les besoins de la cause, si obscure fût-elle ! Puis je fermai les yeux, tant la lumière était mauvaise et fatigante pour mes yeux !

— Vous voyez bien ! Courage ! Pour une fois vous voilà de mon avis ! Et dans votre désintéressement, vous m'avez abordé afin de me le dire. Je perds un espoir, mais en gagne un autre !

N'est-ce pas ? Pourquoi avoir honte de ne pas marcher tout droit et d'un pas normal, de ne point frapper le pavé de ma canne et de céder le trottoir aux passants tapageurs ? N'aurais-je pas plutôt le droit de me plaindre, de sautiller comme une ombre indécise le long des maisons pour disparaître parfois dans les vitres des étalages ?

Quelles journées que les miennes ! Pourquoi tout est-il si mal construit que sans la moindre raison de hautes bâtisses s'écroulent ? Je grimpe alors dans les décombres et j'interroge tous ceux que je rencontre : « Est-ce possible ? Et comment ça ? Dans notre ville ! Un bâtiment tout neuf ! Et ce n'est pas le premier aujourd'hui, ni le dernier ! Pensez un peu ! » Mais qui me répondrait ?

Souvent des passants tombent dans la rue et meurent sur place. Aussitôt tous les commerçants d'ouvrir leurs portes encombrées de marchandises et d'accourir au pas accéléré ! On transporte le corps quelque part, et tous s'en reviennent souriants et bavards : « Bonjour, bonjour !... Le temps est au brouillard... Les foulards se vendent comme des petits pains... Ah ! oui, la guerre, ah ! la guerre !... » Je cours à la maison où le corps a été déposé, et ce n'est qu'après avoir plusieurs fois esquissé timidement le geste de frapper à la petite fenêtre du concierge, la main levée et le doigt recourbé, qu'enfin je l'exécute : « Bonjour dis-je, c'est bien ici, n'est-ce pas ? qu'on vient de transporter le corps d'un passant ? Auriez-vous l'amabilité de me le montrer ? » Mais il reste à branler du chef, comme incapable de se décider. « Prenez garde ! me faut-il ajouter. Prenez garde ! Je suis détective privé, j'entends voir le mort illico ! » Du coup, il sort de son indécision. « Sortez ! crie-t-il. Cette racaille prend l'habitude de rôder par ici toute la journée. Il n'y a pas ici le moindre mort ! Voyez à côté ! » Je salue et m'éloigne.

Mais une grande place à traverser, et j'ai tout oublié ! Si, par pure gloriole, on aménage des places aussi vastes, pourquoi en même temps ne pas les munir de balustrades en travers ? Il souffle aujourd'hui un de ces petits vents du Sud-Ouest ! La pointe du beffroi en décrit là-haut de petits cercles ; toutes les vitrines tremblent et les réverbères plient comme des roseaux ; le vent gonfle et tord sur sa colonne le manteau de la Vierge. Personne ne remarque-t-il donc ce qui se passe ? Au lieu de marcher sur le pavé, hommes et dames planent dans les airs ! Quand le vent s'arrête, ils s'arrêtent aussi et échangent quelques mots, puis ils s'inclinent et s'en vont, chacun de son côté. Mais que le vent reprenne et les voilà tous qui s'envolent à la fois sans pouvoir résister. Ils ont beau être forcés de retenir leurs chapeaux, la joie n'en brille pas moins dans leurs yeux et ils n'ont rien à objecter ! Moi seul, j'ai peur ! Là-dessus je pus enfin lui dire :

— Cette histoire de votre mère et de la femme dans le jardin, à vous dire vrai, je ne la trouve pas si curieuse. Non seulement, j'en ai entendu et vécu une quantité de semblables, mais j'y ai même été souvent directement mêlé. Il n'y a là rien que de très naturel ! Ne croyez-vous pas que me trouvant en été sur ce balcon, j'aurais pu poser la même question que votre mère ou lui répondre comme la femme du jardin ? Le banal incident !

En m'entendant, il parut enfin se calmer et me dit sans transition que j'étais bien habillé et que ma cravate lui plaisait beaucoup, que j'avais la peau très fine et que les aveux ne prenaient tout leur sens que quand on les rétractait.**

c) Histoire du Dévot.

Puis il s'assit auprès de moi. Il commençait à m'intimider et, tête basse, je lui fis place. Il ne m'échappait d'ailleurs pas qu'il n'était point non plus fort à son aise. Il se faisait tout petit, tâchant de ne pas même m'effleurer et parlait avec effort :

— Quelles journées que les miennes !

Hier, par exemple, soirée mondaine. Au moment où, à la lumière du gaz, je m'incline devant une jeune fille en disant : « Je suis vraiment heureux de l'approche de l'hiver ! » — à ce moment précis, je remarque, non sans une vive contrariété, que mon fémur droit vient de se déboîter. Mon genou aussi s'était quelque peu relaxé.

Naturellement, je m'assieds — et enchaînant (je cherche toujours en effet à garder la maîtrise de mes propos !) « car l'hiver, ajouté-je, est moins fatigant ; on peut y agir avec légèreté, les paroles y exigent peu d'effort, n'est-ce pas, chère Mademoiselle ? Vous me donnez raison en l'occurrence ! »

Tout ce temps ma jambe droite m'incommodait fort. Je la croyais d'abord en morceaux et ce n'est que peu à peu, à force de la masser et de la manipuler judicieusement, que je la remis à peu près en état.

C'est alors que la jeune fille qui, par sympathie, s'était, elle aussi, assise, me dit tout bas :

— Non, non, vous ne m'impressionnez pas, car...

— Attendez ! dis-je avec autant de satisfaction que d'attentive application, vous n'allez pas perdre, chère Mademoiselle, ne serait-ce que cinq minutes ! à parler avec moi. Je vous en prie, mangez entre les mots !

Ce disant, je plonge le bras dans une sorte de corbeille que tend un génie de bronze et y saisis une lourde grappe de raisins ; je la tiens un moment en l'air avant de la déposer dans une petite assiette à bordure bleue et de l'offrir à ma voisine en un geste non dépourvu sans doute de quelque affectation !

— Non, vous ne m'impressionnez pas ! reprend-elle. Tout ce que vous dites est ennuyeux et incompréhensible, mais pas davantage vrai pour autant ! Je crois, Monsieur — pourquoi m'appeler « chère Mademoiselle » ? — je crois que c'est tout simplement parce que la vérité exige trop d'efforts que vous la méprisez !

Ciel, que cela me mit en belle humeur !

— Mais oui, mais oui, Mademoiselle ! criai-je presque. Comme vous avez raison, chère Mademoiselle ! Mais comprendrez-vous jamais quelle joie peut envahir celui qui est si bien compris sans qu'il ait rien fait pour ça ?

— La vérité exigerait en effet trop d'efforts pour vous, Monsieur, car de quoi avez-vous l'air ! De la tête aux pieds, vous êtes une découpure de papier de soie, de papier de soie jaune, exactement une silhouette ! Et quand vous marchez, on doit entendre un froissement de papier. Il serait donc fou de jeter feu et flammes à propos de vos attitudes ou de vos opinions, puisqu'il suffit d'un simple courant d'air, comme à présent, pour vous courber à son caprice !

— Je ne vous suis pas... Plusieurs invités se trouvent dans cette pièce. Les uns entourent du bras le dossier de leur chaise ou s'accoudent au piano, les autres portent comme à regret leur verre à leurs lèvres ou passent timidement dans la pièce voisine. Après s'être heurté l'épaule droite à une armoire, ils se disent à eux-mêmes tout en prenant l'air à la fenêtre : Là-bas, c'est Vénus, l'étoile du berger ! Et moi-même, ici, en soirée ! Existe-t-il un rapport entre ces deux faits, je ne le comprends pas. Y en a-t-il même un ? Et voyez vous, chère Mademoiselle, parmi tout ce monde, dont, faute de clarté sur lui-même, la conduite est si tâtonnante, voire si ridicule — moi seul, je parais digne qu'on éclaircisse mon propre cas ! Et, pour leur donner, de surcroît ! un tour agréable, vous gazez si bien d'ironie vos remarques qu'elles ne détruisent pas tout, mais laissent subsister l'essentiel — de même qu'après l'incendie se dressent encore les gros murs ! Rien, ou à peu près, n'entrave plus le regard, par les trous béants des fenêtres, on voit de jour les nuages et, de nuit, les étoiles. Souvent les pierres grises mutileront encore les nuages et formeront avec les étoiles d'étranges constellations... Que diriez-vous de m'entendre vous confier par gratitude qu'un jour les hommes qui voudront vivre auront tous le même aspect que moi : silhouettes de papier de soie, comme vous l'avez remarqué, et, quand ils marcheront, on entendra une sorte de froufroutement ! Ils ne seront pas différents de ce qu'ils sont aujourd'hui, mais tel sera leur aspect. Même vous, chère Mademoiselle...

Je m'aperçus alors que ma voisine n'était plus là. Elle avait dû partir sitôt après ses dernières remarques, et se tenait à présent devant la fenêtre, entourée de trois jeunes gens qui parlaient en riant dans leur haut faux col.

Là-dessus, après avoir bu gaiement une coupe de champagne, je m'approchai du pianiste qui, en hochant la tête, jouait dans son coin un air mélancolique. Pour ne pas l'effrayer, je me penchai doucement sur son oreille et lui dis tout bas durant qu'il jouait :

— Ayez la bonté, cher Monsieur, de me laisser jouer, car je suis sur le point d'être heureux.

Mais il ne m'entendit pas et je restai là, gêné, jusqu'au moment où, surmontant ma timidité, j'allais d'un invité à l'autre.

— Aujourd'hui, disais-je d'un air négligent, je joue du piano, vous allez voir !

Personne ne semblait ignorer que je ne susse pas jouer, mais on souriait gentiment de ce que la conversation fût interrompue d'aussi agréable façon. Pourtant on ne me prêta vraiment attention qu'au moment où, m'adressant au pianiste, je lui dis, cette fois, à haute et intelligible voix :

— Ayez la bonté, cher Monsieur, de me laisser jouer, car je suis sur le point d'être heureux. Rien de moins que la joie du triomphe !

Le pianiste s'interrompit, mais n'en quitta pas plus sa banquette qu'il n'eût l'air de me comprendre ! Il se contentait, en soupirant, de cacher son visage dans ses longues mains.

Il me faisait pitié et, dans mon remords, je l'encourageais à poursuivre, quand, au milieu d'un groupe, la maîtresse de maison s'avança.

— Curieux hasard ! s'esclaffèrent-ils, comme si j'eusse eu l'intention de me lancer dans quelque extravagance.

La jeune fille de tout à l'heure survint à son tour et dit en me toisant d'un air de mépris :

— Je vous en prie, Madame, laissez-le jouer ! Peut-être Monsieur entend-il tenir sa partie dans nos divertissements ? Il l'en faut louer. Oh, si ! De grâce, Madame !

Ils témoignèrent, tous, d'une joie bruyante, persuadés comme moi qu'il n'y avait dans ces propos que moquerie. Seul, le pianiste restait silencieux. Il penchait la tête tout en passant l'index de la main gauche sur le bois de la banquette, comme s'il eût dessiné dans le sable. Un tremblement me saisit et, pour le dissimuler, je mis les mains dans mes poches. J'étais incapable de parler distinctement, tant j'avais envie de pleurer ! J'eus alors à trouver les mots qui rendissent ridicule à mes auditeurs la pensée que j'allais éclater en sanglots : « Madame, il faut que je joue car... », et comme j'avais oublié mes raisons, je me laissai choir sur la banquette. De nouveau je compris le ridicule de ma situation. Le pianiste se leva et, comme je lui barrais le chemin, il eut la gentillesse d'enjamber la banquette.

— L'obscurité, s'il vous plaît ! Je ne saurais jouer dans la lumière, dis-je en me redressant.

Deux messieurs saisirent alors la banquette et me portèrent ainsi à l'autre bout de la pièce, près de la table, tout en sifflant un petit air et en me balançant en cadence.

Toute la société eut l'air d'approuver et la jeune fille conclut :

— Voyez, Madame, comme il a bien joué ! Je le savais et vous aviez si peur !

Je compris et la remerciai d'une révérence dans les règles. On me versa une citronnade que me fit boire une jeune personne aux lèvres fort rouges ; sur une assiette d'argent la maîtresse de céans m'offrit une meringue qu'une jeune fille en robe blanche me fourra dans la bouche ; une belle blonde, plantureuse à souhait, éleva au-dessus de moi une grappe de raisins que je n'eus qu'à picorer, tandis qu'elle plongeait son regard dans le mien qui n'osait pas le soutenir. Choyé ainsi de tous, quel ne fut pas mon étonnement, quand je voulus retourner au piano, d'en être retenu par tous !

— Tenons-nous-en là ! dit notre hôte que je n'avais pas encore remarqué. — Il sortit et revint immédiatement en portant un immense haut-de-forme et un paletot couleur brique, orné de fleurs. — Voici vos affaires ! me dit-il.

À vrai dire, ce ne les était pas, mais je ne voulus pas lui imposer d'autres recherches. Lui-même m'aida à enfiler le manteau qui, collant étroitement à ma maigre personne, m'allait à merveille. Une dame à la figure aimable le boutonna sur toute sa longueur en se penchant au fur et à mesure.

— Au revoir, me dit la maîtresse de maison. Mais à bientôt surtout ! Vous êtes toujours le bienvenu !

Et tout le monde s'inclina comme si c'eût été de rigueur. Je tentai d'en faire autant, mais le pardessus était trop étroit. Je pris alors le haut-de-forme et sortis non sans gaucherie.

d) Conversation avec l'Ivrogne.

*** Dès qu'à petits pas j'eus franchi le seuil, je fus assailli par le ciel, la lune et les étoiles, par cette immense voûte en même temps que par la place, l'Hôtel-de-Ville, la statue de la Vierge et l'Église.

Je sortis tranquillement de l'ombre pour gagner le clair de lune, j'ouvris mon pardessus pour me réchauffer, puis en levant les mains, je fis taire le bruissement de la nuit et me mis à réfléchir.

Au nom de quoi faites-vous semblant d'exister ? Prétendez-vous me faire avaler que je suis irréel et grotesque, là, sur mon pavé verdoyant ? Mais n'y a-t-il pas beau temps que tu n'es plus, ô ciel ? Et toi, place de l'Hôtel-de-Ville, as-tu jamais été ?...

Certes, vous êtes, à vrai dire, toujours très au-dessus de moi, mais à la seule condition que je vous laisse en paix !

Dieu merci, tu n'es plus, ô lune ! Et sans doute est-ce pure négligence de ma part que de te nommer encore de ce nom, toi qu'on appelle ainsi ? Pourquoi n'es-tu plus aussi pétulante, dès que je t'appelle « Vieille lanterne vénitienne drôlement coloriée » ? Et pourquoi te caches-tu presque entièrement quand je te nomme « Statue de la Vierge » ? Et toi, ô Statue de la Vierge, je ne reconnais plus ton attitude menaçante, dès que je t'appelle « Lune à la lumière jaune » !

À croire vraiment qu'on vous dessert sérieusement, rien qu'à réfléchir sur votre compte ! Vous y perdez courage et santé.

Ciel, quel avantage le penseur n'aurait-il pas à fréquenter l'école de l'ivrogne !

Pourquoi tout s'est-il apaisé ? Le vent est tombé, me semble-t-il, et les maisonnettes qui roulent souvent à travers la place comme sur des roulettes sont solidement enracinées au sol, on ne discerne plus... (mais chut, chut !) le mince trait noir qui d'ordinaire les en sépare !

Et je me mis à courir. Trois fois je fis sans encombre le tour de la grande place sans rencontrer d'ivrogne. Toujours au pas de course et sans la moindre fatigue, je me dirigeai alors vers la rue Charles. Parfois plus petite que moi, mon ombre à mon côté courait sur les murs comme en un chemin creux.

Devant la caserne des pompiers, j'entendis du bruit du côté du Petit Marché ; je vis en y arrivant un ivrogne debout contre la grille de la fontaine, les bras écartés, il frappait le sol de ses galoches. Je m'arrêtai pour reprendre haleine, puis m'avançai vers notre homme, enlevai mon huit-reflets et me présentai :

— Bonsoir, délicat gentilhomme ! J'ai vingt-trois ans, mais point encore de nom. Vous, au contraire, porteur d'un nom aussi magnifique que mélodieux, vous arrivez de ce grand Paris — tout imprégné de l'atmosphère artificielle de cette cour de France, où le terrain est toujours si propice à faciliter les faux pas !

De vos yeux fardés, vous avez certainement vu ces grandes dames en taille de guêpe faire ironiquement demi-tour en arrivant en haut de la claire terrasse, alors que le bout de leur traîne richement colorée, étalée sur les marches, couvre encore le sable du jardin... Tout alentour, n'est-ce pas ? des laquais en pimpantes livrées grises et en culottes blanches grimpent des bras et des jambes tendre à de hauts piliers de bois d'immenses toiles grises qu'au moyen de grosses cordes ils soulèvent de terre, le buste tout déjeté par l'effort — la grande dame ayant justement souhaité ce jour-là une matinée embrumée !

Il rota et je repris, légèrement interloqué :

— Vraiment, Messire, est-il exact que vous arriviez de notre Paris, de cette ville à l'atmosphère, hélas ! changeante, chargée d'orages et de passions ?

De nouveau il rota et je lui dis :

— Tout l'honneur est pour moi, Messire, et je sais l'apprécier !

Tout en boutonnant mon pardessus d'un doigt rapide, j'ajoutai avec une ferveur timide :

— Je sais bien que vous jugez malséant de me répondre, mais ce me serait condamner à toute une vie de regrets que de ne pas aujourd'hui vous interroger.

« Je vous en prie, Messire-au-Bel-Habit, est-il vrai, comme on me l'a raconté, qu'il y ait à Paris des hommes qui ne soient que broderies et des maisons que portails ? Est-il vrai qu'aux jours d'été le ciel soit au-dessus de la ville d'un bleu lavé, rehaussé de petits nuages blancs en forme de cœurs ? Y a-t-il vraiment là-bas un diorama très à la mode où l'on ne trouve que des arbres, gravés des noms — chacun en son cartouche — des héros, des criminels et des amants les plus célèbres ?

« Ah ! et puis encore cette information, cette information de toute évidence mensongère ! Ces rues de Paris n'ont-elles pas des bifurcations inattendues ? Ne sont-elles pas d'une extraordinaire agitation ? Tout n'y est point toujours dans le meilleur ordre, comment d'ailleurs serait-ce possible ? Qu'un incident survienne, et voilà les gens accourant des rues voisines, de ce pas de citadin qui ne fait qu'effleurer le pavé ; tout brûlants de curiosité malgré la crainte des déceptions ; haletants et la face tendue ! Qu'ils viennent à s'effleurer, et les voilà à s'excuser sans fin et à se faire mille courbettes : "Navré, Monsieur ! Excusez ma mégarde !... Quelle presse !... Excusez-moi, je vous en prie !... J'ai été maladroit, je l'avoue... Mon nom... mon nom Jérôme Faroche, épicier, rue des Cabotins... Puis-je me permettre de vous attendre demain à déjeuner, ce serait aussi grand plaisir pour madame Faroche..." Tels sont les propos, alors que la rue est encore tout engourdie et que la fumée se rabat entre les maisons.

C'est bien ça, n'est-ce pas ? Mais se peut-il que dans l'animation du boulevard d'un quartier élégant deux voitures viennent se ranger au même endroit ? Des laquais ouvrent gravement les portières. Huit beaux chiens-loups de Sibérie descendent en se bousculant et, bondissant et aboyant, partent en chasse sur la chaussée..., et on voudrait nous faire croire que ce seraient là, en travestis, de jeunes élégants du Tout-Paris ! ! ! »

Il avait à demi fermé les yeux. Quand je me fus tu, il porta les deux mains à sa bouche en abaissant sa mâchoire inférieure. Ses vêtements étaient couverts de boue, peut-être l'avait-on jeté à la porte d'un cabaret et ne savait-il exactement ce qui lui était arrivé ?

Nous nous trouvions sans doute en cette courte et calme relâche entre le jour et la nuit, quand, tout à coup, la tête retombe entre les épaules et qu'à notre insu tout meurt et disparaît en l'absence de nos regards ; quand nous restons là, seuls, le corps ployé en deux à regarder autour de nous, sans plus rien voir, cramponnés au souvenir qu'à quelques pas de nous s'élèvent des maisons avec des toits et, par bonheur aussi ! des cheminées anguleuses par où le crépuscule suinte au travers des mansardes jusqu'aux pièces de la maison ? Mais, Dieu merci ! il fera jour demain et, chose incroyable s'il en est ! demain nous pourrons y voir.

Mon ivrogne contracta brusquement les sourcils et un reflet brilla entre eux et les paupières. Il m'expliqua par bribes :

— C'est-à-dire que voilà... C'est-à-dire que j'ai sommeil et que subséquemment je vais aller me coucher... C'est-à-dire que j'ai un beau-frère place Wenceslas... Alors c'est-à-dire j'y vais, puisque j'y habite, puisque j'y ai mon lit... Fiche-moi le camp !... C'est-à-dire que je ne sais plus comment il s'appelle exactement ni où il habite... C'est-à-dire que je crois bien l'avoir oublié... Mais ça n'a guère d'importance, puisque je ne sais toujours pas si j'ai même un beau-frère... C'est-à-dire qu'à présent je m'en vais... Croyez-vous que je le trouverai ?

Sans réfléchir, je lui répondis :

— Oh ! certainement. Mais vous arrivez de l'Étranger et par le plus malheureux des hasards vous n'avez pas vos laquais sous la main. Souffrez que je vous conduise !

Il ne répondit pas et je lui offris mon bras.***

e) Suite de la conversation entre l'Obèse et le Dévot.

Depuis un moment déjà, je tentais de me secouer. Je me frictionnais tout en me disant : « Il est temps que tu parles. Tu parais déjà tout confus. Te sens-tu gêné ? Attends alors ! Tu les connais, ces situations. Réfléchis posément ! Ton entourage peut bien attendre. » Il en va maintenant comme à la soirée de l'autre semaine ; quelqu'un donnait lecture d'un manuscrit, dont j'avais moi-même, sur sa demande, recopié une page. À voir mon écriture à côté de la sienne, quelle ne fut ma stupeur ! Une écriture inconsistante, lâchée !... Des trois côtés de la table on se penchait. Je jurai en pleurant que ce n'était pas mon graphisme !... « Mais quel rapport entre cette histoire et la présente situation ? Il n'appartient qu'à toi de faire naître une conversation bien délimitée. Tout est en paix. Fais effort, mon cher ! Tu vas bien trouver quelque chose à répondre : “je m'endors... J'ai mal à la tête... Adieu !” Alors vite, mais vite !

Manifeste-toi... Mais quoi ? Encore et toujours des difficultés ? De quoi te souviens-tu ?... “Je me souviens d’un plateau qui, tel le bouclier de la terre, se dressait contre le ciel ! Je le voyais du haut d’une montagne et m’apprêtais à le parcourir, je commençais à chanter...” »

Mes lèvres étaient sèches et me trahirent, lorsque je lui dis enfin :

— Ne saurait-on vivre autrement ?

— Non, dit-il avec un sourire sibyllin.

— Mais alors pourquoi priez-vous le soir à l’église ? lui demandai-je, tandis qu’entre lui et moi s’écroulait tout ce que j’avais jusqu’alors soutenu comme en rêve.

— Oh ! pourquoi parler de tout cela ? À la tombée du soir, nul de ceux qui vivent seuls n’est plus responsable. On a peur qu’il n’arrive des choses : que son corps (qui sait ?) ne vienne à disparaître, que les hommes ne soient en réalité que ce qu’ils paraissent dans le crépuscule, qu’on ne puisse plus marcher sans une canne..., alors on se dit qu’il serait peut-être bon d’aller à l’église et d’y prier à tue-tête, afin que de tous ces regards braqués sur soi il vous naisse un corps !

À ces mots, je tirai un mouchoir de ma poche et éclatai en sanglots, cassé en deux.

Il se leva et m’embrassant :

— Pourquoi pleurer ? demanda-t-il. Tu es grand. C’est fort sympathique. Tu as de longues mains qui t’obéissent à peu près. Avec tout ça comment ne serais-tu pas heureux ? Porte toujours, je te conseille, des manches bordées de noir... Allons, ne pleure plus ! Je m’essaye à te réconforter, et tu persistes à sangloter ? La difficulté de vivre, tu la supportes très raisonnablement...

Les objets que nous construisons sont, à vrai dire, inutilisables : machines de guerre, tours, murs, rideaux de soie... etc., et ce nous serait un grand étonnement, si nous avions le temps de le remarquer ! Nous nous maintenons en l'air sans tomber, nous voletons, pis même que les chauves-souris ! Mais vienne un jour de beau temps, et qui saurait nous empêcher de dire : « Ah ! mon Dieu, la belle journée ! » — nous installant ainsi sur notre terre et vivant du seul fait de notre consentement !

****Vois-tu ! Nous sommes pareils à des troncs d'arbres dans la neige. Ils semblent simplement posés, d'une chiquenaude on devrait les envoyer bouler. Mais non, rien à faire ! Ils sont solidement liés au sol. Même pas ! Regarde donc ! Ce n'est qu'une apparence.****

Réfléchir à ce qu'il me disait coupa court à mes pleurs. « Il fait nuit, pensai-je, et personne ne saurait demain me reprocher ce que je puis dire à présent, aussi bien ce ne sont que paroles échappées au sommeil ! »

Puis, à haute voix :

— Oui, c'est bien ça. Mais, au fait, de quoi pouvions-nous parler ? Certainement pas de la couleur du ciel, puisque nous sommes dans les entrailles d'un couloir ! Non, mais nous l'aurions pu. Ne sommes-nous point absolument libres de nos propos, puisque nous ne poursuivons d'autre but et d'autre vérité que ceux de plaisanter et de nous distraire... Mais ne voudriez-vous point me raconter encore une fois l'histoire de la femme dans son jardin ? Que voilà donc une femme admirable et de quelle intelligence ! Puisse-t-elle nous être un constant exemple ! Comme je l'aime et quelle chance aussi de vous avoir rencontré ! J'ai eu grand plaisir à parler avec vous ; j'ai appris des choses que j'avais peut-être voulu ignorer jusqu'ici. Très heureux pour moi, très heureux !

Il avait lui aussi l'air si content que je ne sus me dispenser de l'embrasser à mon tour, bien que le contact d'un corps humain me soit toujours pénible. Nous quittâmes alors notre couloir et débouchâmes à l'air libre. Mon ami dispersa de son souffle quelques poussières de nuages, et le champ des étoiles s'offrit à nous dans sa continuité. Mon ami marchait avec difficulté.

4. NAUFRAGE DE L'OBÈSE

Tout fut soudain la proie d'une vitesse folle et sombra dans l'infini. Entraînées dans une cascade, les eaux du fleuve parurent d'abord hésiter sur l'arête effritée avant de s'écrouler finalement en paquets et en fumées.

Force fut à l'Obèse d'interrompre son récit ! Il se retourna... et disparut dans le fracas de la cataracte.

Du rivage, je ne perdis rien de la fin de l'intermède. « Que peuvent nos poumons ? m'écriai-je. Respirent-ils vite, ils étouffent d'eux-mêmes dans leurs propres poisons ! Respirent-ils lentement, ils étouffent aussi sûrement dans l'atmosphère irrespirable des éléments en fureur ! Et s'ils tentent de trouver leur rythme propre, il leur faut périr de cette tentative ! »

Cependant, les rives du fleuve s'étiraient démesurément, et je pouvais, nonobstant, toucher du plat de la main la barre de fer d'un poteau indicateur, minuscule à distance — ce qui ne laissa pas de m'apparaître mystérieux ! N'étais-je point de petite taille en effet — et plus encore que d'habitude ? Un arbuste à baies blanches, furieusement secoué, ne dépassait-il pas ma hauteur, comme, l'instant d'avant, je l'avais remarqué au passage ?

Erreur ! Mes bras étaient en effet aussi longs, mais beaucoup plus agiles que les nuages de grande pluie. Pour quelle raison avaient-ils décidé d'aplatir ma pauvre tête ?

Celle-ci n'était pas plus grosse qu'un œuf de fourmi, mais quelque accident lui avait fait perdre de sa rondeur. Je la faisais tourner sur elle-même en suppliante, car mes yeux étaient si petits qu'on n'en pouvait voir l'expression.

Mes jambes, par contre, mes jambes impossibles s'étendaient sur les forêts des montagnes, dont elles ombrageaient vallées et villages. Elles grandissaient et grandissaient encore ! Déjà elles se dressaient dans l'espace infini, là où il n'est plus de paysage ; depuis longtemps leur longueur avait dépassé la portée de mes yeux !

Mais non, ce n'est pas ça... Je suis pour le moment un petit, un tout petit homme... Je roule..., je roule, avalanche dans la montagne ! De grâce, passants, ayez la bonté de me dire quelle est ma taille, il vous suffit de mesurer ces bras, ces jambes..., de grâce !

III

— Or ça, où en sommes-nous ? s'écria soudain le nouvel ami avec qui j'avais quitté la soirée. — Il marchait tranquillement à mon côté sur un des chemins du Mont-Laurent. — Allez-vous enfin vous arrêter un peu, que je sache à quoi m'en tenir !... J'ai quelque chose à régler, savez-vous ! C'est épuisant..., cette nuit froide et pleine d'étoiles, ce vent impatient qui paraît même parfois vouloir changer de place les acacias.

Au clair de lune, le pavillon du garde-jardinier projetait sur le chemin, légèrement bombé à cet endroit, une ombre ourlée de neige. En apercevant le banc près de la porte, je l'indiquai du geste à mon ami. Je n'étais guère sûr de moi, je m'attendais à des reproches ; déjà, la main sur le cœur, j'allais protester de mon innocence.

Mais il s'assit avec lassitude, sans égard pour ses beaux habits. Et je le vis, à ma grande stupéfaction, appuyer les coudes contre les hanches et poser le front sur ses doigts écartés.

— Eh bien, je veux vous faire un aveu ! commença-t-il. Je mène une vie régulière, savez-vous, irréprochable. Rien n'y manque de ce qu'exige une bonne réputation. Vous y trouverez ce qu'il faut de malheur au monde qui est le mien (mon entourage et moi l'avons constaté avec plaisir !) et de bonheur aussi, car j'en ai eu ma bonne part, je puis le dire entre nous ! Bon, mais jamais encore je n'avais été vraiment amoureux. Il m'arrivait de le regretter, quitte à user nonobstant du terme si le besoin s'en présentait. Mais à présent... ! Il faut que je le clame ! Oui, je suis amoureux ! Oui, je suis tout vibrant d'amour ! Un amant plein de feu, voilà ce que je suis, et tel qu'en rêvent les jeunes filles ! Mais n'aurais-je pas dû songer que justement ce qui me manquait naguère donnait à ma vie un cachet exceptionnel et drôle, extrêmement drôle !

— Du calme, du calme ! lui dis-je avec l'indifférence de l'égoïsme. Votre bien-aimée est belle, m'a-t-il semblé comprendre ?

— Oh ! oui, elle est belle, pour sûr !

Assis à son côté, je ne cessais de me répéter : quelle audace, mon bon ! Quelle hardiesse de te lancer dans une telle traversée, de boire du vin à pleines carafes ! Mais qu'elle rie, et tu ne verras pas les dents auxquelles tu t'attendais, rien que la sombre ouverture de sa bouche arquée ! Elle a beau rejeter la tête en arrière, comme elle a l'air vieux et rusé !

— Qui le nierait ? lui dis-je en soupirant. Je l'ai bien remarqué, allez ! C'est assez frappant. Et n'y aurait-il que ça !

*****O splendeur des jeunes filles ! À voir vos beaux corps dans de si belles robes ornées de plis, de ruches et de franges, que de fois n'ai-je songé à la brièveté de tant de beauté, aux fripements irrémédiables de vos robes, à l'épaisse poussière qui les recouvrira et s'incrustera dans leurs ornements ! Comment pousser assez loin la tristesse et le ridicule de mettre chaque matin et de quitter chaque soir la même belle robe ? Que de jeunes filles pourtant — de belles jeunes filles aux formes ravissantes, aux tendres petits os, à la peau doucement tendue avec leurs masses de cheveux vaporeux ! — que de jeunes filles, pourtant, condamnées à ce sempiternel déguisement et à toujours poser en face du même miroir le même visage dans la paume de la même main ! Ce n'est qu'en de rares soirs, très tard, en se mirant dans leur glace au retour de quelque fête qu'elles se trouvent un visage bouffi, fripé et, à leur robe, un je ne sais quoi de trop vu et d'à peine mettable... !*****

— Mais, dites-moi ! Ce n'est pas la première fois

qu'au cours de cette promenade je vous ai demandé si elle est belle. À chaque fois vous vous êtes détourné sans répondre. Hein, auriez-vous de mauvaises intentions ? Pourquoi donc ne pas me rassurer ?

Je répondis d'un air concentré en enfonçant mes pieds dans l'ombre :

— Que vous en chaut, puisqu'elle vous aime !

Ce disant, je pressais sur mes lèvres, pour ne pas prendre froid, un mouchoir agrémenté de grappes de raisins bleus.

Il se tourna vers moi et, appuyant son large visage contre le dossier du banc :

— Après tout, dit-il, j'ai bien le temps, n'est-ce pas ? Je puis toujours mettre fin instantanément à cet amour naissant par la forfaiture, l'infidélité ou le départ pour un pays lointain. Vrai, je suis toujours en pleine indécision : dois-je ou non m'abandonner à l'exaltation ? En pareil domaine, tout est incertitude, personne ne peut vous indiquer avec sûreté où l'on va et quand ça finira ! Si je vais au cabaret avec l'intention de m'enivrer, je sais que, ce soir-là, je serai ivre, mais dans mon cas ? Nous projetons pour la semaine prochaine une excursion avec des amis, voilà de quoi, quinze jours durant, vous plonger le cœur dans l'orage ! Les baisers de ce soir me donnant envie de dormir pour céder la place à des rêves effrénés, j'essaye de résister en faisant une promenade nocturne. Mais l'agitation, cependant, me gagne de plus belle, tantôt le visage me cuit et tantôt il me brûle comme fouetté par le vent, au fond de ma poche mes doigts ne se peuvent détacher d'un bout de ruban rose, je passe par les appréhensions les plus extravagantes sans pouvoir m'abandonner à aucune... et jusqu'à vous, Monsieur, que je supporte, moi qui d'ordinaire ne saurais si longuement m'entretenir avec vous !

J'avais très froid, déjà l'aube blanchissait au bas du ciel plus proche.

— La forfaiture n'arrangera rien en l'occurrence, non plus que l'infidélité ou le départ pour un pays lointain... Alors ? Il ne vous reste qu'à vous tuer ! conclus-je, le sourire aux lèvres de surcroît !

En face de nous, deux arbustes se dressaient de l'autre côté de l'allée et derrière eux, tout en bas, c'était la ville. Quelques lumières y brillaient encore.

— Bien, bien ! s'écria-t-il, en frappant vigoureusement le banc de son petit poing qu'il n'en retira pas. Bien, bien ! Mais vous vivez pourtant ! Personne n'est amoureux de vous, vous n'arrivez à rien, vous n'êtes pas maître de l'instant qui va suivre ! Et vous osez me parler ainsi, sinistre personnage ! Vous êtes incapable d'aimer, rien ne vous émeut, sinon la peur ! Tenez, regardez un peu ma poitrine !

D'un geste rapide il ouvrit veston, gilet et chemise : oh ! la belle et large poitrine !

— Eh oui, dis-je. Qui n'a pas ses moments de contrariété ? Moi, par exemple, tenez ! Cet été je me trouvais en vacances au bord d'un fleuve. Je me souviens exactement de tout. Il m'arrivait de m'asseoir à croupetons, selon mon habitude, sur un banc tout à côté du casino, d'où venaient parfois les notes d'un violon. Dans le jardin, de robustes jeunes gens parlaient de chasses et d'aventures devant un verre de bière. Là-bas, de l'autre côté du fleuve, les montagnes semblaient des nuages...

Je me levai, la bouche tordue de fatigue et m'avançai sur le gazon derrière le banc, brisant sur mon passage de petits rameaux enneigés.

— Je suis fiancé, croyez-vous, lui dis-je à l'oreille.

— Vous êtes fiancé ? me répondit-il sans s'étonner de me voir debout.

Il était assis là, tout faible, soutenu seulement par le dossier du banc. Il ôta son chapeau et je vis ses cheveux soigneusement peignés et parfumés, dont, au-dessus de la nuque, la courbe nette séparait la rondeur de la tête de la blancheur du cou, à la mode de cet hiver.

Je me félicitais de lui avoir répondu avec tant d'à-propos : « Eh oui, me disais-je, avec quel naturel et quelle aisance il se meut de l'un à l'autre, quand il se trouve en société ! Il sait conduire les dames à travers un salon et leur parler avec agrément. La pluie dans la rue, l'amoureux transi sur le seuil ou n'importe quel autre désolant spectacle, rien ne l'émeut ! Non, il continue à faire le joli cœur — et pourtant le voilà ! »

Il passa sur son front un mouchoir de batiste.

— Je vous en prie, dit-il, ayez la bonté de poser une seconde la main sur mon front, de grâce !...

Et devant son hésitation, il joignit les mains.

Comme si nos préoccupations eussent assombri toutes choses, nous étions au haut de cette montagne, ainsi qu'en une chambre close (nous venions pourtant de percevoir la lueur et la brise de l'aube !) ; nonobstant le peu de sympathie que nous éprouvions l'un pour l'autre, nous étions liés ensemble irrémissiblement, tant autour de nous les murs avaient été dressés d'une main sûre et ferme ! Mais nous restions libres de nous couvrir de ridicule et d'agir en dehors de toute dignité. De quoi eussions-nous eu à rougir devant les branches au-dessus de nos têtes et face aux arbres devant nous ?

Avec le plus grand naturel, mon ami tira son canif de sa poche, l'ouvrit pensivement et, comme en jouant, l'enfonça dans son bras, l'y laissa ! Aussitôt le sang ruissela et je vis pâlir ses joues rondes. J'arrachai le canif, coupai la manche du pardessus et celle du frac, déchirai celle de la chemise. Puis, tout en courant, je descendis et remontai sur le chemin une courte distance avec l'espoir de trouver du secours. Immobiles, les branches des arbres étaient d'une netteté presque aveuglante. Je suçai un peu la plaie qui était profonde, et me souvins du pavillon du garde. Je gravis, toujours courant, les marches qui menaient à la bande gazonnée du côté gauche de la maison. J'examinai hâtivement portes et fenêtres, carillonnai furieusement sans cesser de trépigner — quoique j'eusse vu du premier coup d'œil que la maison était inhabitée ! Puis je revins examiner la blessure. Il en coulait un mince filet de sang. Je mouillai le mouchoir de mon ami dans la neige et lui bandai maladroitement le bras.

— Mon cher, mon très cher, lui dis-je, tu t'es blessé par amour pour moi ! Tu as pourtant un destin enviable ; entouré de sollicitudes, tu peux te promener au grand jour, quand, parmi les tables ou sur les sentiers des collines, on peut voir au loin et tout à l'entour tant de promeneurs endimanchés ! Tu verras, au printemps, nous irons au Bois ! Non pas nous, hélas ! mais Annette et toi, voilà ceux qui s'y rendront en un joyeux galop ! Mais si, mais si ! Crois-m'en ! Et sous le beau soleil vous serez le point de mire de tous ! Oh ! il y aura de la musique, au loin retentira le galop des chevaux ! Au diable les soucis ! Ce ne seront partout que cris de joie et ritournelles d'orgues de Barbarie !

— Ah ! mon Dieu ! fit-il en se levant. — Il s'appuya sur moi et nous nous en allâmes. — Il n'y a rien à faire ! Je n'en aurai aucune joie ! Pardonnez-moi ! Est-il tard ? Peut-être devrai-je faire demain quelque chose pour mon bras ? Ah ! mon Dieu !

Un réverbère brûlait là-haut, près du mur, et couchait l'ombre des troncs d'arbres sur la blanche neige du chemin, l'ombre des ramures s'étendait sur la pente...

La taupe géante

Ceux qui, comme moi, ne peuvent souffrir la vue d'une taupe ordinaire seraient sans doute morts de dégoût devant la taupe géante qui a été observée, il y a quelques années, à proximité d'un village sur lequel cette apparition a jeté un renom passager. L'endroit est aujourd'hui retombé dans l'oubli, comme d'ailleurs toute cette histoire qui est restée complètement inexpliquée. Il faut convenir aussi qu'on ne s'est guère efforcé de l'éclaircir et qu'on en a perdu le souvenir, sans autre enquête, par l'incompréhensible négligence des milieux qui auraient dû s'en occuper et qui se démènent effectivement pour des choses bien plus futiles.

Le village se trouve loin du chemin de fer, mais ce détail ne saurait être une excuse. Beaucoup de curieux arrivèrent de très loin, il en vint même de l'étranger, seuls s'abstinrent précisément ceux qui auraient dû témoigner plus que de la curiosité. Que dis-je ? Si quelques isolés, des gens très simples, auxquels leur travail quotidien ne laisse pas un instant pour souffler, ne s'étaient occupés de l'affaire d'une façon désintéressée, le bruit de cette apparition n'eût vraisemblablement pas franchi les limites de la commune. Il faut convenir que la rumeur publique — cette rumeur qu'on ne peut contenir ! — s'était montrée dans ce cas nettement engourdie. Si on ne l'avait littéralement poussée, elle serait restée sur place, mais ce n'était pas là non plus une raison pour négliger l'affaire. Au contraire, cette circonstance même aurait dû faire aussi l'objet d'un examen. Qu'en fut-il ? Au lieu d'enquêter, on laissa tout le soin d'établir le mémoire — le seul mémoire qu'on fit sur le moment — au vieux magister du village qui était, n'en doutons pas, un parfait pédagogue, mais qui ne se trouvait désigné ni par ses facultés ni par sa profession pour fournir des indications utilisables et complètes, sans parler d'une explication.

Son opuscule fut imprimé. Beaucoup de curieux l'achetèrent. Il eut même un succès d'estime. L'auteur, pourtant, eut assez de bon sens pour comprendre que ses efforts, n'étant soutenus par personne, ne pouvaient aboutir à rien. S'il persista quand même et fit de cette histoire — bien qu'elle devînt, du fait de sa nature, de plus en plus désespérée avec le temps — la grande affaire de sa vie, ce détail prouve seulement, d'une part, la puissante impression qu'avait produite le phénomène, d'autre part, les trésors de foi, les abîmes de persévérance qui peuvent habiter l'âme d'un obscur magister. Car il eut beaucoup à souffrir de l'attitude des milieux compétents ; c'est ce qu'il ressort d'un petit appendice dont il fit suivre son écrit peu d'années après l'événement — mais nul déjà ne se souvenait plus de rien. Il se plaint dans cet additif, plus persuasif par la franchise que par l'adresse, de l'incompréhension à laquelle on se heurte chez les dernières personnes dont on en attendrait. « Ce n'est pas moi, leur dit-il justement, c'est vous qui raisonnez comme de vieux magisters. » Et il cite notamment la phrase d'un savant qu'il est allé voir à la ville. Le nom de l'expert n'est pas imprimé en toutes lettres, mais divers détails du contexte permettent de le deviner.

L'audience avait été très dure à obtenir, et lorsque enfin le magister y fut admis, il s'aperçut dès le premier contact que le savant était pourri de parti pris. Cet homme écouta le long rapport que lui fit le maître d'école avec une distraction dont l'immense étendue se mesure dans la remarque qu'il proféra en fin de compte après s'être donné l'air de réfléchir un temps :

— La terre de votre région n'est-elle pas particulièrement noire ? particulièrement lourde ? Eh bien ! elle procure aux taupes un aliment particulièrement riche qui leur donne une taille formidable.

— Mais pas à ce point ! s'écria le magister.

Et il faisait voir sur le mur, exagérant dans sa fureur, une hauteur de deux bons mètres.

— Oh ! si, répondit le savant qui avait l'air de trouver l'histoire fort plaisante.

Ce fut sur ce renseignement que l'instituteur rentra chez lui. Il raconte dans son appendice que sa femme et ses six enfants l'attendaient ce soir-là sur la route nationale dans une tempête de neige, et comment il dut reconnaître l'échec définitif de son plus cher espoir.

Quand j'entendis parler de l'attitude du savant, je ne connaissais pas encore en son entier l'ouvrage du maître d'école, mais je décidai de recueillir et de rassembler aussitôt toute une documentation.

Ne pouvant aller à la ville brandir le poing sous le nez de l'expert, je défendrais du moins dans un factum la cause du vieux pédagogue, ou, pour mieux dire, la cause de la bonne intention d'un homme honnête, mais dépourvu de toute influence. J'ajoute que je l'ai regretté ensuite, car je ne tardai pas à reconnaître que j'allais me mettre forcément dans une étrange situation. D'une part, mon influence ne serait pas suffisante pour faire changer le savant d'avis ni même pour retourner l'opinion, et, d'autre part, le magister verrait que je tenais beaucoup moins à prouver l'existence de la grande taupe qu'à défendre une bonne foi qui lui paraissait évidente et qui devait se passer de plaidoyer. Il arriverait donc fatalement que je ne rencontrerais aucune compréhension du côté du maître d'école et qu'au lieu de l'aider, j'aurais besoin moi-même d'un champion dont l'apparition semblait fortement improbable. De plus, je m'imposais le fardeau d'un lourd travail. Si je voulais parvenir à convaincre, je ne pouvais m'appuyer sur un homme qui n'avait pas su persuader.

Connaître son écrit n'eût fait que m'embrouiller. J'évitai donc de le lire avant d'avoir fini le mien. Je fis plus, je ne pris pas contact avec l'auteur. Il eut bien vent de mes enquêtes par des tiers, mais ne sut si je travaillais avec ou contre lui. Il dut même supposer que c'était plutôt contre, bien qu'il l'ait nié par la suite, car j'ai la preuve qu'il me suscita différentes difficultés : la tâche était aisée, puisque j'étais forcé de reprendre toutes ses recherches. Il pouvait me prévenir à tout coup, c'était le seul reproche légitime que l'on pût faire à ma méthode ; et ce reproche était inévitable, mais notablement affaibli dans sa portée par la prudence, je dirai même l'abnégation de mes conclusions.

À ceci près, mon texte était exempt de toute influence du magister ; peut-être même avais-je été trop scrupuleux ; on eût dit, à me lire, que personne avant moi n'avait encore examiné le cas, que j'avais été le premier à écouter les témoignages, rassembler les dépositions et dégager les conclusions. Lorsque je lus, plus tard, l'ouvrage du magister, *D'une taupe si grande, que personne n'en a encore jamais vu de telle* — c'était son titre circonstancié —, je m'aperçus effectivement que nous différions sur des points essentiels, encore que nous crussions tous deux avoir prouvé le principal, qui était l'existence de la taupe.

Quoi qu'il en fût, ces divergences d'opinion sur les détails empêchèrent la naissance de relations amicales que j'avais espérées malgré tout. Elles développèrent même dans son âme une certaine hostilité. Sans doute resta-t-il toujours humble et modeste à mon égard, mais son sentiment véritable n'en était que plus éclatant. Il pensait, en effet, que je lui avais nui, et que c'était de ma part simplicité d'esprit et, plus probablement encore, prétention ou hypocrisie, si je croyais lui avoir rendu service ou si j'avais imaginé que je le pusse.

Il rappelait surtout fréquemment que jusqu'alors ses adversaires avaient toujours eu le bon goût de ne pas manifester leur hostilité ou, en tout cas, de ne la montrer qu'en tête à tête, et, de toute façon, oralement, tandis que j'avais jugé utile de faire éditer immédiatement toutes mes critiques. D'ailleurs, les rares contradicteurs qui s'étaient réellement occupés de l'affaire, ne fût-ce que superficiellement, avaient du moins pris connaissance de l'opinion du magister, celle qui faisait autorité, avant de publier la leur ; moi, au contraire, j'avais tiré d'indications recueillies sans méthode, et parfois mal interprétées, des conclusions qui, même si elles étaient justes en ce qui concernait l'essentiel, devaient paraître invraisemblables au public comme aux initiés. Or la plus faible invraisemblance, l'ombre même de l'invraisemblance, était en l'occurrence le pire des dangers.

À ces reproches plus ou moins voilés du magister, la réponse eût été facile — le comble de l'invraisemblance n'était-il pas atteint dans sa propre brochure ? Mais il n'était pas si aisé de combattre ses autres soupçons. C'est pourquoi j'avais adopté l'attitude la plus réservée dans tous mes rapports avec lui. Ne croyait-il pas, sans le dire, que j'avais voulu lui ravir la gloire d'avoir été le premier avocat de la taupe ? Or, cette gloire n'existait pas. Il n'y avait eu que du ridicule à recueillir, dans un cercle d'ailleurs de plus en plus restreint dont je ne tenais certainement pas à faire partie. Ajoutons que, dans ma préface, j'avais déclaré textuellement que c'était au magister que revenait à jamais l'honneur d'avoir trouvé la taupe — ce qui n'était même pas exact — et que c'était par pure sympathie que j'avais rédigé mon factum.

« Le but de cet écrit » — disait ma conclusion, d'un ton peut-être un peu emphatique, mais conforme à mon émotion — « le but de cet écrit est de favoriser la diffusion bien méritée du mémoire de l'instituteur. Si j'y parviens, que mon nom disparaisse : il n'est lié à cette aventure que par un caprice éphémère du hasard. »

C'était me défendre nettement de toute participation importante à l'affaire ; on eût dit que je pressentais l'incroyable reproche que me fit le vieux magister. Ce fut pourtant précisément dans ce passage qu'il trouva prise contre moi, et je ne nie pas qu'il n'y eût comme une ombre de bien-fondé dans ce qu'il dit ou plutôt suggéra ; je remarquai, d'ailleurs, plusieurs fois, qu'il se montrait presque plus perspicace à mon égard qu'à celui de la taupe. Il déclara que mon introduction contenait une hypocrisie. Si je ne tenais sincèrement qu'à la diffusion de sa brochure, pourquoi ne m'occupais-je pas uniquement d'elle et de son auteur ? Pourquoi ne montrais-je pas ses supériorités, son irréfutabilité ? Pourquoi ne me bornais-je pas à faire comprendre et ressortir l'importance de la découverte ? Pourquoi m'immisçais-je, au contraire, délaissant complètement l'écrit, dans la découverte elle-même ? N'était-elle pas déjà faite ? Laissait-elle par hasard encore à désirer ? Et, si je croyais devoir la refaire, pourquoi prenais-je, dans la préface, un soin si solennel de me mettre hors de cause ? Fausse modestie ? L'explication aurait pu se défendre ; mais c'était pire : je dépréciais la découverte ; je n'attirais l'attention sur elle qu'à dessein de la diminuer alors qu'il en avait déjà épuisé l'étude et l'intérêt. Le silence avait commencé à s'étendre sur cette affaire et je le rompais, mais, en même temps, je rendais la position de mon prédécesseur plus difficile que jamais. Qu'importait au maître d'école qu'on défendît sa loyauté ? C'était à la chose qu'il tenait, rien qu'à la chose, et je la trahissais parce que je ne la comprenais pas, parce que je l'interprétais mal, parce que je n'en avais pas l'instinct. Elle dépassait mon entendement de cent coudées.

Il était là, assis devant moi, à me regarder paisiblement avec son vieux visage ridé, et cependant voilà ce qu'il pensait au fond. D'ailleurs, il n'était pas exact qu'il tînt seulement à la chose. Il était même très ambitieux et cherchait un profit d'argent, ce qui était compréhensible étant donné sa nombreuse famille. Mais mon intérêt pour l'affaire lui paraissait si minuscule auprès du sien qu'il se croyait autorisé à jouer en face de moi, sans commettre pour autant un gros mensonge, les savants désintéressés. De fait, je ne pouvais apaiser ma conscience en me disant que les reproches de cet homme venaient d'une seule raison : qu'il tenait sa taupe à deux mains et qu'il vous taxait de traîtrise dès que vous en approchiez le doigt. Son attitude n'était pas due à l'avarice, tout au moins pas à la seule avarice, mais à l'irritabilité qui résultait de ses grands efforts et de leur complet insuccès.

Encore cette irritabilité n'expliquait-elle pas tout. Peut-être l'intérêt que je portais à l'histoire était-il réellement trop faible. Le magister était habitué à se heurter chez tout le monde à cette absence d'intérêt ; s'il en pâtissait encore d'une façon générale, il n'en souffrait plus à propos de chacun ; mais il venait de rencontrer enfin un homme qui portait à l'affaire un intérêt exceptionnel, et cet homme ne le comprenait pas ! Acculé dans cette impasse, je ne pouvais plus nier. Je ne suis pas un zoologue. Peut-être me serais-je passionné pour le cas si je l'avais observé le premier, mais ce n'était pas moi qui l'avais découvert. Une taupe si grande est une curiosité ; on ne peut pourtant pas demander au monde entier de n'avoir plus d'yeux que pour elle, surtout lorsque son existence n'est pas entièrement prouvée et que, de toute façon, on ne peut montrer la bête. D'autre part, je devais avouer aussi que, si j'avais moi-même découvert la grande taupe, je ne l'aurais jamais défendue avec le zèle que j'y mettais, et volontiers, pour le maître d'école.

Nos divergences auraient sans doute bientôt cessé si ma brochure avait eu du succès, mais ce fut précisément ce qui ne se produisit pas. Peut-être était-elle mal écrite, peut-être manquait-elle de force persuasive ; je suis commerçant et la rédaction de ce factum m'était plus difficile encore qu'au magister, bien que j'eusse des connaissances plus vastes que les siennes pour alimenter mon écrit. L'insuccès s'expliquait aussi d'une autre façon : peut-être le moment de la publication avait-il été mal choisi. La découverte de la taupe, qui n'avait pas pu s'imposer, était à la fois trop récente pour qu'on l'eût oubliée à fond et que ma brochure bénéficiât de l'effet de surprise, et trop ancienne pour qu'on n'eût pas complètement épuisé le peu d'intérêt qu'elle avait éveillé. Ceux qui s'inquiétaient de mon écrit se disaient, avec le désespoir qui présidait déjà à toutes ces discussions plusieurs années auparavant, qu'on allait recommencer d'inutiles efforts sur cette désolante affaire. Nombre d'entre eux confondaient même mon factum avec celui du pédagogue. Une revue agricole très cotée donnait, en petits caractères et en dernière page heureusement, cette notice :

« Nous avons reçu une seconde fois le mémoire sur la taupe géante. Nous nous rappelons en avoir ri bien cordialement il y a déjà quelques années. L'auteur n'est pas devenu plus fort depuis ce temps-là, ni nous plus bêtes, mais nous ne pouvons pas rire deux fois. Un magister de village n'a-t-il pas mieux à faire que de courir après les taupes géantes ? C'est une question que nous posons aux syndicats d'instituteurs. »

Impardonnable confusion ! On n'avait lu ni le premier ni le deuxième de nos factums, mais il avait suffi de « magister », il avait suffi de « taupe géante », deux pauvres mots happés en hâte à la lecture, pour qu'un critique de magazine vînt se poser en face de nous en représentant de l'intérêt général. Nous aurions pu tenter avec succès bien des attaques contre cette attitude, mais nous manquions trop d'harmonie et je m'abstins. Je cherchai même à cacher la revue au maître d'école aussi longtemps que je le pus. Hélas ! Il la découvrit vite. Je m'en aperçus à une remarque qu'il me fit dans une lettre où il s'annonçait pour Noël : « Le monde est mauvais, écrivait-il, et on lui rend la tâche aisée. » Ce qui signifiait que j'appartenais à ce monde mauvais et que, non content de ma malice personnelle, je facilitais celle du monde, je la provoquais pour la faire triompher.

Soit, j'avais pris depuis longtemps les résolutions qu'il fallait, je pouvais attendre de sang-froid mon magister. Je pus le voir arriver calmement, le regarder saluer plutôt moins poliment qu'il ne le faisait d'habitude, s'asseoir en face de moi sans proférer un mot, tirer soigneusement la revue de la poche intérieure de sa redingote, une redingote étrangement ouatinée, et poser la brochure ouverte devant moi.

— Je connais, lui dis-je, en repoussant la revue sans la lire.

— Vous connaissez, fit-il en soupirant.

Habitude de vieux pédagogue, il répétait les réponses qu'on lui faisait.

— Je ne vais naturellement pas recevoir le coup sans riposter, ajouta-t-il.

Il tapotait du doigt avec irritation sur la page de la

revue et me regardait sévèrement comme si j'étais d'avis contraire ; il pressentait sans doute ce que j'allais lui dire ; c'est d'ailleurs moins à ses paroles qu'à d'autres signes que j'ai toujours cru remarquer qu'il avait un instinct très juste des intentions que je pouvais nourrir, encore qu'il ne lui cédât pas et se laissât détourner de son premier mouvement. Ce que je lui répondis alors, je peux le rapporter textuellement, je l'ai noté après l'entretien.

— Faites à votre idée, lui dis-je, mais désormais nous ne suivons plus le même chemin. Je ne suppose pas que cette nouvelle vous surprenne ou vous importune. Ce n'est pas la note de la revue qui a motivé ma décision ; elle n'a fait que la renforcer et la rendre définitive. La vraie cause est qu'à l'origine j'avais pensé vous être utile, et que je constate aujourd'hui que je vous nuis sur tous les tableaux. Pourquoi les événements ont-ils pris cette tournure ? Je n'en sais rien ; la raison d'un succès ou d'un échec prête toujours à mille interprétations : ne cherchez pas uniquement celles qui pourraient m'accuser. Songez à vous qui, dans l'ensemble, avec les meilleures intentions, avez échoué comme moi. Nos relations — je ne le dis pas pour plaisanter — nos relations même, hélas ! comptent parmi vos échecs. Si je me retire de l'affaire, ce n'est ni lâcheté ni trahison. Je peux aller jusqu'à dire qu'il m'en coûte : le respect que j'ai pour vous ressort de mon factum ; vous avez été à certains égards mon professeur, j'avais même presque pris la taupe en amitié. Je me retire cependant ; c'est à vous que revient l'honneur de la découverte et, quel qu'ait été mon désir, je vous ai toujours empêché de bénéficier de cette supériorité ; pis, j'attire l'insuccès et je vous le fais partager. Telle est du moins votre opinion. N'en parlons plus. La seule pénitence que je puisse faire est de vous demander pardon, et si vous le désirez, de répéter publiquement, par exemple dans cette revue, l'aveu que vous venez de recevoir.

Telles furent mes paroles ce jour-là ; si elles ne présentaient pas toutes une égale sincérité, du moins pouvait-on aisément discerner ce qu'elles contenaient de franchise. L'explication fit sur l'instituteur l'impression que j'avais attendue, ou à peu près. La plupart des vieilles gens ont quelque chose de trompeur, de menteur dans leur façon d'être avec les gens plus jeunes qu'eux ; on vit sans crainte à leurs côtés sur la foi de relations sûres, on sait leurs idées favorites, on reçoit incessamment confirmation de la paix, on trouve tout parfaitement naturel, mais qu'il se produise soudain un événement décisif, c'est à ce moment, où l'on devrait récolter les fruits d'une tranquillité si longtemps préparée, qu'on voit les vieillards se dresser comme des étrangers, révéler des idées plus cachées, plus fortes que les précédentes, et déployer enfin au vent leur vrai drapeau, sur lequel on lit avec effroi une devise inattendue. Cet effroi vient surtout du fait qu'ils disent alors des choses beaucoup mieux fondées qu'auparavant, beaucoup plus judicieuses, beaucoup plus évidentes — si l'évidence est susceptible de degrés. L'insurpassable duperie est qu'ils avaient au fond toujours dit la même chose. Il fallait que je me fusse enfoncé bien profondément dans l'âme de ce maître d'école pour ne pas être plus surpris ce jour-là.

— Enfant, me dit-il en posant sur ma main une main dont il frotta la mienne avec un geste d'amitié, comment l'idée a-t-elle bien pu vous venir de vous occuper de cette affaire ?... Dès que j'en ai eu vent, je l'ai dit à ma femme.

Il s'écarta de la table et il ouvrit les bras ; en même temps, il regardait à terre comme s'il parlait à une microscopique épouse qui aurait été à ras du sol.

— Voilà tant d'années, lui ai-je dit, que nous sommes seuls à combattre ! Et maintenant un puissant protecteur semble vouloir intervenir pour nous, un monsieur, un négociant de la ville ! N'y a-t-il pas de quoi se féliciter ? Ce n'est pas peu qu'un négociant de la ville ! Qu'un misérable paysan nous croie et le dise, à quoi cela peut-il servir ? Ce que fait un paysan est toujours déplacé ; qu'il dise : « Notre vieux magister a raison », ou qu'il crache incivilement, le résultat reste le même. Et si, au lieu d'un paysan, tu en as dix mille, c'est encore pire, s'il se peut. Mais un négociant de la ville, c'est autre chose, c'est un monsieur qui a des relations ; ses moindres paroles se répètent ; elles font du chemin chez les gens ; de nouveaux protecteurs s'en mêlent ; il suffira que l'un ait dit : « On a toujours quelque chose à apprendre, même d'un pauvre magister », pour que le lendemain une foule de personnes à laquelle, à juger sur l'apparence, on ne se fût jamais attendu, se chuchotent déjà entre eux cette réflexion. On trouve des fonds pour financer l'affaire ; l'un de ces messieurs les recueille et les autres les lui apportent ; on se dit que l'instituteur devrait être arraché à son petit village, on vient, on passe sur son costume, on l'encadre, on l'emmène, et, comme sa femme et ses enfants s'accrochent à lui, on les adopte également. As-tu déjà observé des gens de la ville ? C'est un gazouillis continuel. Quand il y en a une rangée, ça ramage de droite à gauche, et ensuite de gauche à droite et ça recommence constamment. Et alors les voilà qui, tout en ramageant, nous enlèvent dans leur voiture. On a à peine le temps de faire bonjour à tous. Le monsieur qui est sur le siège assure son lorgnon, lève son fouet et hardi !... Ils font adieu de la main au village comme si nous y étions encore au lieu de nous trouver assis au milieu d'eux. En arrivant aux abords des faubourgs, nous voyons les citadins les plus impatients venir au-devant de nous en voiture. À mesure que nous nous rapprochons, ils se lèvent de leurs banquettes et tendent le cou pour mieux nous voir. Le monsieur qui a recueilli les fonds veille à tout et fait régner l'ordre. Quand nous faisons notre entrée dans la ville, il y a déjà une longue file de voitures derrière nous. Nous avions cru que la réception était finie, mais en arrivant à l'hôtel, nous nous apercevons qu'elle ne fait que commencer. Une foule de gens vient de se réunir sur un appel. La question de l'un devient celle de l'autre ; chacun l'arrache sur les lèvres du voisin et la fait sienne. Tous ne peuvent pas avoir de voitures ; ceux qui n'en ont pas attendent devant l'hôtel ; d'autres, qui pourraient partir, en sont retenus par l'amour-propre. Ils attendent comme tout le monde. On se demande comment celui qui a recueilli les fonds peut continuer à dominer la situation.

J'avais tout écouté avec un très grand calme, je peux même dire un sang-froid croissant. Tous les exemplaires de ma brochure, du moins ceux qui me restaient encore, étaient empilés sur la table. Il n'en manquait que très peu, car j'avais réclamé après la dernière vente, par voie de circulaire, tous les exemplaires envoyés et on me les avait retournés. Beaucoup de gens m'avaient d'ailleurs écrit qu'ils ne se rappelaient pas avoir jamais reçu le factum auquel je faisais allusion et que, s'ils l'avaient eu, ils avaient dû le perdre. Dans ce cas-là, c'était parfait également ; je ne demandais pas autre chose. Un seul me priait de lui permettre de garder mon écrit comme curiosité en s'engageant, conformément à l'esprit de la circulaire, à ne le montrer à qui que ce fût pendant vingt ans.

L'instituteur n'avait pas encore vu cette fameuse circulaire. Je fus heureux que son discours me permît de la lui montrer. De toute façon j'aurais pu le faire sans inquiétude, car j'avais été très prudent et n'avais jamais perdu de vue, en rédigeant ce document, l'intérêt du maître d'école et de la cause qu'il défendait. Qu'on en juge. Voici le principal passage : « Je ne demande pas qu'on me rende cet écrit parce que je n'aurais pas gardé les opinions que j'y défends ou considérerais les faits comme erronés ou même simplement improuvables. Je ne suis guidé que par des motifs personnels encore qu'ils soient extrêmement puissants. L'envoi de cette circulaire n'autorise aucune conclusion sur ma manière de voir quant à la question même. J'attire particulièrement sur ce fait l'attention des destinataires ; qu'ils propagent, s'ils le veulent, cette déclaration. »

J'avais la main sur cette circulaire et je la gardai encore cachée pour répondre au maître d'école.

— Voudriez-vous me reprocher, lui dis-je, le fait que les événements n'aient pas tourné comme vous le pensiez ? Pourquoi le feriez-vous ? Ne rendons pas notre séparation plus triste ; essayez enfin de reconnaître que si vous aviez fait une découverte, il existe quand même au monde des choses qui sont plus importantes et que, par conséquent, si quelqu'un vous a nui, il y a aussi des injustices plus graves. J'ignore les statuts des sociétés savantes, mais je ne crois pas que, même au mieux, on vous eût réservé l'accueil que vous rêviez ou une réception qui rappelât de loin celle que vous avez décrite à votre malheureuse épouse. Quand j'espérais moi-même quelque chose de votre mémoire, je pensais tout simplement qu'il attirerait peut-être sur notre cas l'attention de quelque professeur qui chargerait un de ses jeunes étudiants d'aller examiner l'affaire ; ce garçon serait venu vous voir ; il aurait enquêté sur place, à sa façon, sur vos recherches et les miennes, et, finalement, si le résultat lui avait paru de quelque poids — n'oublions pas que les jeunes étudiants sont toujours extrêmement sceptiques —, il aurait publié à son tour une brochure dans laquelle il aurait fondé scientifiquement ce que vous avez écrit vous-même. Admettons que cet espoir se fût réalisé : nous n'aurions pas atteint grand-chose. Le mémoire de l'étudiant qui aurait défendu une si étrange cause aurait peut-être été couvert de ridicule par le public. C'est une chose qui arrive facilement, vous le voyez bien par cette revue d'agriculture ; or, les revues scientifiques sont encore plus sévères ; on les comprend : les professeurs assument une grande responsabilité en face du monde, en face de la science, en face de la postérité, et ne peuvent pas se jeter immédiatement au cou de toutes les découvertes ; à cet égard, nous sommes plus heureux. Mais faisons abstraction de cette éventualité, et admettons que la brochure de l'étudiant eût porté. Que serait-il arrivé ? Votre nom aurait fait sans doute l'objet d'une citation flatteuse. La chose aurait probablement profité à votre carrière ; on aurait dit : « Nos vieux maîtres d'école ne gardent pas leurs yeux dans leur poche », et la revue que nous avons ici se serait trouvée obligée, dans la mesure où les revues ont une mémoire et une conscience, de vous faire des excuses publiques. Peut-être aussi se serait-il trouvé quelque professeur bienveillant qui aurait essayé de vous obtenir une bourse ; on aurait peut-être essayé de vous faire venir en ville, de vous chercher, dans une école primaire urbaine, la place qui vous aurait permis d'utiliser professionnellement les facilités d'une cité. Mais, pour être franc, je dois dire que je pense qu'on l'eût seulement tenté. On vous eût convoqué et vous fussiez venu comme un quémandeur ordinaire, comme cent autres quémandeurs ; il n'y aurait eu aucune réception solennelle ; on vous aurait parlé, on aurait reconnu l'honnêteté de vos efforts, mais on aurait vu en même temps que vous êtes un vieillard, que ce n'est plus à votre âge que l'on peut entreprendre une carrière scientifique, que votre découverte, surtout, a été due moins à l'étude qu'au hasard, et que vous n'avez même pas l'intention de travailler autre chose que ce cas épisodique. On vous eût donc probablement, pour toutes ces considérations, laissé au fond de votre village.

« Votre découverte aurait été approfondie, car elle n'est pas si mince qu'on puisse l'oublier une fois son mérite reconnu. Mais vous n'auriez plus appris d'elle que bien peu de chose, et ce peu vous ne l'auriez pas compris. Toute découverte, une fois contrôlée, est versée au dossier général de la science et cesse par là en un certain sens d'être découverte ; elle s'abîme dans l'ensemble et elle y disparaît. Rien que pour la discerner encore, il faut un long entraînement scientifique. Aussitôt liée à des thèses dont nous ignorions tout, même leur existence, elle est emportée jusqu'aux nues, dans les discussions scientifiques, à la suite de ces systèmes. Comment comprendre ? À écouter ces grands débats, nous croyons qu'il s'agit de notre découverte, et cependant c'est d'autre chose qu'on discute, et d'autres fois, quand nous nous figurons que c'est d'autre chose qu'il est question, c'est elle précisément qui est sur le tapis.

« Comprenez-vous ? Vous seriez resté au village ; vous auriez pu, avec l'argent touché, nourrir et habiller un peu mieux votre famille, mais votre découverte vous aurait échappé sans que vous eussiez le moindre droit de vous y opposer légitimement, car ce n'eût été qu'à la ville qu'elle aurait été consacrée. Peut-être même ne se fût-on pas montré ingrat à votre égard, peut-être eût-on bâti quelque petit musée sur le théâtre de votre exploit ; il eût été la curiosité du village ; vous en auriez gardé officiellement les clefs, et, pour ne pas vous laisser manquer d'honneurs visibles, on vous aurait donné une petite médaille à porter sur votre poitrine, comme celle des huissiers des instituts savants. Tout cela eût été possible. Eût-ce été ce que vous désiriez ?

Sans s'arrêter à me répondre, l'instituteur m'objecta justement :

— C'était donc là ce que vous vouliez me faire obtenir ?

— Peut-être, lui dis-je ; sur le moment je n'ai pas assez réfléchi pour pouvoir vous donner une réponse précise. Je voulais vous aider, mais je n'y ai pas réussi, c'est même le plus bel échec que j'aie essuyé de ma vie. Voilà pourquoi je veux quitter la partie et, autant que je puis, l'annuler.

— Soit, dit l'instituteur.

Et, saisissant sa pipe, il commença à la bourrer en sortant le tabac de toutes ses poches, où il le transportait à même la doublure.

— Vous vous êtes occupé de plein gré de cette affaire, vous vous en retirez de plein gré. Tout est en règle.

— Je ne suis pas entêté, lui dis-je. Nourririez-vous quelque objection à mon dessein ?

— Non, dit-il, pas du tout.

Sa pipe fumait déjà. Je ne supporte pas l'odeur de son tabac ; je me levai donc et j'arpentai la chambre. Je savais déjà, depuis nos derniers entretiens, que le magister parlait peu et pourtant, une fois venu, ne pouvait jamais se décider à partir. Cela m'avait beaucoup étonné plusieurs fois ; je pensais qu'il me voulait encore quelque chose et je lui offrais de l'argent, qu'il acceptait d'ailleurs toujours ; mais il n'était jamais parti que lorsqu'il l'avait trouvé bon. En général, il fumait sa pipe jusqu'au bout ; il tournait autour de sa chaise, la repoussait contre la table avec un soin méticuleux et une attitude de respect, reprenait son bâton noueux dans le coin où il l'avait posé, me serrait fortement la main et s'en allait. Mais cette fois je ne pouvais supporter de le voir rester là sans rien dire. Quand vous avez proposé à quelqu'un, comme je venais de le faire, de le quitter définitivement et qu'il a approuvé cette proposition, il n'y a plus qu'à expédier le plus rapidement possible ce qui reste encore à régler en commun ; on n'impose pas sans but à l'hôte qui vous reçoit le fardeau d'une présence muette. À voir de dos ce petit vieillard coriace installé ainsi devant ma table, on aurait dit qu'on ne le ferait jamais sortir...

(Ici finit le texte inachevé de Kafka.)

L'épée

J'étais convenu avec deux amis d'une excursion dominicale, mais je ne m'éveillai pas, laissant ainsi passer contre toutes mes habitudes l'heure du rendez-vous. Mes amis, connaissant ma ponctualité, s'étonnèrent de mon absence. Ils vinrent à la maison, attendirent un certain temps, puis montèrent l'escalier et frappèrent à ma porte. Je sursautai, bondis hors du lit, ne songeai qu'à m'apprêter le plus vite possible. Je n'ouvris la porte qu'une fois habillé, mais mes amis reculèrent à mon aspect. Visiblement effrayés.

— Qu'as-tu derrière la tête ? crièrent-ils.

J'avais au réveil senti quelque chose m'empêcher de pencher la tête en arrière. Je me tâtai la nuque. À ce moment, mes amis, qui s'étaient ressaisis, me crièrent :

— Fais attention ! Ne te blesse pas !

Derrière ma tête je venais de saisir la poignée d'une épée ! Mes amis s'approchèrent, m'examinèrent, me conduisirent dans la chambre devant l'armoire à glace et me déshabillèrent jusqu'à mi-corps. Une grande, une vieille épée de Chevalerie avec une poignée en forme de croix était jusqu'à la garde fichée dans mon dos ! Mais la lame, très exactement enfoncée entre chair et peau, n'avait pas causé de blessure. Il n'y avait pas trace non plus même à l'endroit toujours intact et sec où elle avait pénétré dans mon cou ; mes amis m'assurèrent que la fente nécessaire au passage de la lame s'était ouverte sans la moindre goutte de sang. Puis, debout sur un fauteuil, millimètre par millimètre, ils retirèrent lentement l'épée ; pas une goutte de sang ne perla et la fente du cou se referma à l'exception d'une imperceptible fissure dans la peau.

— Voici ton épée ! dirent mes amis qui me la tendirent en riant.

Je la soupesai des deux mains ; c'était une arme de grande valeur, des Croisés avaient pu s'en servir !

Qui permet à d'anciens Chevaliers d'errer dans nos rêves en brandissant au petit bonheur leurs épées et en perçant de paisibles dormeurs ? S'ils ne les blessent pas gravement, c'est que sans doute leurs armes glissent sur les vivants... et qu'aussi des amis fidèles se trouvent derrière la porte pour frapper charitablement !

Le vieux garçon

Préfleury rentrait un soir chez lui — non sans peine, car il habitait au sixième. Tout en montant, il ressassait une fois de plus, ces derniers temps plus que jamais, tout ce qu'il y avait de pénible en sa vie solitaire : ne devait-il pas gravir, et comme en se cachant, ces six étages pour atteindre le logement désert et, là-haut, endosser, toujours aussi secrètement, sa robe de chambre, puis allumer sa pipe, parcourir le périodique français auquel il était abonné depuis des années, tout en dégustant un kirsch de sa fabrication et finalement s'aller coucher au bout d'une demi-heure, non sans avoir dû refaire à fond son lit qu'au mépris de toutes ses instructions sa femme de ménage s'obstinait à faire comme bon lui semblait ? Le plus quelconque des compagnons, le plus humble témoin eût été une bénédiction ! Il avait déjà pensé à un petit chien. Voilà un animal amusant, reconnaissant, fidèle surtout ! Un de ses collègues en avait un. Si courtes qu'aient été ses absences, le chien accueille par de grands abois le retour de son maître, sans doute pour manifester son plaisir de retrouver une aussi précieuse providence !

Un chien ! Mais ça comporte aussi quelques ennuis. Si propre qu'on le tienne, il est parfois un peu salissant, qu'y faire ? On ne peut guère, avant de lui ouvrir la porte, le baigner chaque fois à l'eau chaude, sa santé ne le supporterait d'ailleurs pas..., et de son côté Préfleury ne supporte chez lui qu'une extrême propreté. Maniaque de l'ordre le plus strict, il a dix fois par semaine des démêlés à ce sujet avec la femme de ménage sans scrupule sur ce point. Comme elle est dure d'oreille, il a l'habitude de la conduire par le bras aux endroits de la pièce mal récurés par elle. Par sa sévérité, il a réussi à obtenir dans la pièce un ordre répondant à peu près à ses vœux. Mais admettre un chien dans son intérieur ne reviendrait-il pas à tolérer chez lui cette malpropreté dont il s'est jusqu'ici soigneusement gardé ? Il y aurait des puces, ces éternelles compagnes des chiens ! Des puces ! Elles rapprocheraient le moment où Préfleury, abandonnant au chien sa confortable demeure, en chercherait une autre. Mais le désordre et la saleté n'étaient qu'un des ennuis que comportent les chiens. Ils sont sujets à des maladies, ces maladies de chien où nul ne comprend goutte ! Blottie dans un coin ou traînant la patte, la bête malade gémit, toussote, s'étrangle en proie à quelque mystérieux malaise. On l'enveloppe d'une couverture, lui siffle un petit air, lui porte du lait, bref, on la soigne avec l'espoir qu'il ne s'agit, comme il est fort possible, que d'un mal passager, mais ce peut être aussi quelque maladie grave répugnante ou même contagieuse. Et puis même s'il reste en santé, l'animal vieillit forcément ; on n'aura pu se résoudre à se défaire à temps d'un animal aussi fidèle et... voilà qu'un jour, du fond des yeux du chien, votre propre vieillesse vous regarde et larmoie ! À demi aveugle, poussif et obèse, le chien vous est à charge et vous fait chèrement payer les joies qu'il a pu vous donner. Si grand qu'eût été pour lui ce bonheur momentané, Préfleury aime mieux monter seul, trente ans encore ! son escalier que de subir plus tard ce vieux chien soufflant et gémissant plus fort que lui pour se hisser de marche en marche à son côté.

Préfleury restera donc seul ; il ne connaît pas ces lubies de vieille fille qui veut à tout prix avoir près d'elle quelque chose de vivant et sans défense qu'elle puisse protéger, cajoler et gâter sans arrêt, si bien que lui suffisent parfaitement un chat, un serin, voire des poissons rouges ! À défaut, elle se contente même de quelques fleurs sur sa fenêtre. Quant à lui, Préfleury ne demande qu'un compagnon, un animal qui ne lui donnerait pas trop de mal, qui pourrait à l'occasion encaisser un coup de pied et au besoin passer la nuit dehors. Un animal qui au moindre désir de son maître commencerait à aboyer, à bondir, à lui lécher les mains. Voilà ce qu'il faudrait à Préfleury ! Mais réfléchissant au revers de cette médaille, il y renonce. Toutefois, son esprit méticuleux le fait de temps à autre, comme ce soir par exemple, revenir aux mêmes pensées.

En haut de l'escalier, au moment où devant sa porte il tire la clef de sa poche, un léger bruit dans son logis vient le surprendre. Un étrange tic-tac, très rapide, très régulier ! Comme il vient de penser aux chiens, Préfleury évoque le bruit des pattes frappant alternativement le plancher. Mais les pattes ne font pas ce bruit ; non, ce n'est pas un piétinement ! Il ouvre en hâte et fait la lumière. Vision inattendue ! C'est un véritable tour de sorcellerie qu'il a sous les yeux : deux petites balles de celluloïd, blanches, rayées de bleu, sautent sur le plancher l'une à côté de l'autre ! Quand l'une est au sol, l'autre est en l'air. Infatigable, leur jeu se poursuit. Jadis, au collège, Préfleury a vu au cours d'une expérience d'électricité sauter de même des petites billes ; mais à présent ce sont d'assez grosses balles qui rebondissent librement dans la pièce — et il ne s'agit pas d'une expérience de physique ! Préfleury se penche pour les mieux observer. Pas de doute, ce sont des balles ordinaires ; elles en doivent contenir de plus petites pour produire ce bruit. Il tend la main au-dessus d'elles pour s'assurer qu'elles ne sont point suspendues à quelque fil invisible. Mais non, elles sautent d'elles-mêmes ! Dommage que Préfleury ne soit plus un enfant, deux balles comme ça, quelle bonne surprise ! Aujourd'hui, elles ne lui apportent qu'une impression plutôt désagréable. On a beau mener en cachette une pauvre vie de célibataire, quelqu'un — peu importe qui ! — a éventé son incognito et lui a envoyé ce drôle de jeu. Il essaie d'en attraper une ; elles reculent et l'entraînent à leur suite dans la chambre. « Suis-je donc bête, pense Préfleury, de courir après ces balles ! » Il s'arrête et les suit du regard. Mais elles, la poursuite lcur paraissant terminée, de s'arrêter aussi ! « Quand même, essayons encore ! » se dit-il, et de nouveau de courir sur elles ! Aussitôt elles fuient, mais Préfleury, en écartant les jambes, les accule dans un coin et devant sa valise qui est là, il parvient à en saisir une. C'est une petite balle fraîche, elle tourne dans sa main, apparemment impatiente de s'échapper. Et voilà que l'autre, comme si elle sentait la détresse de sa compagne, se met à sauter plus haut que tout à l'heure, elle allonge ses bonds, jusqu'à atteindre la main du vieux garçon. Elle la heurte, la heurte encore en bonds de plus en plus rapprochés, change ses points d'attaque, puis, impuissante contre la main qui tient la balle, elle saute plus haut encore comme pour frapper au visage. Préfleury pourrait la saisir elle aussi et les enfermer toutes deux, mais prendre contre deux petites balles cette mesure de rigueur lui paraît pour l'instant indigne de lui. Après tout c'est une veine que d'avoir ces deux balles ! Elles auront tôt fait d'être fatiguées et rouleront sous une armoire et là le laisseront en paix. Mais en dépit de ces bonnes raisons, Préfleury, en colère, lance la balle sur le plancher. C'est miracle que ne se brise pas la mince et transparente pellicule de celluloïd... Aussitôt toutes deux reprennent comme devant leurs petits sautillements alternés.

Préfleury se dévêt tranquillement et range ses habits dans le placard. Son habitude est de minutieusement vérifier si la femme de ménage a tout laissé en ordre. Une ou deux fois, il jette par-dessus l'épaule un regard du côté des balles qui, bien qu'il les laisse à présent tranquilles, ne paraissent pas vouloir lui rendre la pareille. Elles se sont rapprochées et sautent littéralement dans son dos, Préfleury enfile sa robe de chambre et s'apprête à décrocher à la cloison d'en face une des pipes du râtelier. Avant de se retourner, il donne involontairement un coup de pied derrière lui. Mais les balles l'esquivent de justesse et, quand il va prendre sa pipe, elles lui font escorte ; il traîne ses pantoufles, fait des pas inégaux, mais chacun est ponctué régulièrement du rebondissement de l'une d'elles. Elles s'avancent avec lui, elles se sont mises à son pas. Il se retourne brusquement pour saisir leur manège. Mais à peine s'est-il retourné qu'ayant fait demi-tour, les voilà déjà dans son dos ! Et cela aussi souvent qu'il se retournera. On dirait d'une escorte : elles veulent éviter de passer devant lui. Jusqu'à présent, elles ne paraissent l'avoir osé que pour se présenter, maintenant elles ont pris leur service !

Toutes les fois dans sa vie où, par extraordinaire, Préfleury n'arrivait pas à dominer la situation, il avait choisi de faire celui qui ne remarque rien. Cela lui a souvent réussi et a, du moins, arrangé la situation. Ainsi fait-il à présent. Debout devant le râtelier aux pipes, il en choisit une et, sans plus s'occuper des balles, il entreprend, retroussant la lèvre, de la bourrer avec un soin jaloux. Il évite seulement de regagner sa table, tant il lui est désagréable d'accorder son pas au rythme des sauteuses. Il reste donc là, debout, bourrant sa pipe avec une inutile lenteur — tout en mesurant la distance qui le sépare de la table. Enfin il domine sa faiblesse et va s'asseoir en martelant si bien ses pas qu'il n'entend pas les balles. Las ! À peine assis, il les réentend derrière son fauteuil.

Au-dessus de la table, une étagère est fixée au mur à portée de la main : la bouteille de kirsch y trône, entourée de petits verres. À côté d'elle, la pile des fascicules du périodique français. Justement aujourd'hui, il est arrivé un nouveau numéro que Préfleury prend sur l'étagère. Il oublie complètement le kirsch, il sait très bien qu'il ne se livre à ses occupations habituelles que pour se donner le change ; au reste, il n'a pas un réel besoin de lire. Contrairement à son habitude qui est de feuilleter le périodique page à page, il l'ouvre au hasard et tombe sur une gravure qu'il s'oblige à regarder de près. Elle représente la rencontre sur un vaisseau de guerre du Czar et du Président de la République Française. Partout, jusqu'à l'horizon, ce ne sont que navires dont la fumée se perd dans un ciel sans nuages. À grands pas, le Czar et le Président viennent de s'avancer l'un vers l'autre, et se donnent la main. Derrière le Czar, comme derrière le Président, se tiennent deux messieurs ; par contraste avec la joie manifeste des visages des deux chefs, leurs visages paraissent graves. Les regards des deux escortes se concentrent sur leurs souverains respectifs. En bas, la scène a lieu visiblement sur le haut-pont du navire ; à demi coupées par la marge de la gravure, de longues rangées de matelots se dressent au garde-à-vous. Préfleury contemple la gravure avec un intérêt croissant, l'éloigne un peu en clignant des yeux, puis la rapproche..., il a toujours eu le goût des scènes historiques. Que de grands personnages se serrent la main avec tant de spontanéité, de cordialité, de désinvolture, — cela lui semble profondément vrai. Très juste aussi que leurs suites, d'ailleurs formées de hauts officiers, avec leurs noms au bas de la page, soulignent par leur maintien la gravité du moment historique !

Et, au lieu de prendre sur l'étagère tout ce dont il a besoin, Préfleury reste immobile sur sa chaise à contempler sa pipe qu'il n'a pas encore allumée. C'est qu'il est aux aguets. Tout à coup, il change d'attitude et tourne son fauteuil. Mais les balles sont pareillement sur leur garde, ou bien obéissent-elles mécaniquement aux lois qui les régissent ? Si vite que Préfleury se soit retourné, elles ont changé de place et se trouvent derrière lui ! Voilà notre homme assis, le dos à sa table, la pipe à la main — toujours inallumée ! Les balles, maintenant, bondissent sous la table, mais un tapis qui est là fait qu’on les entend à peine. Gros avantage ! On ne perçoit qu’un faible bruit aux trois quarts étouffé ; pour l’entendre, il faut même prêter une oreille attentive. Mais Préfleury, qui est tout oreilles, l’entend, lui, nettement ! Mais ce n’est au reste que pour un instant ; une minute encore et sans doute tout bruit cessera. Qu’elles fassent, même sur le tapis, un si faible bruit lui apparaît comme l’indice d’une extrême faiblesse. En empilant deux ou trois tapis, il les réduira à la plus complète impuissance. Au reste, ce ne serait que pour un temps : leur présence consacre leur empire !

C’est là qu’un chien serait précieux ! Jeune et pétulant, il en viendrait vite à bout. Préfleury l’imagine cherchant à les attraper de ses pattes, les chassant de leur place, les poursuivant aux quatre coins de la chambre pour les saisir enfin entre ses dents. Bien possible qu’à bref délai il s’en procure un !

En attendant c’est à lui seul qu’il revient de se faire respecter. Il n’a pour le moment aucune envie de les détruire, mais peut-être n’est-ce chez lui qu’un manque d’énergie ? Il rentre, le soir, fatigué de son travail et c’est au moment où il n’a cure que de repos qu’on lui prépare cette surprise ! Ce n’cst qu’à présent qu’il ressent toute la fatigue de la journée. Ah ! oui, il en finira pour sûr et plus tôt qu’on ne croit ! Pas tout de suite pourtant, pas avant demain sans doute ! À les considérer impartialement, les balles, d’ailleurs, se conduisent avec une relative réserve. Elles pourraient, par exemple, quitter de temps à autre le dessous de la table et, après avoir sauté à la barbe de Préfleury, regagner tranquillement leur place — ou encore, pour se dédommager un peu de ne faire que si peu de bruit à cause du tapis, sauter plus haut, jusqu'à la table par exemple ! Elles ne le font pas, elles ne veulent pas inutilement irriter leur victime, il est de fait qu'elles se limitent à un strict minimum.

Mais ce strict minimum suffit à dégoûter Préfleury de rester à sa table. Il n'y reste que quelques minutes, songeant déjà à s'aller coucher. Une des raisons qui l'y poussent est qu'il ne peut fumer là, où il est, car les allumettes sont sur la table de nuit. Il faudrait les y aller chercher. Et alors, une fois là, autant y rester et se mettre au lit ! Il a aussi une arrière-pensée : dans leur stupide obstination à se tenir toujours derrière lui, les balles sauteront, espère-t-il, sur le lit ; une fois couché, il les écrasera qu'il le veuille ou ne le veuille pas ! Il ne s'arrête pas à l'idée que leurs morceaux pourraient continuer à sauter, le merveilleux lui-même a des limites. Des balles intactes sautent, même si ce n'est pas continuellement. Par contre, des morceaux de balles ne sautent jamais — pas plus ici qu'ailleurs !

« Debout ! » s'exclame-t-il — cette réflexion l'a presque remis en bonne humeur — et, martelant son pas, il se dirige vers son lit, toujours suivi de son escorte. Sa pensée semble se confirmer : comme il a soin de se tenir près du lit, voilà qu'aussitôt une balle y saute. Mais l'inattendu se produit aussi, car l'autre s'en va sous le lit. Préfleury n'a pas imaginé que les balles pussent sauter sous son lit. Pareille conduite l'indigne, bien qu'il sente toute l'injustice de sa colère, car, sous le lit, elle remplit peut-être encore bien mieux son office que celle qui est dessus. Maintenant tout dépend de l'endroit pour lequel les balles se décideront, car, qu'elles puissent longtemps travailler séparément, Préfleury ne le croit pas. Et en effet, la balle de sous le lit saute aussitôt dessus. « À présent je les tiens ! » se dit Préfleury. Au comble de la joie, il arrache sa robe de chambre pour se jeter au lit. Mais voilà que la même balle ressaute immédiatement sous le lit. Déçu au-delà de toute expression, Préfleury s'effondre littéralement. Sans doute la balle ne voulait-elle que jeter un coup d'œil, et l'endroit lui a déplu. L'autre, au reste, la suit, naturellement sans esprit de retour. On est décidément mieux sous le lit ! « Et voilà que je vais avoir ce tambourinement toute la nuit ! », pense Préfleury en se mordant les lèvres et en hochant la tête. Il est tracassé sans savoir au juste ce que les balles pourront bien lui apporter de désagréable en cours de nuit. Son sommeil est excellent, il triomphera facilement du léger bruit que font les danseuses. Pour en être tout à fait sûr, il pousse deux tapis sous son lit conformément à l'expérience faite, et se donnant ainsi l'illusion de préparer pour un chien une couche moelleuse ! Fatiguées, dirait-on, ou lourdes de sommeil, les balles sautent moins haut ou moins vite. Agenouillé, la lampe de chevet à la main, pour mieux voir sous son lit, Préfleury éprouve l'impression que les balles sur le tapis s'immobilisent peu à peu... Mais non, elles bondissent à nouveau comme il se doit. Possible pourtant qu'à les observer au matin, il n'y trouve que deux petites balles d'enfant, inoffensives et immobiles.

En tout cas, elles ne semblent bien ne pouvoir s'activer jusqu'au jour, car, dès qu'il est couché, Préfleury ne les entend plus. Il tâche pourtant, penché hors des draps, de saisir quelque chose, mais, si attentif qu'il soit, silence, aucun bruit ! L'expédient des tapis ne peut être si radical, une seule explication : ou elles ne dansent plus ou la mollesse des tapis ne leur permet pas de prendre assez d'élan pour rebondir. Provisoirement elles ont dû renoncer, ou plutôt ne sauteront plus jamais ! Préfleury pourrait se lever et voir ce qui en est, mais trop content d'avoir enfin la paix, il préfère rester couché. Il ne veut même pas, dans leur repos, les effleurer du regard. De bon cœur il renonce même à sa pipe, se tourne sur le côté et s'endort aussitôt.

Mais il ne repose pas tranquillement ; comme d'habitude, son sommeil est sans rêves, mais il reste agité. Vingt fois, il se réveille en sursaut, convaincu qu'on frappe à la porte. Il sait bien pourtant que personne ne frappe. Qui pourrait bien frapper la nuit à la porte d'un vieux garçon solitaire ? Mais pour autant qu'il en soit sûr, il n'en sursaute pas moins à chaque fois et jette un long regard fiévreux du côté de la porte, la bouche ouverte, les yeux écarquillés et les cheveux dressés sur son front moite. Il tente de compter le nombre de fois où il s'est réveillé, mais, vaincu par la grandeur du chiffre, il retombe au sommeil. Il croit discerner d'où viennent les coups ; ce n'est pas à la porte, mais loin, fort loin de là... Sous l'emprise du sommeil, il ne peut pourtant réaliser en son esprit les motifs de ses hypothèses. Il sait en tout et pour tout que quantité d'affreux petits chocs s'assemblent avant de produire finalement le grand coup qui le réveillera. Il ferait bon marché du supplice des petits chocs, s'il pouvait éviter d'entendre le grand coup qui vient à la fin, mais pour quelque raison que ce soit, il juge qu'il est trop tard, il ne peut plus intervenir ; la partie est perdue, il ne peut même articuler un seul mot, sa bouche ne s'ouvre que pour un bâillement muet et, de rage, il enfouit son visage dans l'oreiller. C'est ainsi qu'il passe la nuit.

Au matin, frappant à la porte, la femme de ménage l'éveille. Avec un soupir de soulagement, il salue le léger bruit qu'il s'est toujours plaint de ne pouvoir entendre nettement et qui l'a toujours agacé parce que peu perceptible. Au moment de répondre : « Entrez ! » il entend un autre toc-toc, très vif, et, quoique faible, belliqueux quand même, au sens exact du terme. « Ah ! les balles ! » pense-t-il. Sont-elles réveillées, ont-elles mieux que lui renouvelé leurs forces à la faveur de la nuit ? « Un instant ! » crie Préfleury à la femme, puis il saute du lit, mais assez prudemment pour laisser les balles derrière lui. Toujours sans se retourner, et par une simple torsion du col, il leur jette un coup d'œil. Spectacle à faire jurer ! Comme des enfants qui dans la nuit se débarrassent de leurs couvertures importunes, les balles ont à force de tressaillements repoussé les tapis assez en arrière pour n'avoir plus sous elles que le plancher avec sa résonance. « Au tapis ! » leur crie-t-il d'une voix sévère et ce n'est que, quand (grâce aux tapis) le bruit ne s'entend plus, qu'il crie à la femme de ménage d'entrer. Celle-ci, une grosse maritorne au visage abruti, s'avance de ses jambes éternellement raides, pose le déjeuner sur la table avec tous les menus gestes et arrangements nécessaires. Tout ce temps, Préfleury en robe de chambre reste immobile près du lit afin d'y maintenir les balles et sans quitter des yeux la femme de service pour être bien sûr qu'elle n'a rien remarqué. Dure d'oreille comme elle l'est, cela est d'ailleurs improbable — et Préfleury met au compte de l'irritation d'une nuit à peu près blanche le soupçon que sa femme de service arrête par moments sa besogne et, cramponnée à quelque meuble, se mette à prêter l'oreille en ouvrant de grands yeux. Il serait heureux de lui voir presser un peu sa besogne, mais elle semble encore plus lente que d'habitude. Elle entasse avec minutie sur ses bras les habits et les bottines de Préfleury avant de regagner le couloir, elle reste longtemps absente ; les coups de brosse qu'elle donne aux habits se laissent entendre du dehors espacés et monotones. Ce temps durant, il faut que Préfleury patiente sur son lit ! Incapable de bouger, sous peine d'attirer les balles derrière lui, il doit laisser refroidir son café qu'il aime tant à boire brûlant ; il peut tout juste fixer du regard les rideaux tirés sur la fenêtre et derrière lesquels se lève un morne petit jour... Enfin la femme en a fini ! Elle dit bonjour et s'en va. Mais avant de s'éloigner décidément, elle s'arrête à la porte et en remuant un peu les lèvres, jette un long regard à son patron qui est presque au point de lui demander des explications, puis, tout de même, s'en va définitivement. Ah ! qu'il aimerait enfoncer la porte et lui crier qu'elle n'est qu'une vieille imbécile. Mais, au fond, qu'a-t-il à lui reprocher ? À y réfléchir, il ne trouve en lui qu'illogisme et contradiction ; elle n'a certainement rien remarqué, même cherchant à s'en donner l'air !... Que ses pensées sont donc confuses ! Et rien que pour une mauvaise nuit ! Comme motif à ce sommeil troublé, il découvre que s'étant privé de fumer et de boire son petit verre, il s'est la veille au soir départi de ses habitudes. « Dès que j'ai le malheur (et c'est le résultat final de ses méditations) de me passer de kirsch et de tabac, je suis sûr de ne pas dormir ! »

Désormais il veillera davantage sur sa santé et tout de suite il passe aux actes en bourrant ses oreilles de deux petits tampons d'ouate tirés de la pharmacie domestique au-dessus de sa table de nuit. Puis il se lève et fait quelques pas. Aussitôt les balles le suivent, mais c'est à peine s'il les entend. Encore un peu d'ouate, et il n'entend plus rien ! Encore quelques pas, et rien n'advient de particulier ! Chacun vit maintenant pour soi seul, lui comme les balles. Reliés les uns aux autres, mais ne se gênant en rien mutuellement, sauf une fois où se retournant si vite qu'une des balles ne peut exécuter à temps sa virevolte, Préfleury la heurte du genou. C'est le seul incident. Quant au reste, Préfleury boit tranquillement son café, il a aussi faim que s'il avait marché toute la nuit, il se lave à l'eau froide, une eau tonifiante, et s'habille. Il n'a point encore tiré les rideaux, préférant, par précaution, rester dans la pénombre et laisser les balles à l'abri des regards indiscrets. Mais maintenant, prêt à partir, il se sent contraint d'aviser... Et si les balles allaient le suivre dans la rue ? Il ne le pense pas, mais, tout de même, il faut y parer — et quelle bonne idée lui vient à l'esprit ! Il ouvre tout grand son placard et fait mine d'y entrer de dos. Mais les balles ont l'intuition de ce qui se trame contre elles et elles se gardent de sauter au-dedans. Elles utilisent le moindre intervalle entre Préfleury et le placard, y entrent même un instant s'il n'y a rien d'autre à faire, mais s'enfuient aussitôt hors de l'obscurité. Préfleury ne peut leur faire dépasser le rebord du placard, elles préfèrent manquer à leur devoir en se tenant à ses côtés. Mais leurs petites ruses resteront vaines, car Préfleury entre lui-même à reculons dans le placard et il faut bien le suivre. Elles scellent ainsi leur destin ; le fond du placard est en effet encombré de toutes sortes d'objets : bottines, boîtes, petits nécessaires..., qui, si bien rangés soient-ils ! (Préfleury en ce moment le déplore !) gênent le jeu des balles. D'un bond, le plus grand qu'il ait fait depuis des années, Préfleury qui a, entre-temps, presque refermé la porte du placard, s'élance au-dehors, repousse la porte et tourne la clef. Voilà les balles enfermées ! « Enfin, ça y est ! » soupire-t-il en s'essuyant le front. Quel vacarme ne font-elles pas ! Elles se démènent comme des enragées. Préfleury est, lui, enchanté ; il quitte la chambre et la seule vue du corridor désert lui apporte un réconfort. Il retire l'ouate de ses oreilles et les mille bruits de la maison qui s'éveille le remplissent d'aise. Peu de monde dans l'escalier, il est encore trop tôt.

En bas, au bout du couloir, devant la petite porte par où l'on accède au sous-sol de la femme de ménage, se tient son garçon de dix ans. Le pur portrait de sa mère ! Pas une des laideurs de la vieille ne manque à ce visage enfantin. Les mains aux poches, il se dresse sur ses jambes torses et renifle et halète, car il a déjà un goitre et s'étouffe à demi à chaque aspiration. À sa seule vue, Préfleury a l'habitude de hâter le pas pour s'épargner autant que possible l'affreuse apparition. Mais aujourd'hui, il a presque envie de s'arrêter. Même mis au monde par cette femme et portant tous les stigmates de son origine, c'est quand même un enfant ; dans cette tête informe s'agitent quand même des pensées d'enfant. Abordé posément et interrogé raisonnablement, il répondrait sans doute d'une voix claire, avec innocence autant qu'avec respect, et sans grand effort on pourrait même lui caresser la joue. Cette pensée traverse l'esprit de Préfleury, il passe nonobstant sans s'arrêter. Dans la rue, il remarque que le temps est moins désagréable qu'il ne l'avait cru dans sa chambre. La brume matinale se dissipe et de grands espaces de ciel bleu se montrent, balayés par le vent. Préfleury est tout reconnaissant aux balles de lui avoir fait quitter sa chambre plus tôt que d'habitude ; il n'a même pas pensé à ouvrir son journal qu'il a oublié sur sa table. De toute façon, il a ainsi gagné pas mal de temps et il n'a pas à se presser. Il s'étonne de ne penser qu'avec tranquillité aux balles, depuis qu'il a réussi à se séparer d'elles. Tant qu'elles étaient derrière lui, on pouvait les tenir pour partie de lui-même, pour quelque chose dont il faudrait que tînt compte quiconque le jugerait, mais à présent, elles ne sont plus qu'un jouet au fond d'un placard. Et Préfleury se prend à penser que le meilleur moyen de les désarmer serait de les restituer à leur destination primitive. Le fils de la femme de ménage est toujours dans le couloir, Préfleury va les lui donner, non les lui prêter, mais bel et bien lui en faire cadeau, ce qui équivaut à les détruire. Et si elles survivent, elles seront encore plus inoffensives dans les mains de cet enfant qu'enfermées au placard. Toute la maison le verra jouer avec elles, d'autres enfants se joindront à lui, le sentiment se généralisera, irréfutable, qu'il s'agit là d'un jouet et non pas d'une escorte imposée pour toujours au malheureux Préfleury. En toute hâte, il revient chez lui. Le gamin vient de descendre l'escalier du sous-sol et va juste ouvrir la porte d'en bas. Il faut que Préfleury l'appelle, par son prénom, de surcroît ! — ridicule comme tout ce qui a rapport à lui.

— Alfred, Alfred ! Longtemps l'enfant hésite.

Viens donc, mais viens donc ! crie Préfleury. J'ai quelque chose pour toi !

Les deux petites filles du concierge sont sorties de la porte d'en face et, curieuses comme des pies, elles le flanquent à droite et à gauche. Elles sont beaucoup plus vives qu'Alfred et sa lenteur à venir leur est incompréhensible. Elles lui font signe sans quitter Préfleury des yeux, sans davantage deviner la sorte de cadeau destiné à Alfred. Mourantes de curiosité, elles sautent d'un pied sur l'autre. Préfleury ne peut s'empêcher de rire et s'amuse autant d'elles que du garçon. Lui, enfin, semble avoir saisi ce qu'on attendait de lui et se décide à monter lourdement de son allure d'empoté. Même dans sa démarche il ne saurait renier sa mère, laquelle du reste apparaît à l'entrée du sous-sol. À dessein, Préfleury crie très fort pour qu'elle entende aussi et surveille, le cas échéant, l'exécution de son projet.

— J'ai en haut, dit-il, dans ma chambre, deux jolies balles. Les veux-tu ?

Le gamin se contente de tordre la bouche sans savoir que faire, il se tourne et jette à sa mère au bas de l'escalier des regards désespérés. Mais les petites filles se mettent immédiatement à sauter autour de Préfleury en lui réclamant les balles.

— Vous pourrez aussi jouer avec ! leur dit-il en attendant la réponse du gamin.

Il pourrait bien leur donner les balles tout de suite, mais elles lui semblent trop étourdies et il a pour le moment plus confiance dans le gamin. Ce dernier, entre-temps, et sans mot dire, a cherché conseil auprès de sa mère. À une nouvelle question de Préfleury, il acquiesce d'un signe de tête.

— Alors, fais bien attention ! dit Préfleury sans le

moindre déplaisir à l'idée qu'on ne le remerciera pas de son cadeau. Ta mère a la clef de ma chambre, demande-la-lui. En attendant, voici la clef du placard où sont les balles. Referme soigneusement le placard et la chambre ! Tu peux faire tout ce que tu voudras des balles — sauf les rapporter bien entendu ! As-tu bien compris ?

Hélas ! le gamin n'a exactement rien compris ! Préfleury a donné trop d'explications à cet être incroyablement borné et stupide. Il a trop insisté, trop parlé tour à tour de clef, de chambre et de placard. Le gamin écarquille de grands yeux, le tenant moins pour son bienfaiteur que pour le Diable. Les petites filles, elles, ont aussitôt compris, elles se pressent autour de Préfleury, la main tendue vers la clef.

— Attendez donc ! s'écrie-t-il, car il commence à s'irriter de la tournure que prend l'incident.

Le temps passe, d'ailleurs. Préfleury ne peut s'attarder davantage. Si encore la femme se décidait à dire qu'elle a compris et s'en occuperait ! Mais loin de là ! Elle reste toujours collée à sa porte et sourit prétentieusement à la manière des sourds honteux. Sans doute croit-elle que dans un coup d'enthousiasme pour son rejeton, Préfleury lui fait réciter sa table de multiplication ! Mais Préfleury ne peut tout de même pas descendre l'escalier du sous-sol, crier dans l'oreille de cette sourde qu'au nom du ciel son garçon devait le libérer des balles ! C'est déjà beau que de confier tout un jour la clef de son vestiaire à cette famille. S'il tend le clef au gamin au lieu de le conduire lui-même jusqu'au sixième et de lui remettre les balles, ce n'est pas pour s'éviter de monter l'escalier. Non ! Il ne peut pas commencer par donner les balles là-haut pour les reprendre aussitôt, comme c'est à prévoir en les réemmenant à sa suite.

— Alors, tu ne m'as toujours pas compris ? demande Préfleury presque suppliant après avoir tenté une nouvelle explication qu'il lui faut tout de suite interrompre devant le regard inexpressif de l'enfant.

Pareil regard vous désarme — à moins qu'il ne vous entraîne à dire plus que vous ne voudriez à seule fin de combler le vide de ce pauvre cerveau.

— Nous irons lui chercher les balles, crient les petites filles.

Malignes, ces petites ! Elles ont compris qu'elles ne pourraient avoir les balles que par l'intermédiaire du gamin et qu'en plus il leur faut d'abord rendre possible ce truchement. Dans la loge du concierge, une pendule sonne, comme pour avertir Préfleury d'avoir à se hâter.

— Alors, prenez la clef, vous autres !

Elles la lui arrachent plus qu'il ne la donne. Ah ! comme il eût préféré la confier au gamin !

— La clef de l'appartement, demandez-la en bas à sa mère ! ajoute-t-il. Au retour, quand vous aurez les balles, rendez-lui les deux clefs !

— Bien sûr, bien sûr ! crient les petites filles en dégringolant l'escalier.

Elles savent tout celles-là, absolument tout, et comme si Préfleury était contaminé par l'insondable bêtise du gamin, il n'arrive pas à comprendre la rapidité qu'elles ont mise à saisir ses explications.

Elles sont déjà en bas à tirer la femme de ménage par sa jupe. Mais Préfleury ne peut, quelque envie qu'il en ait, attendre plus longtemps, et il lui faut renoncer à savoir ce qu'elles feront de ses ordres. Il est tard en effet ; et puis, il ne tient pas du tout à être là à l'arrivée des balles. Il préfère en être séparé par la longueur de quelques rues, à l'instant où les fillettes ouvriront là-haut la porte de son appartement. Dieu sait quels tours ces balles peuvent encore lui jouer ! Pour la seconde fois, le voilà qui quitte la maison. Tout juste a-t-il pu voir la femme de service obligée de faire front littéralement contre l'assaut des petites filles et le gamin voler sur ses jambes torses au secours de sa mère. Il n'arrive pas à comprendre que des êtres comme ces femmes puissent subsister, voire se reproduire !

En gagnant le magasin de lingerie où il est employé, la pensée de son travail l'emporte peu à peu sur toute autre. Il hâte le pas et, malgré le retard qu'il doit au gamin, il est encore le premier au bureau. Ce bureau est une pièce à cloisons de verre, où se voient sa table de travail et deux pupitres à écrire debout destinés à ses stagiaires. Bien que ces deux pupitres soient aussi petits que dans une école maternelle, il ne reste guère de place dans le bureau ; si les stagiaires s'asseyaient, il n'y aurait plus de place pour le fauteuil de Préfleury. Ils sont donc condamnés à rester toujours debout à leur pupitre. Position des plus incommodes et qui rend d'autant plus difficile la surveillance de Préfleury. Souvent ils se penchent avec zèle sur leurs pupitres, mais nullement pour travailler, simplement pour chuchoter entre eux ou même s'assoupir. Ils sont pour Préfleury une source d'ennuis et il s'en faut qu'ils l'aident dans le gros travail qui lui est imposé. Ce travail consiste à surveiller à la fois les échanges de marchandises et les paiements aux ouvrières à domicile, chargées par la direction de la confection d'articles de luxe. Pour juger équitablement de l'étendue du travail de Préfleury, il faut être très au courant de la situation générale de toute l'entreprise. Mais depuis la mort de son supérieur immédiat, personne n'a plus cette compétence, et c'est pourquoi Préfleury dénie à quiconque au monde le droit d'estimer son travail. Bien entendu, le patron, un certain Ottomar, le sous-estime manifestement. Certes, il reconnaît les mérites qu'au cours de vingt ans de bons et loyaux services, Préfleury s'est par son dévouement acquis dans sa maison, et il les reconnaît non seulement parce qu'il le faut bien, mais aussi parce qu'il voit en Préfleury un serviteur hors de pair, un homme de confiance... Néanmoins, il sous-estime le travail qu'il fournit, convaincu qu'il est que ce travail pourrait être organisé d'une façon plus simple, c'est-à-dire d'une façon à tous égards plus avantageuse que celle de Préfleury. On dit, et ce n'est point tout à fait faux, que si Ottomar ne se montre que si rarement dans le service de Préfleury, c'est à seule fin de s'épargner la contrariété que lui apporte la vue des méthodes de son vieil employé. Cette méconnaissance est bien fâcheuse, mais il n'y a rien à faire ! Comment obliger Ottomar à passer un mois d'affilée dans son service et à étudier les multiples façons dont Préfleury vient à bout d'un labeur écrasant à appliquer ses propres prétendues meilleures méthodes et à se laisser convaincre par l'inévitable effondrement qui s'ensuivrait que Préfleury avait raison ? Ainsi donc, sans se laisser intimider, Préfleury continue de s'acquitter courageusement de sa longue et lourde tâche ! Quand même il a toujours un peu peur, quand après un long intervalle Ottomar risque une courte apparition chez lui. Il esquisse alors, poussé par le louable sentiment du devoir d'un subordonné, une vague tentative d'explication sur tel ou tel arrangement de son service. À quoi le patron, sans le regarder, donne un signe d'approbation distrait et passe à un autre service. Préfleury souffre, au reste, moins de cette méconnaissance que de la pensée, s'il lui fallait jamais quitter son poste, de la pagaille inévitable où nul autre que lui ne se débrouillerait. Qui, mais qui dans la maison serait en mesure de le remplacer, qui pourrait conjurer les graves difficultés qui résulteraient de son départ ? Si le Directeur sous-estime un employé, ses collègues alors renchériront, bien entendu, sur son jugement. C'est donc à qui dénigrera le travail de Préfleury, personne n'estime nécessaire le moindre apprentissage dans son service. Survient-il de nouveaux employés, aucun ne demande à lui être attaché. Par suite, ce service manque de forces neuves et, lorsque Préfleury, qui, jusque-là, avait suffi à tout avec l'aide d'un seul garçon, réclama un auxiliaire, il fallut, pour l'obtenir, batailler de longues semaines. Tous les jours, ou presque, Préfleury surgissait dans le bureau directorial pour expliquer en détail et objectivement les raisons qui nécessitaient la présence à ses côtés d'un auxiliaire. Non point qu'il voulût se ménager, non, pas question ! Il en faisait plus que sa part, certes, mais ne voulait point s'en décharger ! Que Monsieur le Directeur songe seulement à l'extension de l'entreprise au cours des années : tous les services avaient été agrandis en conséquence, à la seule exception du sien, constamment oublié, alors que le travail n'avait pas cessé de s'y accroître ! Lorsque Préfleury était entré dans la maison, — sans doute Monsieur le Directeur ne pouvait-il s'en souvenir ! — il n'y avait encore qu'une dizaine d'ouvrières... aujourd'hui leur nombre variait de cinquante à soixante ! Pareille tâche exige de la main-d'œuvre ! Préfleury pouvait assurer qu'il s'épuisait à la tâche, mais en venir désormais entièrement à bout, il ne pouvait plus rien assurer ! À vrai dire, Ottomar ne déclina jamais sa requête (c'était chose impossible à l'égard d'un vieil employé), mais sa façon de n'écouter que d'une oreille distraite, parlant avec d'autres et avec l'air de l'ignorer, lui et sa requête, tout en faisant de vagues promesses — quitte à avoir tout oublié dès le lendemain ! — ces façons étaient plus que blessantes. Certes pas pour Préfleury ! Préfleury n'est pas un rêveur ! Si précieux que soient les honneurs et si agréable qu'il soit de voir reconnus ses mérites, Préfleury peut s'en passer ! Il restera à son poste autant qu'il pourra ! De toute façon, c'est lui qui a raison, et la raison finira bien par triompher un jour, même si ce n'est pas pour demain ! Préfleury a quand même fini par se faire adjoindre non pas un, mais deux auxiliaires. Hélas ! quels auxiliaires ! À croire qu'Ottomar n'avait pu témoigner plus nettement son dédain du service de Préfleury qu'en les lui accordant ! Peut-être même Ottomar n'avait-il fait si longuement patienter Préfleury que pour mieux trouver pareil attelage, ce qui évidemment n'avait pas été une petite affaire ! Maintenant Préfleury n'avait plus aucun prétexte à réclamations. N'avait-il point reçu deux stagiaires alors qu'il n'en réclamait qu'un ? Ah ! l'astucieuse manœuvre ! Bien entendu, Préfleury persistait à se plaindre, mais parce qu'il y était littéralement acculé et non point dans l'espoir d'une aide effective. D'ailleurs, il ne se plaignait pas expressément, rien qu'en passant, à l'occasion ! Malgré tout, le bruit ne tarda guère à circuler parmi de malveillants collègues que quelqu'un aurait demandé à

Ottomar comment il se faisait, même après avoir obtenu une aide aussi exceptionnelle, que Préfleury se plaignît encore. À quoi Ottomar aurait répondu que telle était la stricte vérité, Préfleury se plaignait toujours, mais à bon droit ! Lui, Ottomar, avait fini par s'en rendre compte et se proposait d'adjoindre à son employé, l'un après l'autre, autant d'auxiliaires qu'il occupait d'ouvrières, donc environ une soixantaine ! Si cela ne suffisait pas, il lui en procurerait d'autres jusqu'à ce que soit complet l'asile d'aliénés que depuis des années tendait à devenir le service de Préfleury ! Si ce propos était bien dans la manière d'Ottomar, celui-ci, Préfleury en était convaincu, était cependant bien loin de s'exprimer ainsi sur son compte. Il n'y avait là qu'inventions des fainéants du premier étage. Préfleury ne s'y arrêtait pas — mais que n'en pouvait-il agir de même auprès de ses deux assistants ? Ils étaient toujours là, totalement indéracinables ! Des gosses malingres et pâles ! Leur extrait de naissance leur donnait dans les quatorze ans, mais qui l'eût cru ? Leur vraie place semblait bien moins à l'apprentissage que dans les jupes de leur mère. Ils ne savaient pas encore se tenir, surtout dans les premiers temps ; rester longtemps debout les épuisait. Les laissait-on sans surveillance, ils s'affaissaient aussitôt, tant ils étaient sans force, tout déjetés, dans quelque coin. Préfleury cherchait à leur faire comprendre qu'ils se rendraient infirmes pour toute leur vie en se laissant aller de cette sorte. Les charger de la moindre démarche était une imprudence ; une fois l'un d'eux, à qui l'on avait demandé de porter un petit objet tout à côté, s'était rué avec tant de zèle qu'il s'était blessé au genou contre son pupitre. La pièce était alors pleine d'ouvrières, le pupitre de marchandises, mais Préfleury avait dû tout quitter pour aller faire panser son apprenti tout pleurnichant. Mais ce zèle n'était qu'extérieur. En vrais enfants, ils voulaient parfois se faire remarquer, le plus souvent encore ils ne voulaient que tromper la surveillance de leur chef et lui jouer quelque tour. Un jour, en un moment particulièrement pressant, Préfleury, ruisselant de sueur, était passé à la course auprès d'eux et les avait surpris à échanger des timbres derrière des ballots. Il les aurait assommés ! Quel autre châtiment en effet pour une semblable conduite ? Mais c'étaient des enfants et notre homme ne pouvait pas se permettre de frapper des enfants ! Aussi continuait-il à les subir. En réclamant un stagiaire, il s'en était promis quelque assistance à l'heure où la répartition du travail exigeait de sa part tant d'effort et de vigilance. Il s'était vu debout, derrière le pupitre, au centre de la pièce, dirigeant l'ensemble des opérations, notant les entrées et les sorties des marchandises, tandis que sur un simple signe de lui, les stagiaires couraient çà et là pour procéder aux répartitions. Il avait pensé que sa surveillance, toute minutieuse fût-elle, mais insuffisante dans une pareille affluence, serait secondée par l'attention des stagiaires qui peu à peu acquerraient ainsi expérience et initiative et finiraient par savoir distinguer eux-mêmes entre les ouvrières ce qu'il en était de leur besoin de fournitures en matières premières et du degré de confiance qu'on pouvait leur accorder. Vaines illusions ! Préfleury avait vite compris qu'il ne fallait même pas laisser ces enfants parler avec les ouvrières. Dès leurs débuts, ils n'avaient pas voulu, ou osé, entrer en rapport avec certaines d'entre elles, alors que d'autres avaient leurs préférences et qu'ils couraient les accueillir jusqu'à la porte du bureau. À ces dernières, ils apportaient tout ce qu'elles voulaient, le leur glissaient dans les mains comme en cachette, même si elles y avaient droit, ou bien ils collectionnaient pour leurs préférées toutes sortes de bouts d'étoffe sur un rayon vide, des restes sans valeur, mais aussi des bagatelles parfois utilisables qu'ils brandissaient à leur arrivée, derrière le dos de leur chef, en rayonnant de joie. En échange de quoi, elles leur fourraient des bonbons dans la bouche. Préfleury avait du reste vite fait de mettre le holà à tous ces abus et, à l'arrivée des ouvrières, il poussait ses apprentis derrière la porte vitrée. Ceux-ci tinrent longtemps le procédé pour injustifiable, ils boudaient, cassaient exprès leurs plumes, frappaient, sans toutefois oser lever la tête, contre la vitre pour attirer l'attention des ouvrières et les prendre à témoin des sévices dont ils se croyaient les victimes.

Mais leurs propres manquements, ils ne pouvaient s'en rendre compte. Par exemple, ils arrivent toujours en retard. Préfleury, leur patron, qui dès sa prime jeunesse s'est fait un devoir d'arriver une demi-heure au moins avant l'ouverture des bureaux — non par excès de zèle ou scrupule exagéré — mais simplement par bienséance — eh bien, c'est parfois une heure et davantage que lui, Préfleury, doit les attendre ! En général, la scène est la suivante : il est là, dans la pièce, derrière le pupitre, mangeant son croissant, tout en mettant à jour les carnets de comptes des ouvrières et, bientôt entièrement absorbé par son travail, voilà que tout à coup il en est tiré de façon si brutale que dans sa main le porte-plume tremblera longtemps après ; c'est l'un des stagiaires qui est entré en coup de vent ! On dirait qu'il va s'évanouir, d'une main il se cramponne quelque part, de l'autre il presse sa poitrine haletante..., et toute cette mimique n'est qu'une façon d'excuser son retard, excuse si grotesque que Préfleury feint ne pas l'entendre, sans quoi il n'y aurait qu'à battre l'intrus comme il le mérite ! Il s'en tient à le fixer un instant du regard en lui indiquant sa place de la main et se remet à son travail. Il serait normal qu'eu égard à la bonté de son chef, le garçon se hâtât de gagner sa place. Mais non ! Il avance en sautillant sur la pointe des pieds et plaçant avec affectation un pied devant l'autre. Se moque-t-il ? Pas même ! Ce n'est chez lui rien de plus que crainte et suffisance mêlées, de quoi vous désarmer ! Sinon, comment arriveraient-ils tout tranquillement, bras dessus, bras dessous, aujourd'hui où Préfleury est précisément arrivé lui-même avec un grand retard ? N'ayant pas eu la moindre envie de vérifier les carnets des ouvrières, ce n'est qu'après avoir longuement attendu qu'il les aperçoit enfin dans la rue à travers les nuages de poussière que soulève maladroitement avec son balai le garçon de bureau. Ils paraissent se confier d'importants secrets dont l'unique rapport avec le bureau est sans doute qu'ils n'y sont pas de mise ! À mesure qu'ils approchent de la porte vitrée, leurs pas se ralentissent. Enfin, l'un saisit le loquet, mais sans le tourner. Sans doute n'en ont-ils pas fini de leurs rires et de leurs confidences !

— Ouvrez donc à Messieurs nos Stagiaires ! crie Préfleury au garçon en étendant le bras.

Mais dès qu'ils entrent, sa colère tombe, il renonce à se fâcher, ignore leur salut et va s'asseoir à son bureau. Il reprend ses comptes, tout en leur adressant parfois un coup d'œil. L'un paraît très fatigué, il se frotte les yeux et, son manteau accroché, profite de l'occasion pour s'appuyer un instant au mur. Dans la rue, il était pourtant tout dispos, mais l'approche du travail suffit à le fatiguer. L'autre a par contre envie de travailler, mais à ce qu'il lui plaît seulement. Depuis longtemps, il rêve de balayer. Or, ce n'est pas son travail, le garçon de bureau est là tout exprès ! Préfleury n'aurait au fond rien à objecter, le stagiaire pourrait bien balayer, il ne s'en tirerait pas plus mal que le préposé. Mais si monsieur veut balayer, il lui faut venir plus tôt, avant que le balayeur en pied n'ait commencé sa besogne. En aucun cas, il ne doit y consacrer le temps où il est astreint exclusivement aux travaux du bureau. Mais si ce gamin est inaccessible à tout raisonnement, au moins le garçon de bureau, vieillard à demi aveugle que le directeur ne tolérerait certainement pas dans un autre service que celui de Préfleury et dont la vie n'est qu'un effet de la grâce de Dieu et du patron — au moins pourtant pourrait-il être conciliant et céder pour un instant son balai au candidat qui le guigne dans son inexpérience. Ce dernier perdrait bien vite toute envie de balayer et courrait avec son balai derrière le titulaire pour le supplier de continuer. Mais le préposé semble avoir un sens aigu de la responsabilité de balayeur ; à peine en effet le stagiaire s'approche-t-il de lui qu'on le voit mieux assurer le balai dans ses tremblantes mains, préférant ne rien faire et renoncer à sa tâche pour concentrer toute son attention sur la possession du balai. Le stagiaire le supplie, mais sans mot dire, car il a peur de Préfleury qui a beau paraître tout à ses comptes. Au reste, parler ne servirait de rien, car le préposé est sourd comme un pot. Changeant de tactique, le garnement se met à le tirer doucement par la manche. Le balayeur comprend son intention, il regarde la main d'un air sombre et hoche la tête en serrant son balai plus étroitement sur son cœur. L'assaillant joint alors les mains et tombe à genoux. Il n'a aucune espèce d'espoir de voir sa prière exaucée, mais le geste l'amuse. Le second stagiaire suit la scène avec un léger sourire, il paraît croire, contre toutes raisons, que Préfleury ne se doute de rien. Mais le geste d'imploration n'impressionne en rien celui qui en est l'objet, il se retourne, pensant pouvoir en paix se remettre à sa tâche. Cependant l'autre qui l'a suivi en sautillant sur la pointe du pied et se tordant les mains, le supplie maintenant du côté opposé. Le vieux se retourne — et le manège, à plusieurs fois, se répète. Enfin, le vieux se sent cerné et constate ce qu'il aurait pu avec un peu moins de simplicité constater depuis le début, c'est qu'il sera plus vite fatigué que son persécuteur. Aussi cherche-t-il de l'aide, il menace l'ennemi du doigt en lui montrant Préfleury à qui, si l'on persiste, il s'ira plaindre. L'autre, percevant que s'il veut encore s'emparer du balai, il lui faut agir vite, hardiment, étend la main pour saisir le balai. Par un cri involontaire, le second stagiaire indique que le dénouement est proche. Pour cette fois, le préposé sauve son instrument en faisant un pas en arrière et en ramenant le balai contre lui. L'autre ne cède pas non plus, il bondit bouche ouverte, yeux étincelants. Le balayeur s'enfuit, mais ses vieilles jambes tremblent plutôt qu'elles ne courent. Le gamin tire sur le balai... S'il ne peut saisir le manche, il parvient néanmoins à le faire tomber et à l'arracher à son défenseur. Vaine victoire ! Tous trois restent figés..., car maintenant Préfleury est au point de tout découvrir. Effectivement, il regarde par son petit guichet comme s'il venait juste d'être alerté, les dévisage chacun d'un regard sévère d'inquisiteur. Le balai à terre, lui-même, n'échappe point à son regard. Soit que le silence se prolonge trop, soit que le coupable ne puisse réprimer son envie de balayer, toujours est-il qu'il se baisse, très prudemment, d'ailleurs, comme s'il allait saisir un animal et non point un balai, attrape l'instrument dont il effleure le plancher, mais le rejette aussitôt d'un geste de frayeur. Préfleury surgit de son retrait :

— Tous les deux au travail, sans plus bouger ! crie-t-il et, la main tendue, il assigne à ses deux aides leur place à leur pupitre.

Ils obéissent illico, et aussi penauds qu'empruntés passent devant lui en se dandinant et le regardent fixement dans les yeux pour l'empêcher de les battre. L'expérience aurait dû cependant leur apprendre que par principe Préfleury ne bat jamais. Mais ils sont très craintifs et cherchent toujours sans le moindre tact à sauvegarder leurs droits ou ce qu'ils jugent tels...

Fin du fragment

Le retour

Je suis revenu ; j'ai repassé le portail et regarde autour de moi. C'est la vieille ferme de mon père. La mare au milieu. Un amas de vieux ustensiles hors d'usage s'enchevêtrent au pied de l'escalier qui conduit au grenier. Sur la rampe le chat est aux aguets. Un lambeau d'étoffe que, pour jouer, on attacha un jour à un bâton se dresse dans le vent. Me revoilà ! Qui va m'accueillir ? Derrière la porte de la cuisine, qui m'attend ? La cheminée fume ; on prépare le café pour le repas du soir. Tout cela t'est-il familier ? Te sens-tu bien chez toi ? Peut-être ?... Je ne suis pas très sûr. C'est bien la maison de mon père, mais combien toutes ses parties apparaissent indifférentes et froides les unes pour les autres. Chacune semble en proie à des soucis particuliers que j'ai soit oubliés, soit toujours ignorés. Que puis-je pour elles ? Que leur suis-je, moi, pourtant fils du vieux fermier, mon père ? Et je n'ose frapper à la porte de la cuisine, je n'écoute que de loin, et debout ! de peur de me faire surprendre en train d'écouter aux portes. Et comme j'écoute de loin, je ne distingue rien, je n'entends que le faible tic-tac d'une pendule — ou, peut-être, ne fais-je que croire l'entendre de delà tous les jours d'enfance ? Ce qui, hormis cela, se passe à la cuisine, c'est le secret de ceux qui s'y trouvent, le secret qu'ils gardent devant moi. Plus on tarde devant la porte et plus on devient étranger. Que serait-ce si quelqu'un — à cet instant — allait ouvrir la porte et qu'on m'interrogeât ? Alors, celui qui veut garder son secret — ne serais-je pas celui-là ?

Le pont

J'étais raide et froid, j'étais un pont, je passais au-dessus d'un abîme. La pointe de mes pieds s'enfonçait d'un côté, de l'autre mes mains s'engageaient dans la terre ; je me suis accroché de toutes mes dents à l'argile qui s'effritait. Les pans de mon veston battaient à mes côtés. Au fond du gouffre on entendait mugir l'eau glacée du torrent que chérissent les truites. Nul touriste ne s'égarait dans ces hauteurs impraticables, nulle carte encore ne mentionnait le pont.

J'étais donc là et j'attendais ; et j'étais obligé d'attendre. Sans s'effondrer, un pont, une fois lancé, ne saurait cesser d'être un pont.

Un jour, le soir tombait — était-ce le premier ou le millième, je ne sais — la roue de mes pensées roulait dans un tumulte. Sur le soir, en été, à l'heure où le torrent mugit déjà plus sombrement, j'entendis venir le pas d'un homme. Il approchait, il était là. Étends-toi, pont, tiens-toi, poutre sans garde-fou, ne laisse pas tomber celui qu'on te confie. Compense imperceptiblement l'incertitude de son pas, mais s'il chancelle, fais-toi reconnaître et, comme un dieu des monts, lance-le sur le sol.

Il vint, il me tâta de sa canne ferrée, il releva les pans de ma veste avec la pointe et les replia sur mon dos. Il promena sa canne aiguë dans ma tignasse et l'y laissa longtemps tandis qu'il regardait, probablement, d'un air farouche autour de lui ; et mon rêve suivait le sien au-delà des monts et des plaines, quand il me sauta soudain à pieds joints sur les reins. Je frémis d'une douleur atroce ; je ne m'étais douté de rien. Qui était-ce ? un enfant ? un rêve ? un brigand ? un désespéré ? un tentateur ? un exterminateur ? Je me retournai pour le voir.

Un pont se retourner ! Je n'avais pas fini que je tombais déjà, je m'effondrais, j'étais fracassé et empalé par les cailloux aigus qui m'avaient toujours regardé jusque-là si paisiblement du fond des eaux déchaînées.

Le chasseur Gracchus

Deux enfants étaient assis sur le mur du quai et jouaient aux dés. Un homme lisait un journal sur les marches du monument, dans l'ombre du héros qui brandissait son sabre. Une jeune fille remplissait son seau à la fontaine. Un marchand de fruits, couché près de sa balance, promenait ses regards sur le lac. Au fond d'un cabaret, par la porte béante et les fenêtres grandes ouvertes on voyait deux hommes attablés devant une bouteille de vin. Le cafetier se tenait assis à une table et sommeillait. Une barque entra dans le petit port, et sa nage était si légère qu'on eût dit qu'elle était portée au-dessus des eaux. Un homme en blouse bleue descendit à terre et passa l'amarre dans l'anneau. Deux autres hommes, en redingotes foncées et décorées de boutons d'argent, le suivaient, portant une civière sur laquelle, caché par un grand châle à fleurs en soie frangée, un homme devait être étendu.

Sur le quai, nul ne s'inquiéta de l'arrivée des nouveaux venus ; même quand ils posèrent la civière afin d'attendre le pilote qui travaillait encore aux câbles, personne ne s'approcha, personne ne questionna, personne ne les regarda de plus près.

Le marinier fut retenu encore quelques instants par une femme qui apparut sur le pont, les cheveux défaits et un enfant à la mamelle. Puis il vint et montra une maison jaunâtre, à deux étages, qui se dressait au bord de l'eau ; les deux porteurs reprirent leur charge pour entrer sous la porte basse soutenue par de sveltes colonnes. Un gamin ouvrit une fenêtre ; il eut juste le temps d'apercevoir le groupe qui disparaissait à l'intérieur de la maison, et referma hâtivement. La grande porte se rabattit ; elle était d'un chêne noir et d'un travail soigné. Une troupe de pigeons occupée jusqu'alors à voler autour du clocher se posa devant la maison. L'un d'eux reprit son vol pour venir s'installer sur la fenêtre du premier et frappa du bec contre la vitre. C'étaient des oiseaux de couleur claire, soignés et vifs. D'un geste vigoureux la femme de la barque leur lança une poignée de grains, ils les picorèrent rapidement et vinrent se poser autour d'elle.

Un homme en haut-de-forme, avec un crêpe de deuil, descendit l'une des venelles qui conduisaient en pente raide jusqu'au port. Il regardait attentivement autour de lui ; tout le souciait ; des ordures, dans un coin, lui firent faire une grimace. Sur les marches du monument traînaient des pelures de fruits ; il les balaya au passage, du bout de sa canne. Parvenu à la porte, il frappa de la main gauche en prenant son chapeau haut de forme dans sa droite gantée de noir. La porte s'ouvrit immédiatement, une cinquantaine de bambins formaient la haie en s'inclinant dans le long couloir.

Le marinier descendit l'escalier, salua le monsieur, le conduisit au premier, lui fit faire le tour de la cour, entourée de gracieuses loggias, et, suivis des enfants qui se pressaient derrière eux à distance respectueuse, ils entrèrent dans une grande pièce froide d'où l'on ne voyait aucune maison derrière l'immeuble, mais seulement le mur noirâtre d'un roc nu. Les porteurs étaient occupés à disposer et à allumer quelques cierges à la tête de la civière, mais cette opération ne créait aucune lumière ; elle ne faisait qu'effaroucher les ombres jusqu'alors endormies sur le sol qu'elle envoyait s'agiter sur les murs. On avait relevé le suaire. Il laissa voir le corps d'un homme qu'on pouvait prendre pour un chasseur avec les cheveux et la barbe en broussaille qui entouraient sa peau bronzée. Il gisait là sans mouvement, sans souffle apparent, les yeux fermés ; et pourtant il n'y avait que l'ambiance pour indiquer qu'il était peut-être mort.

Le monsieur s'approcha de la civière, posa une main sur le front de l'homme, se mit à genoux et pria. Le marinier fit signe aux porteurs de quitter la chambre ; ils sortirent et fermèrent après avoir chassé les enfants qui s'étaient attroupés sur le seuil. Mais le monsieur parut trouver que le silence n'était pas encore suffisant ; il jeta un regard au marinier, qui le comprit et disparut dans la pièce voisine par une porte de côté. Aussitôt l'homme ouvrit les yeux sur sa civière, tourna la tête vers le monsieur avec un sourire douloureux, et lui demanda :

— Qui es-tu ?

Le monsieur, qui était à genoux, se releva sans étonnement et répondit :

— Le maire de Riva.

L'homme, de la civière, opina du bonnet, montra un siège en étendant faiblement le bras et dit, une fois que le maire eut déféré à son invitation :

— Je le savais, monsieur le maire, mais au premier moment j'ai toujours la mémoire vide, tout me tourne dans la tête, il vaut mieux que j'interroge, même quand je sais tout. Vous aussi vous savez sans doute que je suis le chasseur Gracchus.

— Bien sûr, dit le maire. Vous m'avez été annoncé cette nuit. Nous dormions depuis longtemps. Il pouvait être minuit quand ma femme m'a appelé : Salvator — c'est mon nom — vois ce pigeon à la fenêtre. C'était bien un pigeon, mais aussi gros qu'un coq. Il est venu me trouver et m'a dit à l'oreille : « Le chasseur Gracchus, qui est mort, arrivera demain ; reçois-le au nom de la ville. »

Le chasseur inclina la tête et fit passer le bout de sa langue entre ses lèvres.

— Oui, dit-il, les pigeons me précèdent. Mais croyez-vous, monsieur le maire, que je doive rester à Riva ?

— Je ne peux pas encore le dire, répondit le maire. Êtes-vous mort ?

— Oui, dit le chasseur, comme vous le voyez. Il y a longtemps, il y a bien des années, mais il faut qu'il y en ait d'immenses quantités, je suis tombé du haut d'un rocher en poursuivant un chamois dans la Forêt Noire — la Forêt Noire c'est en Allemagne. Depuis ce temps-là je suis mort.

— Mais vous vivez aussi quand même ? dit le maire.

— En quelque sorte oui, répondit le chasseur, en quelque sorte oui, je vis également. Ma barque de mort s'est trompée de route ; un faux mouvement du gouvernail, un appel un peu trop pressant de ma merveilleuse patrie, je ne sais trop ce qu'il y a eu, ce que je sais bien, c'est que je suis resté sur terre et que ma barque, depuis lors, navigue sur les eaux terrestres. Voilà comment, moi qui ne voulais jamais sortir de mes montagnes, je voyage depuis ma mort par tous les pays de la terre.

— Et vous n'avez aucune part à l'au-delà ? demanda le maire en fronçant les sourcils.

— Je suis toujours, répondit le chasseur, sur le grand escalier qui y monte. Je passe mon temps à rôder sur ses marches immenses, tantôt en haut, tantôt en bas, à droite, à gauche et sans répit. Le chasseur s'est fait papillon. Ne riez pas.

— Je ne ris pas, se défendit le maire.

— Très judicieux, dit le chasseur. Je n'ai jamais un instant de répit. Et quand je m'élance de toutes mes forces, quand je vois déjà briller la grande porte d'en haut, je me réveille sur ma vieille barque misérablement arrêtée dans n'importe quelles eaux terrestres. Ma mort d'autrefois, viciée dès son principe, vient ricaner autour de moi dans ma cabine. La femme du marinier frappe alors à mon huis et m'apporte sur ma civière le breuvage du pays dont nous longeons la côte. Je suis couché sur un bat-flanc, je ne fais pas plaisir à voir, j'ai un suaire sale, les cheveux et la barbe en broussaille, tout mêlés de gris et de noir, et les jambes couvertes d'un châle, un grand châle de soie à longues franges, un châle à fleurs, un châle de femme. À mon chevet un cierge brûle. En face de moi, au mur, sur une petite image, un Boschiman, autant que je sache, me vise avec une zagaie et se cache derrière un bouclier orné de peintures grandioses. On rencontre sur les bateaux bien des images ridicules mais c'est là sûrement l'une des plus stupides. À part ces deux objets, ma cage de bois est vide. Par un hublot entre l'air chaud des nuits du sud, et j'entends l'eau frapper la vieille barque.

« C'est là que je couche depuis le jour où je suis tombé, chasseur Gracchus encore vivant, à la poursuite d'un chamois dans mon pays. Tout s'est passé dans l'ordre. J'ai couru, je suis tombé, j'ai perdu mon sang dans un ravin, je suis mort, et la barque devait m'emporter dans l'au-delà. Je me rappelle encore ma joie en m'étendant la première fois sur le bat-flanc. Jamais les montagnes ne m'ont entendu chanter comme ces quatre sombres parois.

« J'avais vécu avec plaisir, j'étais mort de la même sorte. J'ai jeté joyeusement, avant d'entrer à bord, la boîte à poudre, le fusil, la gibecière que j'avais toujours portés fièrement, j'ai enfilé mon suaire comme une jeune fille passe sa robe de mariée. Je me suis couché pour attendre. Et puis le malheur est arrivé.

— Une triste mort, dit le maire en levant la main comme pour écarter un malheur. Et vous n'y êtes pour rien ?

— Pour rien, dit le chasseur. J'étais chasseur, est-ce une faute ? J'étais placé comme chasseur dans la forêt, où il y avait encore des loups. Je guettais, je tirais, je touchais, j'écorchais, est-ce une faute ? Mon travail était béni. On m'appelait « le grand chasseur de la Forêt Noire ». Qu'y a-t-il de mal là-dedans ?

— Ce n'est pas à moi d'en juger, dit le maire. Je n'y vois pourtant rien de blâmable non plus. Mais alors à qui la faute ?

— Au marinier, dit le chasseur. Personne ne lira jamais ce que j'écris, personne ne viendra à mon aide ; si l'on faisait un devoir de me venir en aide, toutes les maisons resteraient fermées, toutes les portes, toutes les fenêtres ; tout le monde se mettrait au lit, la tête sous les draps ; la terre entière ne serait plus qu'un dortoir. Ce ne serait pas sans raison, puisque personne ne sait rien de moi, et, quelqu'un sût-il quelque chose, il ne connaîtrait pas l'endroit où je me trouve ; le connût-il, il ne saurait m'y retenir ; il ne saurait par conséquent comment m'aider. L'idée de vouloir m'aider est une maladie, c'est au lit qu'il faut la soigner. Je le sais et, le sachant, je m'abstiens d'appeler à l'aide, même quand j'y songe violemment, moi qui pourtant, vous le voyez bien, me maîtrise si peu. Il me suffit, pour chasser cette idée, de regarder autour de moi, de me représenter où je suis et où — je puis bien l'affirmer — j'habite depuis des centaines d'années.

— Extraordinaire, dit le maire, extraordinaire. Et maintenant comptez-vous rester avec nous à Riva ?

— Je ne compte pas, dit le chasseur en souriant et en posant sa main sur le genou du maire pour l'empêcher de se fâcher de sa plaisanterie. Je suis ici, je n'en sais pas plus, je ne peux pas faire davantage. Ma barque est sans gouvernail, elle marche avec le vent qui souffle dans les plus profondes régions de la mort.

La proclamation

Par un froid matin d'hiver et de brume, la proclamation que voici fut répandue dans la monstrueuse maison de rapport, encastrée d'indestructibles ruines médiévales — que nous habitons dans les faubourgs :

À TOUS MES COLOCATAIRES

Je possède cinq fusils d'enfants. Ils sont suspendus dans mon placard, chacun à son crochet. Le premier m'appartient, pour les autres peut se présenter qui voudra. S'il y a plus de quatre personnes à s'inscrire, ceux en surnombre devront apporter leur propre fusil et le déposer dans mon placard. Car l'union doit être notre règle. Sans règle et sans union, on ne fait rien de bon ! Du reste, je n'ai que des fusils impropres à tout autre emploi, le mécanisme en est gâté, le bouchon arraché, seuls les chiens se déclenchent encore. Au besoin, il ne sera pas difficile de se procurer d'autres fusils semblables. Mais les premiers temps, j'accepterai aussi qu'on vienne sans fusil. Nous qui avons des fusils, nous encadrerons en temps voulu ceux qui n'en auront pas. Semblable tactique a fait ses preuves chez les Farmers d'Amérique à l'égard des Indiens, pourquoi ne les ferait-elle pas ici où les conditions sont les mêmes ? On pourrait donc à la longue renoncer aux fusils, même les cinq fusils ne sont pas indispensables, ce n'est que parce qu'ils sont là qu'il faut les utiliser. S'ils ne veulent pas les quatre autres, à leur gré ! Dans ce cas, je serai seul, en tant que chef, à en porter un... Mais on nous défend d'avoir un chef ! Je briserai donc moi aussi mon fusil ou l'abandonnerai.

Telle était la première proclamation. Dans notre maison, personne n'a ni le temps ni l'envie de lire des proclamations, moins encore d'y réfléchir ! Les papiers eurent tôt fait de nager dans le flot d'ordures qui, débouchant du grenier et grossi par tous les corridors, dévale dans les escaliers, où il vient se heurter au contre-courant qui monte et s'enfle d'en bas. Mais la semaine suivante une seconde proclamation fut lancée :

COLOCATAIRES

Jusqu'à présent personne ne s'est présenté chez moi. J'ai été, autant que me le permet mon travail, constamment chez moi, en mon absence ma porte est restée constamment ouverte, sur ma table se trouvait une feuille de papier où pouvait s'inscrire qui voulait. Personne ne l'a fait !

La muraille de Chine

I
MA VILLE NATALE

Notre petite ville n'est pas dans le voisinage de la frontière, il s'en faut ! La distance en est si grande que sans doute personne de chez nous ne s'y est jamais rendu : tant de hauts plateaux déserts, tant de vastes plaines fertiles à traverser ! Rien que d'imaginer une partie du chemin, la fatigue vous gagne, et il est impossible d'imaginer plus que partie de la distance ! La route est jalonnée de grandes cités, bien plus grandes que notre bourgade. Dix bourgades pareilles, juxtaposées et superposées, ne formeraient pas une seule de ces immenses et étroites cités. Si même on ne s'égarait pas d'ici là, on se perdrait alors sûrement dans ces villes. Impossible de les éviter tant elles sont grandes !

Et pourtant bien plus loin que la frontière, s'il est possible de comparer de telles distances — c'est comme si l'on disait qu'un homme de trois cents ans est plus âgé qu'un homme de deux cents ! — bien plus lointaine encore que la frontière se dresse la capitale. Des combats de frontière nous recevons par-ci, par-là quelque nouvelle, mais de la capitale à peu près jamais rien, nous autres, gens du peuple, veux-je dire, car les fonctionnaires du Gouvernement ont d'excellentes communications avec la capitale. En deux ou trois mois seulement, ils peuvent recevoir un message de là-bas, à les en croire du moins !

Il est donc étrange, et je n'ai pas fini de m'en étonner, de nous voir dans notre petite ville nous plier si tranquillement à toutes les mesures prises dans la capitale. Depuis des siècles, il n'y a pas eu chez nous une seule réforme sur l'initiative des citoyens ! Dans la capitale les grands souverains se sont succédé, des dynasties entières se sont éteintes ou effondrées, d'autres se sont fondées. Au siècle dernier la capitale elle-même a été détruite ; loin d'elle s'en est créée une nouvelle, puis celle-ci détruite à son tour et l'ancienne reconstruite, sans que tout cela ait eu la moindre répercussion sur notre vie de petite ville ! Notre administration n'a pas changé, les plus hauts fonctionnaires viennent toujours de la capitale, les moyens, sinon de là, du moins du dehors, les subalternes sont de chez nous. Rien n'a changé. Et de cela nous nous contentions...

II
LA CONSTRUCTION DE LA MURAILLE

1. LA NOUVELLE

La nouvelle de la construction de la Muraille, bien qu'en retard de quelque trente ans sur sa proclamation, se répandait dans ce monde. C'était un soir d'été. J'avais dix ans et je me promenais avec mon père au long du fleuve. La signification de cette heure si souvent évoquée, je m'en remémore les moindres détails. Mon père me tenait par la main, geste qu'il affectionna jusque dans un âge avancé ; de son autre main, il caressait sa pipe longue et mince, comme il l'aurait fait d'une flûte. Le poil rare et dur de sa longue barbe se hérissait en l'air ; tout en savourant sa pipe, il laissait par-delà le fleuve son regard errer vers le ciel, ce qui inclinait d'autant vers la terre sa tresse, objet de vénération des enfants, et la faisait bruire légèrement sur la soie tissée d'or de sa robe des jours de fête... Soudain une barque s'arrête devant nous, le batelier fait signe à mon père de descendre la berge. Lui-même vient à sa rencontre, ils se rejoignent à mi-chemin, le batelier chuchote quelques mots à l'oreille de mon père ; pour se rapprocher davantage de lui, il le prend même dans ses bras. Je ne compris pas ses paroles, il me parut que mon père demeurait incrédule. En vain le batelier s'efforce à le convaincre, mon père obstinément se refuse à croire la nouvelle. Le batelier, avec la passion des gens de son métier, en vient à l'appui de ses dires à presque déchirer son vêtement sur sa poitrine. L'insistance du batelier finit par triompher peu à peu de l'incrédulité paternelle. Grommelant, l'homme regagne sa barque et s'en va. Alors, secouant sa pipe, mon père se tourne pensivement vers moi, glisse la pipe dans sa ceinture et attirant ma tête près de lui, me caresse la joue. J'aimais ce geste, qui m'emplissait de joie, et c'est ainsi que nous rentrions. La bouillie de riz fumait déjà sur la table, quelques invités étaient rassemblés, on versait juste le vin dans les coupes. Sans y prendre garde, mon père, dès le seuil, se met à raconter ce qu'il venait d'apprendre. Les termes exacts de son récit ne sont pas restés dans ma mémoire, mais tout cela était si extraordinaire qu'un enfant même en était subjugué, le sens de ses paroles s'imprima si fort dans mon esprit que je me sens capable de les reconstituer mot pour mot, tant elles reflétaient exactement la mentalité populaire. Mon père dit donc à peu près :

« Un batelier étranger — je connais tous ceux qui passent ici d'habitude, mais celui-ci était étranger — m'affirme qu'on va construire une Grande Muraille pour protéger l'Empereur. Devant le Palais se rassemblent souvent, paraît-il avec des démons, les peuples mécréants pour tirer contre Lui des flèches noires... »

(*Après une petite transition de 11 lignes, que l'éditeur ne nous donne malheureusement pas, suit :*)

2. UN VIEUX PARCHEMIN

Il semble y avoir eu bien des négligences dans la défense de notre pays. Nous ne nous en sommes jusqu'ici guère préoccupés, nous contentant de vaquer à nos travaux ; mais les événements de ces derniers temps nous plongent dans l'inquiétude. Cordonnier de mon métier, je tiens atelier sur la place, vis-à-vis du Palais Impérial. Au lever du jour, à peine je commence à ouvrir ma boutique, je peux voir l'entrée des rues voisines barrées par des soldats. Mais non pas les nôtres. De toute évidence des Nomades du Nord... Impossible d'arriver à comprendre comment ils ont pénétré jusqu'à la capitale qui est pourtant si loin de la frontière ! Cependant ils sont là, et chaque matin semble accroître leur nombre. À leur accoutumée, car ils ont les toits en horreur, ils campent en plein air. Ils passent la journée à aiguiser leurs sabres, appointer leurs flèches, se livrer à des exercices équestres. Cette place silencieuse et soigneusement nettoyée, ils l'ont changée en une écurie ! Nous échappant de nos boutiques, nous avons parfois tenté d'enlever à la course le plus gros des ordures. Peine perdue ! C'est toujours à recommencer ! Devant le risque de rouler sous les pieds de leurs chevaux sauvages et la crainte de durs coups de cravache, il nous a fallu renoncer.

S'entretenir avec eux, impossible ! Ils ne savent pas notre langue. À peine en ont-ils une eux-mêmes. Ils s'entendent entre eux à la manière des choucas ! Ce ne sont que cris de choucas !* Nos façons, nos habitudes sociales leur sont aussi étrangères qu'indifférentes et rendent même impossible le truchement des gestes. Qu'on se désarticule les mâchoires et se torde les mains, ils ne comprennent pas et jamais ils ne comprendront. Parfois ils grimacent, leurs yeux se révulsent, leur bouche écume. Mais ce n'est pas pour dire quelque chose ou chercher à faire peur, ce sont là leurs manières. Ce dont ils ont besoin, ils le prennent. On ne peut les taxer de violence, car ce qu'ils ont touché, on le leur laisse et s'en écarte. Ils ont pris force pièces parmi ma marchandise. Mais à voir comme ils en usent avec le boucher d'en face, je n'ai pas à me plaindre. Les marchandises sont à peine à l'étal que les Nomades les en ont arrachées et ont tout dévoré ! Carnivores aussi leurs chevaux. On voit souvent monture et cavalier couchés côte à côte et mangeant chacun son bout au même morceau. Le boucher pris de peur n'ose fermer boutique. Nous autres le comprenons et nous cotisons pour lui venir en aide. Si les Nomades manquaient de viande, Dieu sait ce qui leur passerait par la tête ! Et qui peut dire quelles fantaisies les prendront, même avec viande tous les jours ?

L'autre jour, le boucher crut pouvoir s'épargner à tout le moins la peine d'abattre, et, au matin, amena tout vivant le bœuf de la journée. Qu'il se garde de recommencer ! Je passai bien une heure dans l'arrière-boutique, étendu à terre sous un amas de vêtements, de couvertures et de coussins — rien que pour ne pas entendre les mugissements de la bête. L'assaillant de toutes parts les Nomades, de toutes leurs dents, lui arrachaient des lambeaux de chair vive ! Le silence enfin revenu, je me décidai à sortir. Comme des buveurs autour d'un tonneau, les Nomades dormaient fatigués autour des restes du festin. À ce moment même, j'ai cru distinguer l'Empereur à la fenêtre du Palais. En règle générale, il ne fréquente jamais les appartements donnant sur le dehors et vit retiré dans ses jardins, au centre du Palais. Mais cette fois, du moins m'a-t-il semblé, il était accoudé à cette fenêtre et regardait, tête basse, la scène en face du Palais.

Comment cela finira-t-il ? C'est la question que tous se posent. Combien de temps supporterons-nous cette oppression et cette angoisse ! Le Palais Impérial a attiré les Nomades et ne sait plus s'en débarrasser. L'Entrée reste fermée. La Garde aux parades montantes et descendantes, naguère solennelles, se confine en arrière des grilles. À nous artisans et commerçants est confiée la tâche de sauver la Patrie. Mais nous en sommes incapables. Nous sommes-nous du reste jamais vantés de pouvoir l'accomplir ? Il n'y a qu'un malentendu, mais nous en mourons !

III

CONSTRUISANT LA MURAILLE DE CHINE

La Muraille de Chine a été terminée dans sa partie la plus septentrionale. Partie du sud-est et du sud-ouest, la Construction a trouvé ici son point de jonction. Ce mode de construction fragmentaire, on l'avait également appliqué à l'intérieur des deux grandes armées de travailleurs de l'est et de l'ouest. Voici comment : deux groupes d'une vingtaine de travailleurs avaient pour tâche, l'un de construire environ cinq cents mètres de muraille, tandis que le groupe voisin s'avançait à sa rencontre en bâtissant une muraille de la même longueur. La jonction faite, on ne poursuivait pas le travail à la suite de ces mille mètres ; les groupes d'ouvriers étaient au contraire envoyés en d'autres régions. De cette façon de faire résultèrent en grand nombre de vastes brèches qui ne furent comblées que peu à peu, plusieurs même longtemps après qu'officiellement la Muraille eut été achevée. Peut-être même se trouve-t-il des brèches qui n'ont jamais été fermées, encore que de pareilles affirmations se rattachent sans doute aux nombreuses légendes suscitées par la Construction et dont l'étendue de l'ouvrage ne permet pas à l'œil et à l'échelle d'un simple humain d'apprécier la véracité ?

De prime abord, il eût été sans doute préférable dans tous les cas de construire d'affilée chacune au moins des deux parties principales. Au dire et au su de tous, la Muraille avait en effet été conçue comme un moyen de défense opposé aux Nomades du Nord, mais que vaut le rempart s'il n'est pas continu ? Il est inefficace et le chantier lui-même est perpétuellement exposé au danger. Abandonnés dans une région désertique, ces pans restent toujours en effet à la merci des attaquants, et ceci d'autant plus qu'inquiets de ces travaux, les Nomades changeaient de campement, pareils à des sauterelles avec une incroyable rapidité et pouvaient ainsi se rendre compte des progrès de la construction mieux que nous-mêmes, les bâtisseurs ! Et cependant on ne pouvait procéder autrement qu'on a fait. Pour en saisir le motif, il faut penser à ceci : la Muraille pour des siècles devait constituer un rempart ! Un dessein d'une telle importance comportait d'indispensables conditions : construction des plus minutieuses, utilisation du savoir architectural de tous les temps et de tous les peuples connus, sentiment de responsabilité personnelle constant chez tous les bâtisseurs ! Pour les travaux secondaires, on pouvait, il est vrai, utiliser de simples manœuvres : hommes, femmes, enfants du peuple offrant leurs bras pour quelque argent. Mais pour diriger quatre journaliers, il fallait déjà un contremaître qualifié, un homme de confiance en mesure d'éprouver au profond de son cœur l'immensité de l'Œuvre entreprise — car plus l'effort à accomplir est grand, plus grandes sont les exigences. De tels hommes, il s'en trouvait là, sinon autant qu'il l'eût fallu pour les besoins de la construction, du moins en assez grand nombre.

On ne s'était pas mis à l'œuvre à la légère. Cinquante ans avant le début des travaux, on avait dans toute cette Chine que devait ceindre la Muraille, proclamé l'architecture, et plus particulièrement le métier de maçon, comme la Science capitale ; pour le reste, on ne le reconnaissait que dans la mesure de ses rapports avec cette Science Suprême... Un jour, petits enfants à peine assurés sur nos jambes — je me le rappelle encore fort bien —, nous étions rassemblés dans le petit jardin du maître d'école pour construire avec du gravier une sorte de muraille. Soudain le maître retroussait sa robe, courait contre notre muraille et naturellement renversait tout. Il nous faisait alors de si gros reproches sur la fragilité de notre construction qu'en poussant des cris nous nous enfuyions jusque chez nos parents. Épisode futile, mais significatif de l'esprit du temps !

Par chance, la Construction de la Muraille commençait juste au moment où, âgé de vingt ans, je venais de passer l'examen final de l'école primaire supérieure. Je dis bien : la chance, car beaucoup de nos aînés ayant atteint le summum d'instruction accessible ne surent, des années durant, que faire de leur savoir ! La tête pleine de grandioses plans de construction, ils menèrent une vie vagabonde — véritable génération de ratés ! Mais ceux qui parvinrent finalement sur les chantiers comme chefs d'entreprise, même du rang le plus subalterne, étaient réellement à hauteur de leur tâche. Eux, c'étaient des maçons ! Ils avaient longuement réfléchi sur la Construction et ne cessaient d'y réfléchir. Des gens qui, dès que posée la première pierre, se sentaient, corps et âme, liés à la Muraille. Outre l'ambition du travail bien fait, ce qui stimulait ces maçons, c'était, naturellement, leur impatient désir de voir enfin la Construction achevée. Le journalier, lui, ne connaît pas cette impatience, il ne pense qu'au salaire. Quant aux Grands Chefs et même aux chefs subalternes, il leur suffit d'assister aux progrès de la Construction pour garder leur moral. Mais pour les simples employés, spirituellement bien au-dessus d'une tâche de si humble apparence, il fallait prévoir un autre réconfort. Il n'était pas possible de les laisser dans une région de montagnes sauvages, à mille lieues de leur pays natal, ajuster, des mois et des années durant, des pierres les unes sur les autres. Le morne désespoir de ce labeur sans trêve, dont la plus longue vie ne pouvait espérer voir le terme, les eût rendus impropres au travail. Pour ce motif, on s'arrêta au système des constructions partielles. En cinq ans, on pouvait construire environ cinq cents mètres ; après quoi, il est vrai, les chefs étaient en général trop épuisés et ils avaient perdu toute confiance en eux-mêmes, toute foi dans la Construction et les choses du monde. Alors qu'ils étaient encore dans l'exaltation des festivités célébrant la jonction de mille mètres de Muraille, on les envoyait au loin, très au loin. Au cours de ce voyage, ils voyaient surgir dans le paysage des pans achevés de la Muraille, ils passaient devant les quartiers généraux des grands chefs qui les décoraient ; à leurs oreilles retentissaient les clameurs d'allégresse des nouvelles armées de travailleurs déferlant des profondeurs du pays ; sous leurs yeux on abattait les forêts pour les échafaudages et les montagnes disparaissaient, débitées en blocs de pierre à bâtir, cependant que résonnaient dans les lieux saints les chants des fidèles implorant l'achèvement de la Muraille ! Tout cela calmait leur impatience. La tranquille existence du pays natal où ils passaient quelque temps, la considération qui y entourait les travailleurs de la Muraille, l'humble foi qui accueillait leurs récits, la confiante certitude de l'humble et simple habitant dans l'achèvement à venir de la Construction, tout cela leur était un réconfort et faisait vibrer les cordes de leurs âmes. Pareils à des enfants par l'espérance et la foi éternelles, ils disaient adieu au pays natal, ne pouvant plus résister au désir de se remettre à l'Œuvre Nationale. Ils quittaient la maison plus tôt qu'il n'eût été nécessaire, la moitié du village les escortait longuement ; sur toutes les routes des groupes, des banderoles, des drapeaux ! Jamais ils n'avaient mieux compris la grandeur et la richesse de leur pays, son charme et sa beauté ! Le paysan était un frère, pour qui l'on bâtissait un rempart, et lui, sa vie durant, vous en remercierait de tout ce qu'il avait, de tout ce qu'il était ! Union, union de tous les cœurs, toutes les mains jointes dans une immense ronde, le sang libéré des étroites limites du corps déborde tendrement dans la Chine infinie sans se perdre jamais !

Voilà qui explique le système de la construction par morceaux, mais ce ne sont pas les seules raisons. Ce n'est nullement par manie que je m'arrête aussi longuement sur ce point, c'est la question centrale, pour secondaire qu'elle paraisse de prime abord ! Pour transmettre et faire comprendre la pensée et les événements de ce temps, c'est là précisément une question qu'on ne saurait assez creuser.

Tout d'abord il faut bien se dire que les travaux qu'on accomplit alors, le cèdent de peu à ceux de la Tour de Babel, bien qu'à vues humaines du moins, leur caractère de piété les oppose diamétralement ! Si j'y fais allusion, c'est qu'au commencement des travaux, un savant avait très exactement établi ce parallèle dans un livre. La construction de la Tour, comme il cherchait à le prouver, avait moins échoué pour les raisons généralement alléguées que pour ce que, parmi ces raisons trop connues, manquaient celles vraiment primordiales. Ses preuves ne se basaient pas seulement sur des textes et des rapports, mais il prétendait avoir fait des fouilles sur place et avoir ainsi découvert que la faiblesse des fondations était, et devait être fatalement, la cause de l'échec. À cet égard, il est vrai, notre temps était bien en progrès sur cette époque reculée. Il n'était guère de contemporain cultivé qui ne fût maçon de métier et infaillible en ce qui concernait la question des fondations. Mais ce n'était nullement ce que voulait prouver notre savant ; il prétendait, lui, que la Grande Muraille allait pour la première fois dans l'histoire de l'humanité fournir la base solide d'une nouvelle Tour de Babel. Ainsi : d'abord la Muraille, puis la Tour. Ce livre était alors entre toutes les mains, mais encore aujourd'hui je comprends assez mal, l'avouerais-je ? comment il imaginait la construction de cette Tour. La Muraille qui ne formait même pas un cercle, mais seulement une sorte de quart ou de demi-cercle constituerait la base d'une Tour ? Cette affirmation ne pouvait être qu'allégorique. Mais alors à quoi bon la Muraille qui était pourtant une réalité, fruit du labeur et de la vie de centaines de milliers d'hommes ? À quoi bon les plans de la Tour, au reste nébuleux, qu'il avait dessinés dans son livre ? Et ces projets minutieusement détaillés sur les moyens propres à mettre toute la force nationale au service de l'Immense Tâche ?

Il y avait alors, ce livre n'en est qu'un exemple, beaucoup de confusion dans les esprits, peut-être justement parce qu'une telle multitude cherchait par tous les moyens à s'unir en vue d'un seul but ? Léger dans son fond, l'être humain est semblable à la poussière qui s'envole, il échappe à tous les obstacles. Qu'il se ligote de lui-même, bientôt il tirera frénétiquement sur ses liens et aux quatre coins du ciel fera voler en éclats muraille, chaînes et lui-même !

Il se peut qu'en haut lieu, lorsqu'on y décida la Construction fragmentaire, il ait été tenu compte de ces difficultés propres à gêner le travail. Pour nous, et je parle ici au nom du grand nombre, nous ne sommes au fond parvenus à la connaissance de nous-mêmes qu'à force de répéter dans notre humilité les Ordonnances du Conseil des Chefs, et nous avons constaté que sans Lui, ni savoir scolaire, ni raison humaine ne nous auraient suffi à remplir le petit emploi que nous occupions à l'intérieur du Grand Ensemble. Dans la Salle du Grand Conseil — où donc se trouvait-elle ? Et qui donc y siégeait ? Nul ne le sait, nul qui ait pu me le dire ! — dans cette Salle gravitaient toutes les pensées et tous les espoirs des hommes et en un cercle inverse les accomplissements et tous les buts des hommes. Mais au travers des fenêtres, la splendeur des mondes divins se reflétait sur les mains augustes des Chefs du Conseil Suprême qui dessinaient les plans...

Voilà pourquoi un témoin incorruptible ne voudra pas admettre que le Conseil des Chefs, s'Il l'avait voulu sérieusement, n'aurait pas pu surmonter non plus les obstacles qui s'opposaient à une construction continue et d'un seul tenant. Dès lors s'imposerait une seule conclusion : à savoir que le Conseil des Chefs voulait que le système de construction fût le mode fragmentaire. Mais ce mode n'était qu'un pis-aller et qu'un expédient peu pratique. Resterait donc que le Conseil Suprême voulait quelque chose de peu pratique. Drôle de conclusion, certes ! Et pourtant, elle se justifie d'autre part par plus d'un argument. Peut-être est-il aujourd'hui permis d'en parler sans danger ? Mais en ce temps beaucoup, même appartenant à l'élite, professaient un principe secret : Emploie toutes tes facultés à comprendre les Ordres du Grand Conseil, mais accepte certaines limites... et trêve, alors, de réflexion ! Ne pense pas plus loin ! Maxime très raisonnable qui trouva d'ailleurs une interprétation plus extensive dans une allégorie souvent répétée par la suite : Arrête-toi de réfléchir, non que cela puisse te nuire. Rien ne prouve qu'il t'en cuirait ! Il ne s'agit ici nullement de cuisson ou de non-cuisson ! Il en va de toi comme au printemps d'un fleuve. Il monte, grossit, apporte à la terre une nourriture plus forte au long des rives élargies, mais jusque dans la mer qui ne l'en accueille que plus volontiers en égal et en bienvenu, il garde son caractère propre. À l'imiter jusque-là, tu peux méditer sur les Ordres du Conseil des Chefs. Mais, dépassant ce premier stade, le fleuve franchit ses rives, il perd contours et formes, ralentit sa course et tente, ce qui est contraire à sa destination, de former de petites mers à l'intérieur des terres. Il ravage les campagnes... Pourtant il ne peut à la longue se maintenir dans cette expansion, il rentre dans ses berges et va même à la prochaine canicule jusqu'à se tarir misérablement. Garde-toi d'aller aussi loin dans ta méditation sur les Ordonnances du Grand Conseil !

Cette image a pu, lors de la Construction de la Muraille, être très pertinente, mais, concernant le présent compte rendu, elle n'a tout au plus qu'une valeur restreinte. Mon enquête est en effet purement historique. Des nuées d'orage depuis longtemps dissipées, aucun éclair ne jaillit plus et je puis dès lors rechercher une explication du mode de construction segmentaire plus profonde que celle dont on se contentait à l'époque. Les limites que m'impose mon intelligence sont déjà bien assez étroites, et pourtant le domaine qu'il faudrait ici explorer, il n'est autre que l'Infini !

Contre qui la Grande Muraille devait-elle servir de rempart ? Contre les peuplades du Nord. Je viens, moi, du sud de la Chine. Là-bas aucune peuplade du Nord ne peut nous menacer. Nous savons d'elles ce que nous disent les Livres des Anciens : les atrocités qu'elles commettent en conformité de leur sauvagerie nous font soupirer à l'abri de nos paisibles tonnelles. Dans les peintures réalistes, nous voyons ces visages de damnation, ces mufles béants, ces mâchoires hérissées de dents affilées, ces regards clignotants qui semblent déjà loucher vers la proie qu'ils vont broyer et déchirer dans leurs gueules ! Les enfants sont-ils méchants, nous leur faisons voir ces images et aussitôt ils se jettent en pleurs à notre cou.

Mais c'est là tout ce que nous savons de ces hommes du Nord. Nous ne les avons pas vus, et, si nous restons dans notre village, nous ne les verrons jamais, quand bien même sur leurs chevaux sauvages ils se rueraient droit sur nous... Trop grand est notre pays pour les laisser arriver jusqu'à nous ! Leur charge se dissipera dans l'air.

Mais s'il en est ainsi, pourquoi partir pour l'école dans la ville lointaine, pourquoi quitter le pays natal, le fleuve et ses ponts, le père et la mère, l'épouse en larmes, les enfants à instruire — et rêver déjà de départs plus lointains pour la Muraille, dans le grand Nord ? Pourquoi ? Demande-le au Grand Conseil ! Les Chefs nous connaissent. Eux qui roulent d'immenses soucis savent ce que nous sommes, connaissent nos petites affaires. Ils nous voient tous réunis dans notre humble chaumine et la prière que prononce au soir le père de famille dans le cercle des siens leur plaît ou leur déplaît. Et, si je puis me permettre une pareille insinuation, j'avouerai qu'à mon avis le Grand Conseil existait déjà auparavant ; il ne se réunissait pas comme le font les Hauts Mandarins qui, sur l'inspiration d'un beau rêve matinal, convoquent d'extrême urgence une séance, prennent des décisions et, le soir même, au roulement du tambour, tirent la population du sommeil pour exécuter les décrets qu'ils viennent de prendre ne serait-ce que pour organiser une illumination en l'honneur d'un dieu qui s'est la veille montré favorable à ces messieurs, quitte le lendemain, les lampions à peine éteints, à les rouer de coups dans un coin sombre ! Le Conseil des Chefs, lui, existait de toute éternité, de même aussi la décision de construire la Muraille. Innocentes peuplades du

Nord qui en croyaient être la raison ! Innocent Empereur, vénéré soit-il ! qui en croyait avoir donné l'ordre ! Nous autres, gens de la Grande Muraille, nous en savons plus long et nous taisons...

Lors de la Construction, l'histoire comparée était déjà, comme encore aujourd'hui, ma principale occupation. Elle offre le seul moyen d'atteindre, pour ainsi dire, au cœur de certaines questions. J'ai été ainsi amené à constater que, si nous autres Chinois, nous possédons certaines institutions populaires et politiques d'une remarquable clarté, nous en avons par contre quelques autres d'une obscurité non moins remarquable ! En scruter la raison, notamment pour celles de la dernière catégorie, m'a toujours attiré et m'attire toujours. Au demeurant ces questions concernent, elles aussi, la Muraille.

De toutes nos institutions la plus obscure est en tout cas l'Empire en tant qu'organe politique. À Pékin naturellement, surtout à la Cour, on a, pour ce sujet, quelques lumières, malgré tout plus apparentes que réelles ! Les Professeurs de Droit Constitutionnel et d'Histoire de nos Hautes Écoles se prétendent entièrement au fait de ces questions et croient pouvoir transmettre leurs connaissances aux étudiants qui les écoutent. Plus on descend dans la hiérarchie des écoles, moins on rencontre, naturellement, chez les professeurs, de doutes sur leur propre savoir. Les flots du primarisme déferlent de toutes parts sur les rares axiomes établis depuis des siècles et qui, s'ils n'ont rien perdu de leur vérité éternelle, n'en restent pas moins éternellement voilés par ces embruns et tout ce brouillard !

C'est précisément sur l'institution impériale qu'on devrait à mon avis interroger le peuple, n'a-t-elle point là en effet ses bases suprêmes ? Ici encore je ne puis d'ailleurs me fonder que sur le cas de mon pays natal. En dehors des divinités champêtres dont le culte varié remplit agréablement toute l'année, l'Empereur est le seul objet de toutes nos pensées. Non point l'Empereur régnant... Il en serait l'objet, veux-je dire, si nous le connaissions, si nous avions à son sujet la moindre précision ! Il est vrai que nous cherchions constamment, et c'était là notre seule curiosité, à obtenir ces renseignements. Mais si étrange qu'il y paraisse, il n'était guère possible de rien apprendre, aussi bien du pèlerin qui voit pourtant bien du pays que des habitants des villages proches et lointains ou des bateliers qui pourtant sillonnent nos petites rivières et les grands fleuves sacrés. On recueillait bien toutes sortes de racontars, mais qu'en pouvait-on tirer ?

L'immensité de notre pays, aucun mythe n'en donne la mesure ! À peine si le Ciel peut l'embrasser, et Pékin n'est qu'un point, et le Palais Impérial n'est qu'un point minuscule. Mais la grandeur de l'Empereur en tant que tel reste immuable à travers l'édifice du monde. Quant à l'Empereur en personne, il est un homme comme nous, couché, pareil à nous, sur un lit de repos aux larges dimensions, pourtant étroit et court plus qu'on ne penserait. Comme nous, il s'étire parfois et, dans ses moments de grande lassitude, ses lèvres délicates dessinent un bâillement. Mais qu'en saurions-nous, à mille lieues dans le Sud, nous qui touchons aux confins du Plateau Thibétain ? Et puis tout renseignement, même nous parvenant, arriverait bien trop tard et depuis longtemps périmé. Autour de l'Empereur se presse la foule à la fois brillante et sombre des courtisans. Méchanceté et hostilité s'abritent sous la livrée des laquais et le sourire des amis... Contrepoids du Pouvoir, toujours à la tâche d'en rompre l'équilibre en délogeant avec leurs flèches empoisonnées l'Empereur de l'autre plateau de la balance ! L'Empereur en soi est immortel, mais l'Empereur-homme dégringole et s'abat, des dynasties entières finissent par s'effondrer et expirer dans un dernier râle... De ces combats et de ces souffrances le peuple ne saura jamais rien. Retardataires et étrangers, c'est cela que nous sommes ! Au bout d'une rue latérale bondée de monde, nous mangeons paisiblement les provisions dont nous nous sommes munis, tandis qu'au centre de la ville, sur la Place du Marché, le supplice de notre Seigneur se déroule loin de nos yeux !

Une légende traduit heureusement la nature de ces rapports entre l'Empereur et ses sujets :

MESSAGE IMPÉRIAL

C'est à toi, est-il dit, rien qu'à toi, à toi, le pitoyable sujet, l'ombre infime que le Soleil Impérial a fait se terrer à l'autre bout du monde, c'est à toi justement que l'Empereur de son lit de mort, l'Empereur ! a envoyé un Message ! Il a fait s'agenouiller le Messager au chevet de son lit et lui a murmuré le Message à l'oreille. Il y attachait tant de prix qu'Il a ordonné au Messager de le lui répéter à l'oreille. D'un hochement de tête, Il a confirmé l'exactitude du Message, et devant tous ceux qui assistaient à sa mort — car on a abattu toutes les cloisons qui auraient gêné la vue des spectateurs et sur les courbes majestueuses des larges perrons montant jusqu'au ciel, les Grands de l'Empire se tiennent en cercle — en présence d'eux tous Il a dépêché le Messager. Aussitôt l'homme s'est mis en route, solide, infatigable. Il lance un bras, et puis l'autre, il se fraie un passage au travers de la foule. Au cas de résistance, il montre sur sa poitrine l'Insigne du Soleil. Aussi avance-t-il plus facilement qu'aucun autre. Mais quelle foule vit dans le Palais ! Ses logements n'en finissent plus. Ah ! s'il avait le champ libre, comme il volerait ! Et tu ne tarderais pas à entendre le bruit merveilleux de ses poings heurtant à ta porte. Mais au lieu de cela, quels vains efforts que les siens ! Il en est toujours à se frayer un passage dans les appartements privés au cœur même du Palais ; jamais il n'en sortira ! Et quand bien même y parviendrait-il, rien ne serait encore gagné ; de haute lutte il faudrait emporter la descente des escaliers ! Et quand bien même y parviendrait-il, rien ne serait encore gagné. Il faudrait franchir les cours, et après les cours un autre Palais entourant le premier, et encore des escaliers, et encore des cours, et encore un Palais, et ainsi de suite de millénaire en millénaire ! Et se précipiterait-il enfin hors de l'ultime porte — mais c'est à jamais impossible, à jamais ! —, alors la Ville Impériale commencerait juste à se dresser devant lui, le Nombril du Monde, et regorgeant du dépôt des siècles ! Ici nul ne passe plus, ni surtout le Message d'un Mort !... Mais toi, assis à ta fenêtre, tu rêves sans fin ce Message, à la tombée du soir...

Telle est la vision à la fois désespérée et nourricière d'espérance qu'a ce peuple de son Empereur ! Il ne sait quel Empereur règne, et le nom même de la dynastie lui demeure incertain. À cet égard on apprend beaucoup à l'école, mais telle est sur ce point l'incertitude générale qu'elle contamine jusqu'au meilleur élève. Dans nos villages des Empereurs depuis longtemps défunts montent au trône, et tel qui ne vit plus que dans la légende vient de promulguer un décret dont le prêtre donne lecture au pied de l'autel. Des victoires de notre plus ancien passé ne sont remportées qu'aujourd'hui, et, le visage rouge d'émotion, le voisin fait irruption chez toi pour te les annoncer. Les Impératrices gavées sur leurs coussins de soie, dévoyées par des courtisans rusés, gonflées d'ambition, forcenées de cupidité, vautrées dans la luxure, perpètrent sans cesse le même forfait. Avec le temps qui passe, les horribles couleurs s'avivent d'autant, et un beau jour, le village, en poussant des lamentations, apprend, des millénaires plus tard, la nouvelle que l'Impératrice a bu à longs traits le sang de son impérial époux ! Voilà ce que le peuple fait de ses souverains du passé, quant à ceux d'aujourd'hui, il les confond avec les morts !

Qu'une fois, une fois dans une vie d'homme vienne à passer par notre village un Fonctionnaire Impérial, en tournée dans la province, qu'au nom du gouvernement il émette quelques exigences, revise la liste d'impôts, inspecte l'école, interroge le prêtre sur notre conduite, puis résume le tout dans une longue exhortation à l'adresse des habitants rassemblés à la hâte — un sourire parcourt tous les visages, on se regarde à la dérobée en se penchant vers ses enfants pour n'être point surpris par le Fonctionnaire Impérial ! Comment parler d'un mort comme d'un vivant ? Cet Empereur n'est-il pas mort et enterré, la dynastie éteinte ? M. l'Inspecteur se moque de nous ; mais nous ne faisons semblant de rien pour ne pas le mal disposer ! Notre véritable obéissance n'est due qu'à notre seigneur actuel, agir autrement serait félonie ! Et derrière la litière officielle qui s'éloigne à vive allure, s'élève d'un jarret autoritaire le nouveau maître du village, surgissant arbitrairement d'une urne déjà brisée !

En général révolutions et guerres touchent également peu les gens de chez nous. Que je rappelle ici un incident de ma jeunesse ! Dans une province voisine, pourtant fort éloignée, une révolte avait éclaté. Les causes en échappent à ma mémoire. Au reste, elles seraient ici sans importance, chaque matin apportait là-bas des motifs de révolte, c'est un peuple frondeur. Et voilà qu'un jour un mendiant qui avait traversé la province en cause, apporte dans la maison de mon père un manifeste des révoltés... C'était un jour de fête, des invités dans toutes nos pièces, le prêtre au milieu déchiffrait la feuille. Soudain tous éclatent de rire. Dans le tumulte, on déchire la feuille ; à coups de bâton on chasse le mendiant, qu'on venait, il est vrai, de combler de cadeaux, et tout le monde s'éparpille sans plus penser à rien. Pourquoi ? Le dialecte de la province voisine est complètement différent du nôtre, et cette différence s'exprime aussi dans certains signes de la langue écrite qui ont pour nous un caractère archaïque. À peine le prêtre avait-il lu une page qu'on avait compris. Vieilles histoires connues depuis longtemps et depuis longtemps oubliées ! Et bien que — je crois m'en souvenir — la terrible réalité parlât de façon irréfutable par la bouche du mendiant, on secoua la tête en riant, sans vouloir plus rien entendre. Tant chez nous l'on est enclin à nier la réalité du présent ! Conclurait-on de ces faits que dans le fond nous n'avons pas d'Empereur, l'on ne serait pas très éloigné de la vérité. J'en reviens toujours là : peut-être n'y a-t-il pas de population plus fidèle à l'Empereur que nous autres gens du Sud, mais notre loyalisme, l'Empereur n'en a que faire ! Le Dragon Sacré a beau se dresser sur sa colonnette au sortir du village et depuis des temps immémoriaux souffler en guise d'hommage son haleine embrasée en direction de Pékin — pour les gens du village, Pékin reste plus étranger encore que l'Au-Delà lui-même ! Existerait-il vraiment un village où à perte de vue une maison toucherait l'autre sur une étendue plus vaste encore que du haut de nos collines le regard n'en peut embrasser, et où entre ces maisons des hommes se presseraient nuit et jour, tête contre tête ? Plus que d'imaginer pareil village, il nous est aisé de croire que Pékin et son Empereur ne font qu'un, tel un nuage qui au cours des âges évolue paisiblement sous le soleil. La conséquence de ces sortes de représentations est en quelque manière une vie libre et indépendante. Pour autant, d'ailleurs, nullement déréglée ! Au cours de mes voyages, je n'ai nulle part rencontré de mœurs aussi pures que dans mon pays natal... Une vie qui néanmoins n'obéit pas à une loi actuelle, mais aux seuls leçons et conseils qui nous viennent du fond des Âges.

Je me garde de généraliser et d'affirmer qu'il en va de même dans les dizaines de milliers de villages de notre province, voire dans les cinq cents provinces de la Chine. Mais me fondant sur les nombreuses lectures que j'ai faites à ce sujet aussi bien que sur mes propres observations — au cours de la

Construction de la Muraille, l'étude du matériel humain permettait à un homme avisé de parcourir l'âme d'à peu près toutes les provinces, — en raison de tout cela, je puis sans doute dire que dans la conception qui prévaut au sujet de l'Empereur se révèle toujours et partout un élément commun avec celle que s'en fait ma province. Je ne veux nullement présenter cette conception comme une vertu, loin de là ! À la vérité, le principal responsable est le Gouvernement, lui qui, dans le plus vieil Empire du monde, n'a pas su jusqu'à l'heure actuelle, ou l'a négligé pour autre chose, développer l'idée impériale avec assez de clarté pour qu'elle atteigne aux confins de l'Empire avec un effet immédiat et constant. Mais, d'autre part, il y a là aussi dans le peuple une faiblesse d'imagination et de puissance dans la foi, faibles sujets qui ne parviennent à tirer l'Empire de son oubli de Pékin pour l'étreindre dans toute sa vie et sa réalité, malgré leur ardent désir de ressentir, ne serait-ce qu'une fois ! cette étreinte et d'en mourir !

Pareille conception ne peut donc guère passer pour vertu. D'autant plus frappant est que justement cette faiblesse paraisse être un des principaux moyens d'union de notre peuple, et si l'on peut risquer l'expression, véritablement le sol sur lequel nous vivons. Nous en blâmer explicitement n'est pas ébranler nos consciences mais, pis encore, nos jambes mêmes ! Aussi n'irai-je pas pour le moment plus avant dans l'examen de cette question...

LE REFUS

Dans notre petite ville, le plus haut fonctionnaire est le Receveur Général des Impôts ; il a rang de colonel et tel est le titre qu'on lui donne. C'est aujourd'hui un vieillard, mais je le connais depuis des années. Du temps de mon enfance il était déjà Colonel. Sa carrière très rapide au début semble avoir tourné court. Mais son grade suffit pour notre petite ville, nous ne serions guère capables d'accueillir chez nous un dignitaire plus élevé. À l'évoquer, je le vois, la pipe à la bouche, confortablement assis au balcon de sa maison, qui domine la Place du Marché. Au-dessus, le drapeau impérial flotte sur le toit, et du linge sèche sur les bords du balcon, assez vaste pour qu'y puissent parfois avoir lieu de petits exercices militaires. En beaux habits de soie, ses petits-enfants jouent autour de lui. On leur a défendu d'aller sur la place, les autres enfants n'étant pas dignes d'eux ; mais la place les attire et au moins passent-ils la tête entre les barreaux du balustre ! Si les enfants d'en bas se disputent, du moins prennent-ils d'en haut part à leurs querelles.

Le Colonel est donc le maître dans la ville. Je crois qu'il n'a jamais montré un document justificatif. Sans doute n'en possède-t-il point ! Peut-être est-il réellement Receveur Général des Impôts ? Mais cela suffit-il ? Cela l'autorise-t-il à régenter aussi toutes les autres administrations ? Ses fonctions, si importantes soient-elles pour l'État, n'ont cependant rien d'essentiel pour la masse des citoyens. On a chez nous l'impression que les gens pourraient presque dire : « Puisque tu as pris tout ce que nous possédions, daigne nous prendre nous-mêmes par-dessus le marché ! » Effectivement il ne s'est point emparé du pouvoir par la force, ce n'est pas un tyran. Depuis les Anciens Temps, l'usage a fait du Receveur Général des Impôts le premier fonctionnaire et le Colonel obéit tout comme nous à cette tradition.

Même si, en dépit de son rang, il ne se distingue guère dans sa manière de vivre d'un simple citoyen, il diffère quand même profondément de nous tous. Quand une délégation lui présente une requête, il se dresse telle la Muraille du Monde ! Derrière lui, plus rien n'existe. Par-delà sa personne on croirait bien entendre comme un murmure d'autres voix, mais sans doute n'est-ce qu'une illusion ! Le Colonel est en effet la clef de voûte de l'Ensemble, pour nous du moins ! Il faut l'avoir vu au cours de ces réceptions. Dans mon enfance j'y ai assisté une fois. Une délégation de citoyens était venue solliciter un secours du gouvernement en faveur du plus misérable quartier de la ville ravagé par un incendie. Jouissant de l'estime publique, mon père, forgeron, faisait partie de la délégation et m'avait amené avec lui. Rien d'extraordinaire à cela, on se presse à un tel spectacle, on y distingue à peine la délégation de la foule. Les séances, se tenant habituellement sur le balcon, nombre de curieux grimpent de la place sur des échelles et de derrière la balustrade prennent part à ce qui se passe. En ce temps-là, on réservait à la délégation un quart environ du balcon, dont la foule occupait le reste. Quelques soldats pour maintenir l'ordre formaient un demi-cercle autour du Colonel. Un seul au fond aurait suffi, tant chez nous ils inspirent de crainte !

Comme en toute occasion solennelle, le Colonel, debout, tenait dans ses mains étendues deux longs bambous. Vieille coutume signifiant à peu près qu'il soutient la Loi comme Elle le soutient. Bien que chacun sache d'avance ce qui va se passer sur le balcon, l'appréhension est toujours la même. Une fois de plus, le porte-parole de la délégation ne pouvait se décider à parler ; il était déjà en face du Colonel, mais le courage l'abandonnait et sous un prétexte ou un autre, il regagnait sa place dans la foule. Personne de qualifié ne se trouvait là, prêt à parler... Quelques non-qualifiés offraient leurs bons offices... Il régnait une grande confusion... On envoyait des messagers à des citoyens connus comme orateurs... Tout ce temps, le Colonel restait là, immobile, seule sa poitrine s'abaissait curieusement, comme si la respiration l'eût creusée. Non point qu'il respirât avec difficulté, mais il ne paraissait respirer qu'extérieurement, comme les grenouilles par exemple, à cela près que c'est ordinaire chez elles, tandis que chez lui, c'était anormal... Je me faufilais entre les grandes personnes et l'observais si longtemps entre deux soldats que l'un d'eux finit par m'écarter d'un coup de genou. Entre-temps, le porte-parole de la délégation s'était ressaisi et, solidement soutenu par deux concitoyens, présentait la requête. Tandis qu'il relatait gravement la catastrophe, il était émouvant de le voir sourire le plus humblement du monde pour tenter en vain de susciter, ne serait-ce qu'un pâle reflet de son sourire sur le visage du Colonel. En conclusion, il formulait sa requête ; c'était, je crois, une dispense d'impôts d'un an en faveur du quartier sinitré, ou peut-être seulement une diminution de prix sur le bois de construction des Forêts Impériales ! Puis il s'inclinait profondément et restait dans cette attitude, ainsi que tous les autres à l'exception du Colonel, des soldats et de quelques fonctionnaires présents dans le fond. Spectacle comique aux yeux d'un enfant : ceux qui étaient montés sur des échelles en descendaient deux ou trois échelons pour n'être point aperçus durant cette minute décisive, mais de temps en temps on voyait leurs têtes curieuses s'élever au ras du balcon ! Au bout d'un moment un petit homme, sans doute un fonctionnaire, venait se placer devant le Colonel et tentait de se hausser jusqu'à lui en se dressant sur la pointe des pieds... Toujours immobile, sauf les alternances de sa respiration de grenouille, le Colonel lui murmurait quelque chose à l'oreille. Le petit homme tapait des mains, sur quoi tout le monde se redressait, et il proclamait : « La demande est refusée et rejetée. Circulez ! » Un véritable sentiment de soulagement passait dans la foule, tous s'éloignaient à la hâte, nul ne prêtait plus une attention particulière au Colonel, redevenu littéralement un homme comme un autre. Véritablement épuisé, il lâchait les baguettes qui tombaient à terre, s'écroulait dans un fauteuil que lui avançait un fonctionnaire et mettait aussitôt sa pipe à la bouche.

Cet incident n'est pas isolé, c'est ce qui se passe ordinairement. Il arrive bien que çà et là de petites demandes soient accordées, mais alors le Colonel semble avoir agi de son propre chef, comme un particulier puissant, et doit quasiment cacher de pareils actes au gouvernement, sans qu'existent certes ! des ordres formels pour cela, mais en vertu sans doute de l'ambiance générale. Dans notre petite ville, les yeux du Colonel, pour autant que nous en puissions juger, sont aussi les yeux du gouvernement, sauf une nuance dont les raisons nous échappent. Mais, dans les affaires importantes, le peuple peut toujours s'attendre à un refus. Or il est curieux qu'on ne puisse, pour ainsi dire, se passer de ce refus, sans que cependant le déplacement pour quérir le refus soit une pure formalité. On s'y rend toujours avec le même entrain et la même gravité, tout comme l'on en revient ni particulièrement réconforté ni heureux, à vrai dire, et pourtant sans la moindre lassitude ni le moindre découragement. Nul besoin de me renseigner à ce sujet auprès des autres ; comme tous, j'éprouve ces sentiments moi-même et je ne me sens pas la moindre envie de rechercher les relations existant entre ces faits.

Mais il y a, d'après mes observations, une génération qui n'est pas satisfaite, ce sont les jeunes gaillards d'entre dix-sept et vingt ans environ, donc de tout jeunes gens, et par suite très loin de se douter des risques qu'entraîne la pensée la plus insignifiante, et à fortiori une pensée révolutionnaire. Et c'est parmi eux que se glisse le mécontentement.

DU PROBLÈME DES LOIS

Le peuple dans son ensemble ignore tout des Lois ; elles sont le secret du petit groupe de Nobles qui nous gouvernent. Nous sommes bien convaincus que ces anciennes Lois sont strictement suivies, mais quel supplice que d'être gouverné par des Lois qu'on ne connaît pas ! Je ne pense point ici aux interprétations différentes qu'on en peut faire ni, non plus, aux inconvénients de leur interprétation par un petit nombre de privilégiés et non du pays tout entier. Peut-être ces inconvénients ne sont-ils pas considérables ? Les Lois sont si vieilles, des siècles ont travaillé à les interpréter et cette interprétation même a pris force de loi ! Il peut toujours bien se trouver une certaine liberté dans l'interprétation, mais le danger de cette liberté est fort limité. De plus, dans son interprétation des Lois, la Noblesse n'a aucun intérêt à se laisser influencer à notre détriment, car, dès l'origine, les Lois n'ont existé qu'au profit de la seule Noblesse, elle-même au-dessus des Lois ! Voilà justement pourquoi la Loi paraît s'être exclusivement mise entre les mains de la Noblesse. Sage mesure sans doute (Qui douterait d'ailleurs de la sagesse des anciennes Lois ?) mais cruelle aussi pour nous, si inévitable soit-elle sans doute.

Nous ne pouvons d'ailleurs que supposer l'existence de ces simulacres de Lois ! La Tradition veut qu'elles existent et aient été, comme un secret, confiées à la Noblesse ; mais ce n'est là, et ne peut être plus qu'une vieille Tradition, quand même son ancienneté lui conférerait quelque authenticité, car le caractère des Lois nécessite aussi le secret sur leur contenu. Si du fond des Âges, nous autres, gens du peuple, suivons attentivement les faits et gestes de la Noblesse, si nous possédons à ce sujet les observations des Aïeux que nous avons consciencieusement continuées, si dans la multitude des faits nous croyons reconnaître certaines directives permettant de conclure à telle ou telle mission historique de la Noblesse, et si, de ces conclusions, nous tentons, après un triage et un classement minutieux, de tirer des enseignements pour notre vie présente et à venir — tout cela n'est que tâtonnement, et tout, peut être, n'est qu'un pur jeu d'esprit : ces Lois que nous cherchons à deviner, peut-être n'existent-elles point après tout ? C'est là effectivement l'opinion d'un petit parti qui cherche à prouver que, si Loi il y a, elle ne peut être que celle-ci : « Est Loi ce que fait la Noblesse. » Ce parti ne voit qu'actes arbitraires de la part de la Noblesse et rejette la Tradition Populaire, qui, à l'en croire, ne saurait être que d'un occasionnel et médiocre secours. La plupart du temps, elle comporterait même de graves inconvénients en donnant au peuple, à l'égard des événements futurs, une fausse et fallacieuse sécurité qui pourrait le mener jusqu'à l'imprévoyance ! On ne saurait nier cet inconvénient, dont pourtant la grande majorité du peuple est d'accord pour accuser les lacunes de la Tradition : il reste encore beaucoup à étudier en elle ; ses éléments constitutifs, pour considérables qu'ils paraissent, sont d'ailleurs loin de l'être en suffisance, et il faudra des siècles avant qu'ils y parviennent. Ces sombres perspectives du temps présent, la foi seule les éclaire qu'un Temps viendra, où avec un véritable soupir de soulagement la Tradition mettra le point final à son enquête : dès lors tout s'éclairera, la Loi n'appartiendra plus qu'au peuple et la Noblesse aura disparu. Il n'entre en cet espoir aucune haine pour la Noblesse, aucune absolument, et de la part de personne ! C'est plutôt nous-mêmes que nous haïssons d'être jugés indignes de la Loi ! Et si ce parti qui ne croit à aucune Loi, est, malgré la séduction qu'à certains égards il inspire, resté aussi faible et impuissant, c'est qu'il accepte la Noblesse et reconnaît son droit à l'existence.

On ne peut vraiment exprimer tout cela que dans une sorte de paradoxe : Un parti qui en même temps que la croyance aux Lois rejetterait la Noblesse, ce parti aurait aussitôt tout le peuple derrière lui, mais ce parti ne saurait être, et cela pour la seule raison que personne n'ose rejeter la Noblesse ! Nous vivons sur ce tranchant de lame. Un antique écrivain résume cette situation en ces termes : L'unique, la manifeste, la seule Loi certaine qui nous soit imposée, c'est la Noblesse ! Et nous nous priverions nous-mêmes de cette unique Loi ?

NOS SOLDATS

Je ne sais exactement d'où viennent nos soldats. De fort loin en tout cas ! Ils se ressemblent tous étrangement et pourraient se passer d'uniformes. De petits hommes, moins forts qu'agiles ; ce qui frappe surtout en eux, c'est leur puissante denture, débordant littéralement de leur bouche, et la sorte d'inquiétude dont vacillent leurs petits yeux bridés. C'est ce qui fait d'eux la terreur des enfants, leur joie aussi, à vrai dire, car ils ne se lassent pas de l'effroi que leur cause cette mâchoire et ces yeux, quitte à se sauver ensuite à toutes jambes ! Cette terreur de l'enfance ne se perd sans doute pas chez l'adulte, du moins éveille-t-elle un écho en lui. Mais il y a autre chose encore ; les soldats parlent un dialecte absolument incompréhensible et ne peuvent s'habituer au nôtre. De là chez eux certaine expression de fermeture, certaine allure inabordable qui répondent du reste à leur caractère, tant ils sont silencieux, graves et raides ! Ils ne font aucun mal et sont pourtant, dans le mauvais sens du terme, à peu près insupportables. Un soldat, par exemple, entre dans une boutique, achète une bagatelle et reste là appuyé au comptoir à écouter les conversations qu'il ne comprend probablement point, tout en se donnant pourtant un air de comprendre ! Il n'ouvre pas la bouche, se contentant de regarder fixement celui qui parle, puis ceux qui écoutent, tout le temps la main sur la poignée du long couteau qui pend au ceinturon. C'est affreux ! On perd tout plaisir à parler, le magasin se vide, mais le soldat ne s'en ira que le dernier... Où que se montrent les soldats, notre peuple, malgré sa vivacité, fait aussitôt silence.

LA LEVÉE DE TROUPES

Les levées de troupes qu'imposent fréquemment les incessants combats de frontière ont lieu de la façon suivante :

Il paraît une ordonnance, selon laquelle tel jour, dans tel quartier de la ville, les habitants, hommes, femmes et enfants sans distinction doivent rester chez eux.

À l'entrée du quartier visé, un petit détachement de soldats, fantassins et cavaliers, attend depuis l'aube l'arrivée du jeune Noble, chargé du recrutement, qui, lui, n'apparaît d'ordinaire qu'aux abords de midi. C'est un jeune homme mince, assez petit, un gringalet, négligemment vêtu, aux yeux battus. Il frissonne d'inquiétude comme un malade de sa fièvre. Sans regarder personne, il fait signe de sa cravache, son seul équipement ! Quelques soldats se joignent à lui et il pénètre dans la première maison. Un soldat, qui connaît personnellement tous les habitants du quartier, donne lecture de la liste des locataires. Généralement, ils sont tous chez eux, déjà rassemblés et alignés dans une pièce ; ils dévorent des yeux le jeune Noble, comme si, déjà, ils étaient des soldats. Il peut arriver que çà et là quelqu'un, toujours un homme, manque à l'appel. En ce cas personne n'osera alléguer de prétextes ou même mentir. On se tait, on baisse les yeux. On a peine à supporter le poids de la désobéissance qui, dans la maison, a été perpétrée, mais la muette présence du Noble maintient tout le monde à sa place. Le Noble fait un signe, même pas un hochement de tête, il faut le lire sur ses yeux, et deux soldats commencent à chercher. Besogne aisée, jamais en effet l'absent n'est hors de la maison, jamais il n'a l'intention de se dérober réellement au service de conscription. La timidité seule, non la peur du service, l'a empêché de venir là, et par-dessus tout la crainte d'avoir à se montrer. En vérité, l'Ordre est trop grand pour lui, d'une grandeur impressionnante ! Il ne peut venir par ses propres moyens. Pour cette raison il ne fuit pas, il se cache seulement, et lorsqu'il entend que le Noble est dans la maison, il se peut même qu'il quitte sa cachette et se glisse jusqu'à la porte où, les deux soldats en sortant le saisissent immédiatement au collet. On l'amène devant le Noble qui a pris sa cravache à deux mains — d'une seule que pourrait-il ? — et en frappe le coupable. Ça ne fait pas bien mal ; après quoi, comme épuisé autant que dégoûté, il lâche la cravache que l'homme battu doit ramasser et lui tendre. C'est alors seulement que ce dernier s'aligne avec les autres. Il est du reste à peu près certain qu'il ne sera pas pris.

Mais il advient aussi, et c'est plus fréquent, qu'il se trouve plus de personnes que la liste n'en indiquait. Une jeune fille étrangère, par exemple, se trouve là et regarde le Noble ; elle vient du dehors, peut-être de la province ; la levée de troupes l'a attirée ; nombre de femmes ne savent résister à l'annonce d'une conscription faite hors de chez elles, celle de leur propre village a un tout autre sens. Il est étrange qu'on ne voie rien de honteux pour une femme à se laisser vaincre par cette tentation ; au contraire, de l'avis de certains, il faut aux femmes en passer par là, c'est une rançon due par elles à leur sexe. Au demeurant cela se passe presque toujours de la même façon. La jeune fille, ou la femme, entend dire qu'il y a quelque part levée de troupes, peut-être fort loin, chez des parents ou des amis. Elle prie les siens de lui permettre de s'y rendre, on le lui accorde, on ne peut guère le lui refuser. Plus contente que jamais, elle revêt ses plus beaux atours ; elle est plus gaie que d'habitude, mais en même temps calme et gentille, quel que soit son caractère ; en dépit de tout son calme et de toute sa gentillesse, elle est déjà accessible, comme si elle était une étrangère qui va rentrer chez elle et ne pense plus à rien d'autre. Dans la famille où doit avoir lieu la conscription, elle est tout autrement reçue qu'un hôte ordinaire ; il n'y en a que pour elle, il lui faut visiter toutes les pièces de la maison, se pencher à toutes les fenêtres ; pose-t-elle la main sur quelque tête, son geste a plus de poids que la bénédiction paternelle ! Le jour de la conscription, quand la famille fait ses derniers préparatifs, on lui offre, tout à côté de la porte, la meilleure place, là où elle sera le mieux vue par le Noble et le verra le mieux. Mais elle n'est pareillement honorée que jusqu'à l'entrée du Noble. À partir de là, elle se fane littéralement. Le Noble ne la voit pas plus que les autres ; même s'il tourne les yeux vers quelqu'un, il semble à ce dernier n'être pas regardé. Elle ne s'est pas attendue à cela..., ou plutôt si ! Elle s'y est certainement attendue, car il ne peut en être autrement. Mais ce n'était pas non plus l'attente du contraire qui l'a poussée ici, c'était un je ne sais quoi qui, il est vrai, touche maintenant à sa fin... Peut-être nos femmes n'éprouvent-elles jamais la honte que celle-ci éprouve à ce moment. Ce n'est qu'alors qu'elle a conscience nette de s'être introduite dans une conscription étrangère ; et lorsque le soldat a terminé la lecture de la liste et que son nom n'a pas été appelé, dans le moment de silence qui suit, tremblante et courbée, elle s'enfuit par la porte où l'atteint encore dans le dos un coup de poing du soldat lecteur de la liste d'appel.

Si c'est un homme qui est de trop, il n'a d'autre désir, bien qu'il ne fasse point partie de cette maison, que d'être pris avec les autres. Espoir chimérique ! Jamais quelqu'un n'a été inscrit en surnombre, jamais pareille chose ne s'est vue et ne se verra...

Fin des fragments

Le coup à la porte du domaine

C'était un été. En revenant à la maison avec ma sœur, je passai devant la porte d'un domaine. Je ne sais si ce fut caprice ou distraction, elle frappa à cette porte, peut-être même ne fit-elle que la menacer du poing.

Cent pas plus loin, le village commençait au bord de la route qui tournait sur la gauche. Nous ne le connaissions pas, mais à peine avions-nous dépassé la première maison, nous vîmes sortir des gens terrifiés et courbés d'effroi qui nous adressèrent des signes amicaux ou admoniteurs. Ils montraient le domaine devant lequel nous avions passé et nous rappelaient le coup à la porte : les propriétaires allaient se plaindre, l'instruction allait commencer.

J'étais très calme et rassurai aussi ma sœur. Elle n'avait probablement pas frappé et, l'eût-elle fait, nulle part au monde on n'instruit une telle affaire. Ce fut ce que je cherchai à faire comprendre aux gens, ils m'écoutaient sans donner leur avis.

Par la suite, ils nous dirent que non seulement ma sœur serait accusée, mais moi aussi. Je hochai la tête en souriant. Nous regardions tous en arrière, du côté du domaine, comme on observe au loin un nuage de fumée en attendant la flamme. Et de fait, nous vîmes bientôt des cavaliers entrer dans la cour grande ouverte. Ils soulevaient une poussière qui cachait tout et dont on ne voyait sortir que le fer de leurs hautes lances. Et à peine la troupe engouffrée dans la cour, elle parut avoir tourné bride : elle marchait déjà sur nous.

J'écartai ma sœur aussitôt en lui disant que j'arrangerais tout. Elle refusa de me laisser seul. Je lui expliquai qu'il fallait au moins qu'elle changeât de vêtement pour se présenter plus dignement devant ces messieurs. Elle finit par m'écouter et se mit en route pour notre lointaine maison.

Les cavaliers étaient déjà sur nous ; ils s'enquéraient de ma sœur du haut de leurs chevaux. Elle n'était pas là, leur dit-on peureusement, mais elle viendrait bientôt. Ils accueillirent la réponse d'un air quasi indifférent ; l'essentiel, semblait-il, était qu'ils m'eussent trouvé. Il y avait surtout deux messieurs, le juge, un jeune homme aux gestes vifs, et son calme second qu'on appelait Assmann. On m'ordonna d'entrer dans la salle du domaine. Lentement, hochant la tête, tirant sur mes bretelles, je me mis en route sous leurs yeux scrutateurs. J'étais encore tout près de penser qu'il suffirait d'un simple mot pour qu'on me relâche avec les honneurs de la guerre, moi, l'homme des cités, prisonnier de cette bande de paysans. Mais quand j'eus franchi le seuil de la pièce, le juge, qui avait pris les devants et m'attendait déjà, dit :

— Cet homme me fait peine.

Il ne s'apitoyait pas sur mon état présent, mais sur le sort qui me guettait, la chose ne faisait aucun doute.

La pièce avait l'air d'une cellule bien plutôt que d'une salle de ferme. De grandes dalles, un mur sombre et nu, un anneau de fer maçonné quelque part, au milieu quelque chose qui tenait du lit de camp et de la table d'opération.

Respirerai-je jamais autre chose que l'air de la prison ? C'est la grosse question ; ou plutôt ce serait elle, s'il me restait le moindre espoir d'être relâché.

Le voisin

Toute mon affaire repose sur mes épaules. Dans l'antichambre, deux jeunes filles, les machines à écrire et les livres de compte. Dans mon bureau la table que j'occupe, celle des délibérations, la Caisse, un grand fauteuil anglais, le téléphone, et voilà tous mes instruments de travail. On les embrasse d'un coup d'œil, on les utilise facilement. Je suis jeune ; les affaires m'arrivent ; je ne me plains pas, je ne me plains pas.

Depuis le nouvel an un jeune homme a loué hardiment le petit appartement vide qui se trouvait à côté du mien et que j'ai eu la maladresse d'hésiter si longtemps à occuper moi même. Une pièce et une antichambre, comme chez moi ; une cuisine en plus. La pièce et l'antichambre auraient pu me servir : mon local est souvent étroit pour mes secrétaires, mais qu'aurais-je fait de la cuisine ?

Ce petit souci m'a fait perdre l'appartement. Maintenant c'est ce jeune homme qui l'occupe, Mr. Harras ; il s'appelle Harras ; ce qu'il fait là je n'en sais rien. « Bureau Harras » peut-on lire sur sa porte. Je me suis renseigné et on m'a expliqué qu'il est dans la même branche que moi.

On ne pouvait pas, m'a-t-on dit, déconseiller de lui avancer de l'argent : ce garçon voulait arriver, son entreprise avait peut-être de l'avenir ; mais on ne pouvait pas non plus engager à lui faire crédit : selon toute vraisemblance, il n'y a pas de capitaux. Bref, les renseignements classiques quand on ne sait rien.

Je rencontre parfois Harras dans l'escalier. Il faut qu'il soit toujours extrêmement pressé : il passe à mes côtés comme une ombre fuyante. Je n'ai encore jamais pu le voir réellement : il a déjà la clef de son bureau dans la main, il ouvre la porte en un clin d'œil, il disparaît comme une queue de rat dans un trou de mur et je me retrouve devant cette plaque « Bureau Harras » que j'ai déjà lue bien plus souvent qu'elle ne le mérite.

Nous ne sommes isolés que par ces minces cloisons qui trahissent l'honnête homme et couvrent le coupable. Mon appareil téléphonique est installé contre le mur qui nous sépare, constatation purement ironique car, même si l'appareil était à l'autre bout, on l'entendrait aussi de l'appartement voisin. J'ai donc pris l'habitude de ne jamais prononcer le nom de mes clients au téléphone. Malheureusement il n'y a pas besoin d'être bien perspicace pour les deviner aux tournants de la conversation qui ne peuvent éviter d'être caractéristiques. Il m'arrive dans mon impuissance de sauter d'impatience autour de l'appareil avec l'écouteur à l'oreille sans pouvoir empêcher quand même certains secrets de m'échapper.

Naturellement cette situation rend mes décisions incertaines ; ma voix tremble. Que fait Harras pendant que je parle à l'appareil ? Exagérant beaucoup — mais ne faut-il pas souvent exagérer pour y voir clair ? — je pourrais dire : Harras peut se passer de téléphone ; il a le mien. Assis sur son divan, qu'il a poussé contre le mur, il épie ; moi, quand l'appareil sonne, je dois répondre, écouter les désirs du client, prendre de graves décisions, persuader l'interlocuteur par des discours interminables et pendant ce temps, malgré moi, renseigner mon Harras à travers la cloison.

Peut-être n'attend-il même pas que j'aie fini pour se lever, dès qu'une phrase l'a renseigné sur une affaire, et pour glisser, léger comme une ombre qui passe, à travers les rues de la ville. Peut-être, avant que j'aie raccroché l'écouteur, est-il déjà en train de travailler contre moi !

Un croisement

Je possède une étrange bête, moitié chaton, moitié agneau. Je l'ai héritée de mon père. Mais elle ne s'est développée que de mon temps ; auparavant elle était plus agneau que chat. Maintenant elle tient également des deux. Du chat elle a la tête et les griffes ; de l'agneau la taille et la forme ; des deux les yeux, qui sont vacillants et sauvages, la toison, qui est douce et courte, les mouvements, qui peuvent aussi bien être des bonds que des reptations. Au soleil, sur le bord de la fenêtre, elle ronronne et elle fait le gros dos ; dans les prés elle court comme une folle, on peut à peine l'attraper. Devant le chat elle fuit, devant l'agneau elle attaque. Au clair de lune elle se promène sur les gouttières, c'est sa route de prédilection. Elle ne sait pas miauler et les rats la dégoûtent. Elle peut rester couchée des heures, à l'affût, près du poulailler, mais elle n'a jamais profité de l'occasion de tuer une volaille.

Je la nourris de lait sucré, c'est le régime qui lui convient le mieux. Elle le fait passer à longs traits sur ses canines de carnassier, et c'est naturellement une grande attraction pour les enfants. Ils viennent le dimanche matin. Je tiens la petite bête sur mes genoux et j'ai en cercle autour de moi tous les gamins du voisinage.

On peut entendre alors les plus étranges questions ; de ces questions auxquelles nul ne saurait répondre : pourquoi n'y a-t-il qu'une bête de ce genre ? Pourquoi est-ce moi qui la possède ? Y a-t-il eu avant elle un animal de même espèce ? Que se passera-t-il après sa mort ? Se sent-elle seule ? Pourquoi n'a-t-elle pas de petits ? Comment s'appelle-t-elle ?

Je ne prends pas la peine de répondre, je me contente de montrer ce que j'ai. Quelquefois les enfants nous apportent des chats, une fois ils ont même apporté deux agneaux. Mais, contrairement à leur attente, ces rencontres n'ont provoqué aucune scène de reconnaissance. Les bêtes se sont considérées de leurs yeux de bêtes avec le plus grand calme ; elles ont pris réciproquement leur existence comme une donnée de la Création.

Sur mes genoux la petite bête ignore la peur et l'agressivité. C'est contre moi, collée à moi, qu'elle se sent le mieux. Elle éprouve de l'attachement pour la famille qui l'a élevée. Ce n'est pas là fidélité extraordinaire, mais sûr instinct d'un animal qui, tout en possédant une nombreuse parenté, n'a peut-être pas un seul compagnon dans le monde et considère par conséquent comme sacrée la protection qu'elle a trouvée chez nous.

Je ne puis m'empêcher de rire quand je la vois qui flaire le bas de mon pantalon ; elle se tortille pour passer entre mes jambes et ne peut s'arracher à moi. Non contente d'être agneau et chat, on dirait qu'elle veut être chien ! Un jour que je ne pouvais résoudre mes difficultés commerciales et les problèmes qui en dépendent, — comme la chose arrive à chacun, — et, voulant tout laisser aller, me balançais à la maison dans mon fauteuil avec la petite bête sur mes genoux, je vis, en abaissant la tête, des larmes qui coulaient de son immense moustache. Étaient-ce les miennes ? Étaient-ce les siennes ? Ce chat qui avait une âme d'agneau possédait-il aussi une ambition humaine ?... Je n'ai pas hérité beaucoup de choses de mon père ; mais celle-ci je puis la montrer.

Ma bête réunit deux sortes d'inquiétude, celle du chat et celle de l'agneau, si différentes qu'elles soient. Aussi se trouve-t-elle à l'étroit dans sa peau. Elle saute parfois à mes côtés sur une chaise, pose ses pattes de devant sur mon épaule et me colle son museau à l'oreille. On dirait qu'elle me parle, et, de fait, après ce geste, elle se penche en avant et observe mes yeux comme pour lire l'impression que sa communication a produite sur moi. Et moi, pour lui faire plaisir, je fais semblant d'avoir compris et j'opine en branlant la tête. Alors elle saute à terre et danse autour de moi.

Peut-être le couteau du boucher lui serait-il une délivrance, mais je dois l'en priver. N'est-elle pas un héritage ? Il faudra donc qu'elle attende le jour où elle s'éteindra d'elle-même, bien qu'elle me regarde parfois avec des yeux humains, des yeux intelligents, qui implorent un acte raisonnable.

De nouvelles lampes

Hier, pour la première fois, je suis allé à la Direction. Notre équipe de nuit a fait de moi son homme de confiance. Or, le mécanisme autant que le remplissage de nos lampes laissant à désirer, je devais essayer d'y remédier, risquer là-haut une démarche. On m'indiqua le bureau compétent, je frappai et entrai. Un jeune homme, très pâle et délicat, derrière un grand bureau, m'accueillit avec le sourire. Il penchait la tête — trop même. Mais fallait-il m'asseoir ? Il y avait bien là un fauteuil, mais, à ma première visite, me dis-je, il était peut-être bon de n'en pas user tout de suite. Je restais donc debout pour exposer l'affaire. Or, mon humilité aggravait justement l'effort pénible du jeune homme. Pour ne pas déplacer son fauteuil, ce qu'il cherchait à éviter, il devait à la fois tourner et lever les yeux vers mon visage. De plus, et quelle que fût son obligeance, il ne pouvait tout de même pas se disloquer complètement le col ! Force lui était donc, pendant que je parlais, de me regarder de côté et, à mi-chemin, d'arrêter ses yeux au plafond, et moi involontairement, de l'imiter. Quand j'eus fini, il se leva lentement, me tapa sur l'épaule :

— Mais oui, mais oui ! bien sûr ! continua-t-il, en me poussant dans la pièce voisine.

Là, un monsieur à grande barbe embroussaillée nous attendait visiblement. Sur sa table, il n'y avait pas trace de travail. Par contre une porte vitrée restait ouverte sur un jardin plein de fleurs et d'arbustes. Quelques mots chuchotés par le jeune homme pour le mettre au courant suffirent au monsieur pour comprendre ma réclamation compliquée. Se levant aussitôt, il me dit :

— Ainsi, mon cher..., puis s'interrompit.

Je crus qu'il voulait savoir mon nom, et j'ouvrais déjà la bouche pour me présenter, mais il me coupa la parole :

— Ça va, ça va, je te connais bien. La requête est certainement justifiée, mes collègues de la Direction et moi-même sommes certainement les derniers à ne pas le reconnaître. Le bien-être de nos hommes, crois-m'en, nous tient plus au cœur que l'intérêt de l'entreprise. Pourquoi d'ailleurs en serait-il autrement ? On peut toujours remonter l'entreprise, ça ne coûte que de l'argent, au diable l'argent ! mais qu'un homme y reste, c'est un homme claqué ; il y a la veuve, les enfants. Ah, bonté ! Donc seront bienvenus tout projet, tout surcroît de sécurité, toute amélioration, toute nouvelle commodité, seraient-ils de pur luxe ! Qui vient dans cette intention est notre homme. Laisse-nous donc tes suggestions. Nous les examinerons avec soin ; et s'il se trouve à y joindre quelque insignifiante petite nouveauté, nous ne l'escamoterons certainement pas. Et dès que tout sera terminé, vous aurez les nouvelles lampes. Mais dis-le bien à tes hommes là-bas au fond : nous n'aurons de cesse que nous n'ayons fait de votre galerie un salon, et par-dessus tout, que vous n'y creviez en souliers vernis ! Sentiments...

Un contretemps quotidien

C'est un incident quotidien : il amène tous les jours la même confusion.

A. doit régler une affaire importante avec B. qui habite à H. Il se rend donc à H. en vue des pourparlers préliminaires, fait l'aller et le retour en dix minutes chacun, et se vante chez lui d'une telle rapidité.

Le lendemain il retourne à H., cette fois pour conclure le marché. Comme il prévoit une discussion de plusieurs heures, il quitte la maison de grand matin. Pourtant, et bien que les circonstances n'aient pas changé depuis la veille, — du moins A. en juge-t-il ainsi — il lui faut dix heures, ce jour-là, pour effectuer le trajet. Quand il arrive à H., le soir, et fatigué, on lui dit que B., furieux de ne pas le voir venir, est parti il y a une demi-heure pour venir le chercher chez lui. On conseille à A. de l'attendre. Mais A., craignant pour son affaire, se hâte de rentrer au logis.

Cette fois d'ailleurs, et sans le vouloir, il fait le chemin en un clin d'œil. Arrivé chez lui, il apprend que B. s'est présenté de très bonne heure, juste au moment où lui, A., venait de partir, que B. l'a même rencontré sur le pas de la porte, qu'il lui a rappelé leur affaire, mais que A. lui a répondu qu'il n'avait pas le temps d'en parler parce qu'il était extrêmement pressé de partir.

Malgré cette incompréhensible attitude de A., B., ajoute-t-on, est resté pour l'attendre. Il a souvent demandé si A. était revenu, et il attend encore dans la chambre de A.

A., enchanté de pouvoir encore parler à B. et lui expliquer toute l'affaire, monte les marches deux à deux. Il va toucher au but quand il trébuche, se fait une entorse et, presque évanoui de douleur, incapable de crier, ne pouvant que pousser dans l'ombre quelques gémissements plaintifs, il entend B. — tout près ? très loin ? — descendre en furieux l'escalier et disparaître à tout jamais.

La vérité sur Sancho Pança

Sancho Pança, qui ne s'en est d'ailleurs jamais vanté, réussit au cours des années, en dévorant des histoires de brigands et des romans de chevalerie pendant les nuits et les veillées, à détourner entièrement de soi son démon. Il fit si bien que celui-ci — qu'il appela plus tard Don Quichotte — se jeta désormais sans frein dans les plus folles aventures : elles ne nuisaient à personne faute d'un objet prédestiné qui aurait dû être précisément Sancho Pança.

Sancho Pança, peut-être mû par certain sentiment de responsabilité, Sancho Pança, qui était un homme indépendant, suivit calmement Don Quichotte dans ses équipées et en tira jusqu'à son dernier jour une grande et utile distraction.

Le silence des Sirènes

Voilà la preuve que des moyens insuffisants, voire enfantins, peuvent servir au salut :

Pour se préserver des Sirènes, Ulysse se boucha les oreilles avec de la cire et se fit enchaîner au mât. Depuis toujours les voyageurs auraient tous pu en faire autant, sauf ceux que les Sirènes appelaient de trop loin, mais on savait dans le monde entier que ce moyen était inefficace. Le chant des Sirènes traversait tout, et la passion des hommes qu'elles tentaient eût brisé bien d'autres obstacles que des chaînes et un mât. Ulysse n'y pensa pas. Il se fia entièrement à sa poignée de cire et à son paquet de chaînes et, plein de l'innocente joie que lui causait son petit moyen, il alla au-devant des Sirènes.

Mais les Sirènes ont une arme plus terrible encore que leur chant : c'est leur silence. On peut imaginer, le fait ne s'est pas produit, mais il est concevable, que quelqu'un ait réchappé de leur chant ; de leur silence certainement non. Rien de terrestre ne saurait résister au sentiment de les avoir vaincues et à l'orgueil irrésistible qui en naît.

Et de fait, quand Ulysse vint, les puissantes chanteuses ne chantèrent pas, soit qu'elles crussent que le seul silence pouvait venir à bout d'un semblable adversaire, soit que l'aspect de la félicité qui se peignait sur le visage du héros, qui ne pensait qu'à sa cire et à ses chaînes, leur fît oublier tout leur chant.

Mais Ulysse, pour ainsi dire, n'entendit même pas leur silence, il crut qu'elles chantaient et qu'il était le seul qui fût préservé de les entendre. Il aperçut d'abord leurs cous qui ondulaient, leurs poitrines qui soupiraient, leurs yeux pleins de larmes et leurs bouches entrouvertes, mais il pensa que tout cela faisait partie de la mimique des chansons qu'il n'entendait pas.

Tout s'effaça bientôt devant ses yeux qu'il dirigeait sur l'horizon, et les Sirènes disparurent à la lettre en face de sa résolution ; quand il passa le plus près d'elles, elles étaient déjà oubliées.

Mais elles — plus belles que jamais, s'étiraient, se tournaient, laissaient flotter au vent leurs cheveux pleins d'écume, et détendaient leurs griffes sur le roc. Elles ne songeaient plus à séduire. Elles ne voulaient plus que surprendre aussi longtemps qu'elles pourraient le reflet des grands yeux d'Ulysse.

Si les Sirènes étaient conscientes, elles auraient disparu ce jour-là mais elles restèrent ; seul Ulysse leur a échappé.

La légende ajoute d'ailleurs un appendice à cette histoire. Ulysse, dit-elle, était si fertile en inventions, c'était un si rusé compère que la Destinée elle-même ne pouvait lire dans son cœur. Peut-être, encore que la chose passe l'entendement humain, peut-être a-t-il réellement vu que les Sirènes se taisaient et n'a-t-il fait que simuler, pour leur opposer, et aux dieux, l'attitude que nous avons dite, comme une sorte de bouclier.

Prométhée

Quatre légendes parlent de Prométhée :

Selon la première, ayant trahi les dieux en livrant leur secret aux hommes, il fut enchaîné sur le Caucase et les dieux envoyèrent des aigles qui devaient lui ronger le foie, mais ce foie renaissait toujours.

D'après la seconde, Prométhée, dans les convulsions de douleur que lui causaient ces bêtes qui le rongeaient sans cesse, s'enfonça si profondément dans le roc qu'il ne fit plus qu'un avec lui.

D'après la troisième, sa trahison fut oubliée au cours des siècles : les dieux l'oublièrent, les aigles, et lui-même oublia aussi.

D'après la quatrième, on se fatigua enfin d'un supplice devenu sans cause. Les dieux se lassèrent, les aigles se lassèrent, la blessure se ferma, lassée.

Restait l'inexplicable rocher. La légende essaie d'expliquer l'inexplicable. Comme elle vient d'un fond de vérité, elle retourne nécessairement en fin de compte à l'inexplicable.

Les armes de la ville

Au début, quand on commença à bâtir la Tour de Babel, tout se passa assez bien ; il y avait même trop d'ordre ; on parlait trop poteaux indicateurs, interprètes, logements ouvriers et voies de communication ; il semblait qu'on eût des siècles devant soi pour travailler à son idée. Bien mieux, l'opinion générale était qu'on ne saurait jamais être assez lent ; il eût fallu la pousser bien peu pour avoir peur de creuser les fondations.

Voici comment on raisonnait : l'essentiel de l'entreprise est l'idée de bâtir une tour qui touche aux cieux. Tout le reste, auprès, est secondaire. Une fois saisie dans sa grandeur l'idée ne peut plus disparaître : tant qu'il y aura des hommes il y aura le désir, le désir ardent, d'achever la construction de la tour. Or, à cet égard, l'avenir ne doit préoccuper personne ; bien au contraire, la science humaine s'accroît, l'architecture a fait et fera des progrès, un travail qui demande un an à notre époque pourra peut-être, dans un siècle, être exécuté en six mois, et mieux, et plus durablement. Pourquoi donc donner aujourd'hui jusqu'à la limite de ses forces ? Cela n'aurait de sens que si l'on pouvait espérer bâtir la tour dans le temps d'une génération.

Il ne fallait pas compter là-dessus. Il était beaucoup plus logique d'imaginer, tout au contraire, que la génération suivante, en possession d'un savoir plus complet, jugerait mal le travail fait, abattrait l'ouvrage des devanciers, et recommencerait sur nouveaux frais.

De telles idées paralysaient les forces et, plus que la tour, on s'inquiétait de bâtir la cité ouvrière. Chaque nation voulait le plus beau quartier, il en naissait des querelles qui finissaient dans le sang.

Ces combats ne cessaient plus ; ils fournirent au chef un nouvel argument pour prouver que, faute d'union, la tour ne pouvait être bâtie que très lentement et même, de préférence, une fois la paix conclue. Mais on n'employait pas tout le temps à se battre ; entre deux guerres on travaillait à l'embellissement de la cité, ce qui provoquait d'ailleurs de nouvelles jalousies d'où sortaient de nouveaux combats. Ce fut ainsi que passa l'époque de la première génération ; et nulle, depuis, ne différa ; seul le savoir-faire augmentait, et avec lui l'envie de se battre. Ajoutez-y qu'à la deuxième ou troisième génération, on reconnut l'inanité de bâtir une tour qui touchât le ciel, mais trop de liens s'étaient créés à ce moment pour qu'on abandonnât la ville.

Tout ce qu'il y est né de chants et de légendes est plein de la nostalgie d'un jour prophétisé où elle sera pulvérisée par les cinq coups d'un gigantesque poing. Cinq coups qui se suivront de près. Et c'est pourquoi la ville a un poing dans ses armes.

Poséidon

Assis à son bureau, Poséidon travaillait, en proie à ses comptes. L'administration des eaux du monde entier lui imposait une besogne folle. Il aurait pu avoir des aides-comptables autant qu'il en voulait — il en avait d'ailleurs un très grand nombre, mais comme il prenait ses fonctions au sérieux et vérifiait personnellement tous les comptes, leur aide ne l'avançait qu'à peine. On ne saurait dire que ce travail lui plût. Il ne le faisait au fond que parce qu'il lui était imposé. Souvent même il avait demandé ce qu'il nommait du travail plus gai, mais à chaque fois qu'on lui avait fait quelque proposition, il était évident que rien ne lui agréait autant que son emploi actuel. Il était d'ailleurs fort difficile de lui trouver autre chose. Impossible, par exemple, de lui attribuer seulement telle ou telle mer, car, outre que là encore le travail administratif était tout aussi grand, et seulement portait sur un objet moins vaste, le grand Poséidon ne pouvait occuper qu'un poste supérieur. Lui offrait-on quelque situation étrangère au gouvernement des eaux, la seule idée lui en donnait la nausée, son souffle divin se détraquait, sa cage thoracique haletait. Au surplus on ne prenait pas ses plaintes très au sérieux : lorsqu'un grand personnage réclame, il faut faire semblant de le satisfaire, l'affaire fût-elle inarrangeable ! Relever réellement Poséidon de ses fonctions, personne n'y songeait. Dès les premiers âges, son destin le faisait Dieu des Mers, et il le resterait jusqu'à la fin des temps !

Ce qui l'irritait le plus — motif capital de la mauvaise humeur que lui procurait son emploi ! — c'était d'ouïr exprimer l'idée que le public se faisait de sa vie — en parcoureur des mers armé de son trident ! Alors qu'il se trouvait là, au fond des mers, se livrant à une comptabilité interminable, avec de temps à autre un voyage chez Jupin, comme seule distraction à cette monotone existence. Voyage dont il rentrait d'ailleurs le plus souvent en colère. Ainsi il n'avait qu'à peine entrevu les mers, à la hâte seulement, au cours d'une montée hâtive vers l'Olympe ; jamais il ne les avait vraiment visitées. Il avait coutume de dire qu'il remettait cela à la Fin du Monde, parce qu'elle lui laisserait sans doute un petit moment de répit. Tout juste avant la fin, le dernier compte vérifié, peut-être pourrait-il encore faire, en hâte, une courte tournée...

Communauté

Nous sommes cinq amis. Un jour nous sortions, l'un après l'autre, d'une maison ; au sortir, le premier s'était placé à côté de l'entrée, puis le second était sorti ou plutôt avait glissé sur le seuil aussi vite qu'une goutte de vif-argent pour se placer à côté du premier, puis le troisième, puis le quatrième, puis le cinquième. Finalement nous étions tous les cinq sur un rang. Les passants nous apercevaient, nous montraient du doigt et disaient : « Les cinq viennent de sortir de cette maison. » Depuis, nous vivons ensemble, ce serait une vie paisible, si un sixième ne venait s'y mêler constamment. Il ne nous fait aucun mal, il nous importune et c'est assez. — Pourquoi s'imposer de la sorte là où l'on ne veut pas de vous ? Nous ne le connaissons pas et n'en voulons pas parmi nous. Nous autres cinq, il est vrai, ne nous connaissons pas de longue date, et si l'on veut, ne nous connaissons guère davantage aujourd'hui, mais ce qui est possible et ce que nous tolérons parmi nous cinq est impossible et intolérable pour six. Au surplus, nous sommes cinq et nous ne voulons pas être six. Quel sens aurait-ce après tout d'être ainsi constamment ensemble ? Pour nous cinq, cela n'a guère de sens non plus, mais puisque nous voilà réunis, nous n'avons qu'à le rester — mais un nouveau sociétaire jamais ! Nous n'en voulons pas. Justement à cause de cette expérience de vie commune. Mais comment faire comprendre cela au sixième ; de longues explications équivaudraient presque à l'admettre parmi nous. Mieux vaut ne rien expliquer et ne pas l'admettre. Qu'il fasse la moue tant qu'il voudra, nous le repoussons du coude ! Mais, si brutalement que nous le repoussions, il revient toujours.

Nocturne

Plongé dans la nuit. Tout comme on penche parfois la tête pour réfléchir, être ainsi profondément plongé dans la nuit. Tout autour dorment les hommes. Une petite comédie, une innocente illusion qu'ils dorment dans des maisons, dans des lits solides, sous des toits solides, étendus ou blottis sur des matelas, dans des draps, sous des couvertures ! Ils se sont en réalité rassemblés comme jadis et comme plus tard dans le désert, un camp en plein vent, un nombre incalculable d'hommes, une armée, un peuple sous un ciel froid, sur la terre froide ; des hommes que le sommeil avait jetés à terre à l'endroit même où ils se trouvaient, le front pressé sur le bras, le visage contre le sol, respirant tranquillement... Et toi, tu veilles, tu es un des veilleurs, tu aperçois le plus proche à la lueur de la torche que tu brandis du feu brûlant à tes pieds... Pourquoi veilles-tu ? Il faut que l'un veille, dit-on ! Il en faut un !

L'examen

Je suis valet, mais valet inoccupé. Je suis timide et ne me mets pas en avant. Je n'ose même pas me mettre sur le même rang que les autres, mais ce n'est peut-être là qu'un des motifs de l'inactivité où on me laisse. Sans doute même, entre l'une et l'autre n'y a-t-il aucun rapport... Quoi qu'il en soit, personne ne fait appel à mes services. D'autres sont appelés sans s'être démenés plus que moi, sans même peut-être le désir d'être appelés que j'éprouve moi-même, du moins par moments, avec tant d'intensité !

Me voilà donc étendu sur la banquette des domestiques, je promène mon regard sur les poutres du plafond, je m'endors et me réveille pour me rendormir aussitôt. Parfois je vais au café d'en face ; on y vend une bière aigre, il m'est arrivé de vider le verre par terre de dégoût et puis, quand même, d'en reboire. J'affectionne ce lieu parce que, caché derrière la petite fenêtre, je puis contempler les fenêtres de la maison sans être vu de personne. Oh ! on n'y voit pas grand-chose. — Ne donnent sur la rue, je crois, que les fenêtres des couloirs et non pas même les couloirs conduisant chez les maîtres ! Me trompé-je ? Quelqu'un me l'a affirmé un jour sans que je le lui aie demandé — mais l'impression générale que laisse la façade confirme mon idée. On n'ouvre que rarement ces fenêtres et quand c'est le cas, c'est le fait de quelque valet qui parfois s'accoude au balcon pour regarder un instant dans la rue. Couloirs par conséquent où il est à l'abri des surprises. D'ailleurs, je ne les connais pas, ces valets. Les domestiques en pied couchent ailleurs que dans ma chambre...

Un jour, en arrivant au café, je trouvai mon poste occupé. Je n'osai guère regarder et voulus dès la porte faire demi-tour et partir. Mais l'occupant de ma place habituelle me fit signe d'approcher ; c'était un autre laquais que j'avais déjà vu sans avoir eu jamais à lui parler.

— Pourquoi te sauver ? Assieds-toi donc et bois ! C'est ma tournée !

J'obéis. Il me posa plusieurs questions, mais je ne savais que répondre, je ne les comprenais même pas.

— Sans doute te repens-tu de m'avoir invité ? lui dis-je, alors je m'en vais.

Et j'allais me lever. Mais il étendit la main pardessus la table et me faisant rasseoir :

— Reste ! dit-il, ce n'était qu'un examen. Est justement reçu celui qui ne répond pas aux questions.

Le vautour

C'était un vautour qui donnait du bec, à grands coups, dans mes pieds. Il avait déjà déchiré chaussures et chaussettes, à présent il fouillait la chair même. Après quelques coups de bec, il voltigeait avec inquiétude autour de moi, pour se remettre ensuite au travail. Vint à passer un monsieur. Il regarda un petit moment, puis me demanda comment je pouvais supporter le vautour.

— Mais je suis sans défense, lui dis-je, il est venu et s'est mis à me frapper du bec ; bien entendu j'ai voulu le chasser, j'ai même tenté de l'étrangler, mais c'est très fort, une bête pareille ! Il allait même me sauter au visage, j'ai mieux aimé sacrifier mes pieds. Et maintenant ils sont presque déchiquetés.

— Que vous laissez-vous ainsi torturer ! dit le monsieur. Un coup de fusil et ça y est !

— Vous croyez ? dis-je. Voulez-vous vous en charger ?

— Volontiers, dit le monsieur. Que je rentre seulement et prenne mon fusil ! Pouvez-vous patienter encore une petite demi-heure ?

— Je ne puis vous dire, répondis-je, puis, après

m'être un instant tordu de douleur, j'ajoutai : Je vous en prie, essayez quand même !

— Bien, dit le monsieur, je vais faire vite.

Pendant cet entretien, le vautour avait tranquillement écouté en regardant à tour de rôle le monsieur et moi. Je vis bien, alors, qu'il avait tout compris. Il s'éleva d'un coup d'aile, puis, se cabrant de toutes ses forces pour prendre assez d'élan, tel un lanceur de javelot, il enfonça son bec à travers ma bouche, jusqu'au plus profond de moi-même. En m'effondrant je sentis — avec quel soulagement — le vautour se noyer sans merci dans les abîmes infinis de mon sang.

Le pilote

— Suis-je ou non le pilote ? criai-je.

— Toi ? répliqua un grand homme sombre en se passant la main sur les yeux comme chassant, de ce geste, un rêve.

Dans la nuit noire, j'avais gouverné sous la faible lueur d'une lanterne au-dessus de ma tête. Alors était venu cet homme qui voulait m'écarter. Comme je résistais, il appliqua son pied sur ma poitrine et me renversa d'une lente poussée. Je m'agrippais toujours aux rayons de la roue à qui, dans ma chute, je fis faire une complète révolution. L'homme s'en saisit et la remit en place tout en me repoussant. Mes esprits vite rassemblés, je cours à l'écoutille commandant la chambre d'équipage :

— Vite, camarades, marins ! Venez vite ! Un inconnu m'a arraché la barre !...

Ils gravirent lentement l'échelle de coupée, puissantes formes, chancelantes de fatigue.

— N'est-ce pas moi le pilote ? criai-je.

Ils hochèrent la tête, mais n'avaient d'yeux que pour l'étranger autour duquel ils se rangeaient en cercle, et lorsqu'il les apostropha rudement :

— Ne me gênez donc pas !

Ils rompirent les rangs, m'adressèrent un signe de tête et redescendirent l'escalier.

Quel est donc ce peuple ? Raisonnent-ils ou ne font-ils que se traîner inconscients par le monde ?

La toupie

Un philosophe flânait de préférence là où jouaient des enfants. S'en trouvait-il un à jouer à la toupie, le voilà aux aguets. À peine lancée la toupie, notre homme aussitôt de courir à sa poursuite ! Les cris des enfants pour l'en écarter ne le troublaient en rien, heureux s'il avait pu saisir la toupie dans sa course. Courte joie, car aussitôt il la jetait et s'en allait. Il croyait en effet que la connaissance parfaite du fait même le plus insignifiant — serait-ce par exemple le mouvement d'une toupie — suffirait à lui ouvrir celle du général. Il négligeait par conséquent l'étude des grands problèmes qui lui apparaissaient de peu d'utilité. La connaissance d'un détail révélerait le tout. Et voilà pourquoi il s'intéressait uniquement au mouvement de la toupie. La vue des préparatifs de lancement éveillait toujours en lui l'espoir qu'enfin il allait aboutir. Et quand la toupie tournait, et qu'il la poursuivait à perdre haleine, cet espoir devenait en lui certitude, mais dès qu'il avait en main ce ridicule morceau de bois, une nausée le prenait, les cris des enfants qu'il n'avait jusque-là point entendus lui déchiraient soudain les oreilles et le chassaient précipitamment ; il titubait comme une toupie sous le fouet d'un joueur maladroit !

Le départ

Je voulais que l'on fît sortir mon cheval de l'écurie. Le valet ne comprenait pas. J'y fus moi-même, sellai la bête et la montai. Au loin, j'entendais sonner un clairon.

— Pourquoi ce clairon ? lui dis-je.

Mais il ne savait rien et n'avait rien entendu. Au portail, il m'arrêtait et me demandait :

— Où va Monsieur ?

— Je n'en sais rien, loin d'ici seulement ! Loin d'ici et toujours loin d'ici, seule façon d'atteindre mon but.

— Tu connais donc ton but ? dit cet homme.

— Oui, répliquai-je, puisque je te l'ai dit ; loin d'ici, voilà mon but !

Petite fable

— Hélas ! dit la souris, le monde devient plus étroit chaque jour. Il était si grand autrefois que j'ai pris peur, j'ai couru, j'ai couru, et j'ai été contente de voir enfin, de chaque côté, des murs surgir à l'horizon ; mais ces longs murs courent si vite à la rencontre l'un de l'autre que me voici déjà dans la dernière pièce, et j'aperçois là-bas le piège dans lequel je vais tomber.

— Tu n'as qu'à changer de direction, dit le chat en la dévorant.

Protecteurs

Avais-je des protecteurs ? Rien n'était moins sûr ; je ne pouvais obtenir aucune précision à cet égard ; tous les visages se fermaient ; la plupart des gens qui venaient à ma rencontre ou que je rencontrais çà et là dans les couloirs avaient l'air de vieilles grosses femmes ; ils portaient de grands tabliers à raies bleu foncé et blanches qui leur couvraient tout le corps, se caressaient le ventre en se dandinant lourdement de droite et de gauche. Je ne pouvais pas même savoir si nous nous trouvions dans le Palais de Justice.

Plusieurs indices confirmaient cette supposition, d'autres la démentaient. Plus que tout autre détail me rappelait un tribunal le bourdonnement continu qu'on entendait au loin et qui sortait je ne sais d'où ; il remplissait à ce point toutes les pièces qu'il semblait venir de partout, ou plus exactement que l'endroit où l'on se trouvait était le lieu même de ce bourdonnement, mais c'était sûrement une erreur, car il venait de loin. Ces couloirs étroits aux voûtes nues, aux courbes lentes, ces hautes portes sévèrement ornées semblaient faits pour un profond silence ; c'étaient des couloirs de musée ou de bibliothèque. Mais si ce n'était pas un palais de justice, pourquoi y chercher un avocat ? Parce que je cherchais partout un protecteur ; partout il en faut un, — au Tribunal, il est vrai, moins qu'ailleurs (du moins on peut le supposer), puisque le Tribunal juge selon la Loi. Car s'il faut penser qu'on y procède avec injustice ou à la légère, la vie n'est plus possible ; il faut faire au Tribunal le crédit de croire qu'il accorde libre passage à la majesté de la loi. C'est là son unique devoir ! Dans la loi même se confondent en effet accusation, défense et jugement ; la libre intervention d'un homme serait ici un sacrilège. Il en va autrement avec le dossier qui est à la base d'un jugement, celui-là se compose d'enquêtes auprès des parents et des étrangers, auprès des amis et des ennemis, dans la vie privée comme dans la vie publique, en ville comme à la campagne, bref en tous lieux. Ici il faut de toute nécessité avoir des protecteurs, les meilleurs, se touchant l'un et l'autre jusqu'à former un mur vivant — car la nature des protecteurs est d'être peu mobiles, alors que les accusateurs, semblables à de fins renards, de rapides belettes, d'invisibles petites souris se glissent par les plus petites fentes et passent furtivement à travers les jambes des protecteurs ! Donc, attention ! Voilà justement pourquoi je suis ici, à la recherche de protecteurs. Mais je n'en ai pas encore trouvé ; seules ces vieilles femmes vont et viennent sans fin ni cesse ; si je n'étais à rechercher un protecteur, cela m'endormirait ! Je ne suis pas placé au bon endroit, hélas ! Rien ne sert de s'aveugler sur ce point que je ne suis pas à l'endroit favorable. Il me faudrait être ailleurs, là où se rassemblent toutes sortes de gens de tous pays, de tous métiers, de toutes professions et des âges les plus variés ; je devrais avoir la possibilité de choisir avec soin dans une foule ceux qui en vaudraient la peine, les personnages bienveillants, ceux qui me témoignent quelque sollicitude. Une grande foire, c'est là sans doute ce qui serait le mieux. Mais non, au contraire ! J'erre vainement dans ces couloirs où l'on ne voit que ces vieilles femmes, — et encore sont-elles rares, et puis toujours les mêmes ! Et si rares soient-elles, je n'arrive même pas à me faire écouter ; elles m'échappent constamment, flottant comme des nuages de pluie, tout absorbées par de mystérieuses occupations. Mais pourquoi se précipiter ainsi à l'aveuglette dans une maison sans avoir lu l'inscription au-dessus de l'entrée — pour me trouver aussitôt dans ces couloirs ! Pourquoi m'acharner à m'y installer au point d'en oublier presque m'être jamais trouvé devant cette maison ni en avoir jamais monté les escaliers en courant ? Pourtant il m'est interdit de retourner en arrière, une telle perte de temps, un pareil aveu me seraient insupportables. Comment dans cette vie brève, hâtive, qu'accompagne sans cesse un bourdonnement impatient, descendre un escalier ? C'est impossible ! Le temps qui t'est mesuré est si court qu'en perdant une seule seconde, tu as déjà perdu ta vie entière, car elle n'est pas plus longue, elle ne dure justement que le temps que tu perds ! T'es-tu ainsi engagé dans un chemin, persévère à tout prix, tu ne peux qu'y gagner, tu ne cours aucun risque ; peut-être qu'au bout t'attend la catastrophe, mais si dès les premiers pas tu avais fait demi-tour et si tu avais redescendu l'escalier, tu aurais failli dès le début, c'est plus que probable, c'est même certain. Ainsi ne trouves-tu rien derrière ces portes, rien n'est perdu, élance-toi vers d'autres escaliers ! Tant que tu ne cesseras de monter, les marches ne cesseront pas ; sous tes pieds qui montent, elles se multiplieront à l'infini !

Dans notre synagogue

Dans notre synagogue vit un animal qui offre à peu près la grosseur d'une martre. Fréquemment on l'aperçoit, mais à deux mètres environ de distance ; il ne se laisse pas approcher davantage. Sa couleur est un vert-bleu clair, personne n'a touché sa fourrure. Impossible donc d'en rien dire, et l'on pourrait même affirmer que sa couleur réelle est inconnue. Peut-être ce vert-bleu n'est-il dû qu'à la poussière et au plâtre imprégnant sa fourrure ? Cette couleur rappelle, en effet, la patine intérieure de la synagogue, néanmoins légèrement plus claire. Mis à part son instinct craintif, c'est un animal tranquille et sédentaire ; moins souvent dérangé, il changerait rarement de place ; la grille du parvis des femmes, voilà sa place favorite ; avec un visible plaisir il s'accroche aux mailles du grillage, s'étire et de là-haut regarde les fidèles. Cette position périlleuse paraît lui convenir, mais le sacristain a la consigne de ne jamais l'y laisser en paix, l'animal risquant de s'habituer à cette place, ce qui est inadmissible, vu que les femmes ont peur de lui ! Leurs raisons ne sont pas très claires. De prime abord, la bête offre, certes, un aspect terrifiant : long col, face triangulaire, incisives d'en haut quasi horizontales, longs crins clairs, d'apparence fort durs débordant sur les dents depuis la lèvre supérieure..., tout cela est fait pour terrifier ! Mais on a tôt fait de reconnaître que cet être terrifiant, en réalité l'est fort peu. Avant tout il tient à rester loin de l'homme, il est plus craintif qu'une bête des bois et ne paraît s'être attaché qu'à ce seul édifice qui, pour son malheur, est une synagogue, lieu par moments fort animé. Si l'on pouvait s'en faire comprendre, on pourrait au moins le consoler en lui montrant que la communauté de notre bourgade montagnarde diminue d'année en année et qu'elle a déjà du mal à subvenir à l'entretien de la synagogue. Il n'est pas impossible que d'ici peu de temps la synagogue ne devienne une grange ou quelque chose de ce genre, alors il trouverait enfin la paix qui aujourd'hui lui manque si cruellement. — Il est vrai que seules les femmes ont peur de lui, qui de longue date n'inspire plus qu'indifférence aux hommes. Une génération l'a montré à l'autre, on l'a toujours vu reparaître, au point de ne lui plus prêter la moindre attention. Pas même les enfants qu'il avait pourtant la première fois remplis d'étonnement ! Il est devenu l'animal domestique de la Synagogue. Pourquoi la Synagogue n'aurait-elle pas le droit d'avoir son animal à elle, une bête ailleurs introuvable ? N'étaient les femmes, on n'en parlerait guère. Mais même les femmes n'en ont pas vraiment peur. Il serait d'ailleurs étrange d'avoir au fil des jours, des années et décennies durant, peur de pareil animal ! Elles allèguent, il est vrai, que l'animal se tient d'habitude beaucoup plus près d'elles que des hommes. C'est exact. Il n'ose effectivement descendre du côté des hommes, on ne l'a jamais vu sur le sol. L'empêche-t-on d'atteindre la grille des femmes, il cherche alors au moins à se tenir sur le large mur d'en face ; sur une petite saillie, large au plus de deux doigts qui longe trois côtés de la Synagogue, l'animal va et vient furtivement, mais d'ordinaire il reste tranquillement accroupi en un point face aux hommes. On n'arrive guère à comprendre qu'il puisse utiliser si bien un chemin si étroit, et la manière dont il tourne sur ses pas, une fois atteint le bout de la corniche, est fort curieuse : c'est un très vieil animal en effet, mais il n'hésite pas à faire, sans le manquer jamais, le plus difficile saut périlleux. Il change en l'air de direction et déjà rebrousse chemin ! Mais après l'avoir vu plusieurs fois, on se lasse de ce manège, on détourne les yeux. Au surplus ce n'est ni la crainte ni la curiosité qui causent l'émoi des femmes ; si elles songeaient davantage à la prière, elles en oublieraient entièrement l'animal. Ce serait assurément la conduite des femmes pieuses si les autres y consentaient, celles qui de beaucoup sont la majorité, mais ces dernières tiennent toujours à ce qu'on les remarque, et l'animal leur donne pour cela le meilleur des prétextes. Si elles le pouvaient et l'osaient, elles l'attireraient même plus près d'elles, à seule fin de se montrer plus effrayées. Mais en réalité, il ne recherche point leur présence ; à condition de n'être pas attaqué, il se préoccupe aussi peu des femmes que des hommes, il préférerait bien sans doute rester dans la cachette où il vit durant les intervalles des cultes, apparemment quelque trou de mur que nous n'avons pas encore découvert. Il n'apparaît qu'au début des prières, effrayé par leur ronronnement. Veut-il voir ce qui se passe ? Se mettre sur ses gardes ? Ou se préparer à fuir en toute liberté ?... C'est la peur qui le fait sortir, c'est la peur qui lui fait faire ses cabrioles et l'oblige à rester là jusqu'à la fin du culte. Par souci de sécurité, il préfère naturellement les parties élevées du temple et c'est sur la grille et la corniche qu'il se déplace le plus facilement. Mais il n'y reste pas tout le temps, parfois il descend plus bas du côté des hommes, attiré, semble-t-il, par les reflets de la tringle de cuivre qui soutient le rideau de l'Arche ; il se glisse souvent jusque-là, mais toujours, il s'y tient tranquille ; même à toucher l'Arche, il ne trouble pas, semble-t-il, la cérémonie. De ses yeux clairs toujours ouverts (peut-être même n'ont-ils pas de paupières), il donne l'impression de fixer la communauté. Mais il ne regarde certainement personne, à l'affût seulement de tous les dangers par lesquels il se sent menacé.

À cet égard il ne montre pas beaucoup plus de raison que nos femmes, du moins jusqu'à ces derniers temps. Quel danger aurait-il à craindre et qui donc voudrait lui faire mal ? N'est-il pas depuis de longues années laissé complètement à lui-même ? Les hommes ne s'en occupent point et les femmes dans leur grande majorité seraient sans doute malheureuses de le voir disparaître. Étant l'unique animal de la maison, il n'a pas le moindre ennemi. Et tout de même, au cours des années, il aurait pu s'en rendre compte ! Le bruit du culte peut bien l'effrayer, mais n'entend-il pas tous les jours ce murmure léger, un peu plus fort seulement aux jours de fête, toujours à la même heure, jour après jour ? L'animal, même le plus craintif, s'y serait dès longtemps d'autant mieux habitué qu'il n'y aurait point constaté un vacarme de persécution, mais un bruit ne le concernant point. Et pourtant cette peur ! Est-ce un souvenir des temps révolus, ou le pressentiment des temps à venir ? Ce vieil animal en saurait-il par hasard plus long que les trois générations qui parfois se trouvent réunies à l'intérieur de la Synagogue.

Il y a de longues années, on aurait, paraît-il, tenté son expulsion. Il se peut ! Mais plus probablement, il ne s'agit là que de fables. On peut établir que jadis fut examinée, du point de vue talmudique, la question de savoir si l'on pouvait tolérer un tel animal dans la Maison de Dieu. On recueillit les rapports de rabbins réputés. Les avis étaient partagés, la majorité réclamait l'expulsion de l'animal et une nouvelle consécration de la Maison de Dieu. Mais décréter de loin était une chose — capturer l'animal à fin d'expulsion en était une plus difficile et peut-être impossible. Or seule sa capture et son transfert au loin auraient offert la garantie relative qu'on en serait débarrassé.

Fin du fragment

Le buisson ardent

J'étais tombé dans un inextricable buisson. À grands cris, j'appelai le garde du jardin. Il accourut mais ne put m'atteindre.

— Comment avez-vous pu vous fourrer là-dedans ? cria-t-il. Revenez donc par le même chemin !

— Impossible, lui répondis-je, il n'y a pas de chemin. Je me promenais tranquillement perdu dans les pensées et tout d'un coup me voici là ! Comme si le buisson avait poussé autour de moi. Je n'en sors plus, je suis perdu !

— Enfant ! dit le garde. Vous commencez par prendre un chemin défendu, vous entrez dans ce terrible buisson et puis vous vous plaignez... Vous n'êtes pourtant pas dans une forêt vierge ! C'est ici un jardin public. On vous en tirera.

— Un jardin public ! Mais cet affreux buisson n'est pas à sa place dans un jardin public... Et comment me tirer de là si personne n'y peut entrer ? Si l'on veut essayer, c'est tout de suite. Voici le soir, jamais je ne passerai la nuit dans cet endroit. Je suis déjà tout égratigné, j'ai perdu mon lorgnon ; impossible de le retrouver et, sans lorgnon, je suis presque aveugle !

— Tout cela, c'est très bien, dit le garde, mais il vous faut patienter un peu, il me faut d'abord chercher des ouvriers pour frayer un chemin et, auparavant, il me faudra quérir la permission du Directeur. Alors, un peu de patience et de courage, je vous prie !

Le renoncement

C'était au petit matin, les rues propres et vides ; j'allais à la gare. En comparant l'heure de ma montre et celle d'une horloge, je vis qu'il était beaucoup plus tard que je ne croyais ; il fallait me hâter ! Dans l'effroi de cette découverte, j'oubliai mon chemin, je ne connaissais pas encore très bien cette ville. Par bonheur, j'aperçus un agent dans le voisinage ; je courus à lui, et, hors d'haleine, lui demandai la route à suivre. Il me dit en souriant :

— C'est de moi que tu veux savoir ta route ?

— Oui, dis-je, puisque je ne peux la trouver moi-même.

— Renonces-y ! Renonces-y ! dit-il en se détournant d'une pièce, comme ceux qui veulent rire tout seuls.

Le couple

Les affaires vont si mal que lorsque je n'ai plus de travail au bureau je prends la valise d'échantillons pour aller visiter moi-même la clientèle. Depuis longtemps je m'étais proposé de passer chez N. avec lequel j'ai été autrefois en relations constantes bien que nous ayons presque cessé de correspondre l'an dernier pour des raisons que je ne connais pas. D'ailleurs point n'est besoin de motifs particuliers pour expliquer ces changements. Dans l'instabilité des conditions présentes il suffit d'un rien, d'une humeur, pour bouleverser une situation, de même qu'un rien, un simple mot, peuvent suffire à tout rattraper. Malheureusement il est délicat d'aller se présenter à N. C'est un vieillard que la maladie a éprouvé très fortement ces temps derniers, et quoiqu'il tienne encore les rênes de son commerce il ne vient presque jamais lui-même à son bureau. Quand on veut lui parler il faut aller chez lui, et en affaires on répugne toujours à recourir à une telle démarche.

Hier soir pourtant, après six heures, j'ai pris mon parti d'aller le voir. Ce n'était pas une heure de visite mais la question ne se pose pas sur le plan mondain, elle se pose sur le plan commercial. J'ai eu de la chance. N. se trouvait chez lui ; il venait juste de rentrer d'une promenade avec sa femme, d'après ce qu'on m'a dit à la porte, et se tenait au chevet de son fils qui avait dû prendre le lit. On m'invita à le rejoindre. Après avoir hésité un instant, je cédai au désir d'expédier le plus rapidement possible une entrevue qui m'ennuyait, et on m'introduisit tel que je me trouvais, avec mon manteau, mon chapeau et ma valise d'échantillons, au bout d'un couloir ténébreux, dans une pièce faiblement éclairée où était réunie une petite assemblée.

Mon regard, instinctivement sans doute, tomba sur un agent d'affaires que je ne connaissais que trop, car il me fait une certaine concurrence. Une fois de plus, il avait réussi à se faufiler chez M. N. avant moi. Il s'était installé près du lit du malade, à la distance la plus commode, on aurait dit le médecin. Il se tenait assis comme un puissant de ce monde, dans un magnifique manteau, important et déboutonné. L'insolence de cet être est inimaginable. Le malade devait en juger comme moi ; la fièvre colorait légèrement son visage et il jetait de temps à autre un regard sur le visiteur. Pas tout jeune, d'ailleurs, ce fils ; c'est un homme de mon âge, et sa barbe en collier avait été bien négligée depuis son mal.

Le vieux N., toujours large et haut, mais dont sa maladie sournoise a fait, à mon grand étonnement, un vieillard amaigri tremblotant et voûté, le vieux N. était encore là dans la tenue qu'il portait en entrant ; il n'avait pas quitté son manteau de fourrure et murmurait je ne sais quoi à son fils. Sa femme, silhouette menue, fragile, mais extrêmement vive, encore que cette vivacité ne concernât que son époux — elle regardait à peine les autres — s'occupait de lui ôter sa pelisse ; l'affaire n'allait pas sans peine — ils étaient de tailles trop différentes — mais elle finit par réussir. Peut-être d'ailleurs la pire difficulté venait-elle au fond de l'impatience de N. qui ne cessait de réclamer son fauteuil avec des gestes tâtonnants. Madame N. se hâta de le lui apporter dès qu'elle l'eut débarrassé de son manteau. Elle prit la pelisse, sous laquelle elle disparut presque entièrement, et l'emporta.

Le moment me sembla venu de parler ou, pour mieux dire, il me sembla qu'il n'était jamais venu et ne se présenterait jamais. Si je voulais tenter ma chance il fallait le faire immédiatement, car j'avais l'impression qu'une discussion d'affaires ne pourrait se placer ici que dans des conditions de plus en plus mauvaises. Quant à m'incruster là pour une éternité, comme l'agent avait l'air d'y songer, ce n'était pas dans ma manière. D'ailleurs je ne voulais tenir aucun compte de lui. Je me mis donc, sans autre formalité, à exposer ma petite affaire, bien que M. N., visiblement, eût envie de parler à son fils.

J'ai la malheureuse habitude, quand mon discours m'échauffe un peu — ce qui se produisit encore plus vite que d'ordinaire dans cette chambre de malade, — de me lever et de faire les cent pas. Dans mon propre bureau, parfait ; mais chez les autres c'est un peu importun. Pourtant je ne pus me retenir, et d'autant moins qu'il me manquait ma cigarette habituelle.

N'y pensons plus. Chacun a ses défauts et je me félicite des miens quand je les compare à ceux de mon rival. Que penser de lui, par exemple, quand on le voit brusquement se coiffer de son chapeau après l'avoir lentement promené sur ses genoux pendant des heures ? Il l'enlève aussitôt sans doute, comme s'il l'avait mis par oubli, mais il l'a gardé un instant ; et c'est un geste qu'il répète. Personnellement cela ne me dérange pas ; je suis tout à mon discours ; je ne vois pas son geste. Mais il est des personnes que cette acrobatie peut mettre complètement hors d'elles.

À dire vrai, dans le feu de ma démonstration, non seulement je ne m'aperçois pas de l'impertinence de mon homme, mais je ne m'aperçois de rien. Je vois, et, malgré tout, tant que je n'ai pas fini ou que je n'entends pas d'objection positive, mon esprit n'enregistre pas. C'est ainsi que j'ai bien remarqué que M. N. n'était pas en mesure d'écouter ; les mains sur les bras de son fauteuil, il se tournait et se retournait avec un air d'agacement et, au lieu de me regarder, il promenait dans le vide des yeux inexpressifs comme s'il n'entendait pas un mot de mon discours et qu'il ignorât ma présence ; je me rendais compte de cette attitude maladive qui ne me laissait pas grand espoir, mais je continuais à parler comme si je pouvais me rattraper par des paroles et des offres avantageuses (je me sentais effrayé moi-même des concessions que je faisais sans que personne me les demandât). J'éprouvai également quelque satisfaction en remarquant fortuitement que mon concurrent laissait enfin son chapeau tranquille et se croisait les bras ; mon développement, qui était d'ailleurs en partie calculé pour lui, semblait porter à ses projets un coup sensible. Dans le bien-être qui m'en vint, j'aurais pu continuer à discourir longtemps si le fils, que j'avais négligé jusqu'alors comme secondaire dans le débat, ne s'était à moitié redressé sur son lit et ne m'avait menacé du poing pour m'exhorter à cesser mon discours. Visiblement il voulait dire un mot, il voulait montrer quelque chose, mais il n'en avait pas la force. Je crus d'abord qu'il agissait dans le délire de la fièvre ; en jetant par hasard les yeux sur le vieux N. je compris mieux la situation.

Effondré sur sa chaise, N. regardait dans le vide avec des yeux vitreux et dilatés qui n'avaient plus d'emploi que pour une minute. Il frissonnait, le dos courbé, la tête penchée comme si quelqu'un lui tenait ou lui frappait la nuque ; sa lèvre inférieure, que dis-je, sa mâchoire entière pendait, découvrant la gencive ; le visage se décomposait. Il respirait encore bien que péniblement ; ensuite, comme libéré, il retomba sur le dossier de son fauteuil, ferma les yeux, on vit passer sur son visage l'expression d'un effort violent et tout fut dit.

Je bondis à ses côtés, je pris sa main molle et froide qui me traversa d'un frisson : il n'y avait plus de pouls ; voilà, c'en était fait. Évidemment c'était un homme âgé ; et souhaitons que la mort ne nous soit pas plus pénible, mais que de choses à faire ! et par où commencer ? Mes yeux cherchaient de l'aide ; le fils, malheureusement, la couverture rabattue sur sa tête, faisait entendre des sanglots interminables ; quant à mon concurrent, aussi froid qu'un poisson, il restait là dans son fauteuil, en face de N., à deux pas de lui, visiblement déterminé à ne rien faire qu'à attendre la fuite du temps. Il n'y avait donc que moi pour tenter quelque chose et il fallait commencer par le plus dur : il s'agissait d'annoncer la nouvelle à la veuve en s'y prenant d'une façon supportable, c'est-à-dire d'une façon qui n'exista jamais. Et déjà j'entendais dans la pièce voisine son pas traînant et empressé. Elle apportait, en tenue de sortie, — elle n'avait pas eu le temps de se déshabiller, — une chemise de nuit chauffée sur le poêle pour la passer à son mari.

— Il s'est endormi, nous dit-elle en remarquant notre silence.

Elle sourit avec un hochement de tête. Puis, toute candeur, toute innocence, elle prit cette même main, que je venais de tenir dans la mienne avec une sorte de recul, et l'embrassa comme pour un tendre badinage. Comment avons-nous pu voir cela !

N. se remua et, bâillant bruyamment, se laissa enfiler sa chemise ; il supporta d'un air fâché et ironique les reproches affectueux de sa femme. Elle l'accusait de s'être surmené en promenade ; il répondit, étrange chose, pour expliquer autrement son sommeil, en faisant allusion à je ne sais quel ennui qui l'avait soudain terrassé. Puis, désireux de ne pas prendre froid en passant dans une autre pièce, il se coucha provisoirement auprès de son fils. Sa femme apporta à la hâte deux oreillers qu'elle lui plaça sous la tête juste à côté des pieds du malade. Après ce que j'avais déjà vu je n'en fus pas autrement étonné.

N. demanda le journal du soir et le prit sans égard pour nous, mais il ne le lut pas tout de suite ; il se contenta de parcourir les manchettes en opposant à nos combinaisons des réflexions parfaitement désagréables et d'une remarquable perspicacité commerciale ; il ne cessait de repousser nos propositions en faisant claquer sa langue pour dire le mauvais goût que notre attitude en affaires lui laissait au fond du gosier. Mon concurrent ne put s'empêcher, à ce sujet, de faire des remarques déplacées. Il sentait bien, malgré toute sa lourdeur d'esprit, qu'après ce qui s'était passé il fallait se rattraper d'une manière ou d'une autre, mais, comme toujours, il s'y prenait de la pire façon. Je me retirai donc le plus vite possible ; je lui étais presque reconnaissant : sans sa présence je n'aurais jamais eu la force de m'en aller aussi vite.

Dans l'antichambre, je rencontrai madame N. En voyant sa pauvre silhouette, je ne pus m'empêcher de lui dire qu'elle me rappelait un peu ma mère, et, comme elle restait muette, j'ajoutai :

— Quoi qu'on en puisse penser, maman faisait des miracles ! Elle réparait toutes nos sottises. Je l'ai perdue dans mon enfance.

J'avais parlé avec une netteté et une lenteur exagérées dans l'idée que la vieille dame n'entendait pas très bien. Mais elle devait être entièrement sourde, car elle me dit à brûle-pourpoint :

— Et mon mari, comment le trouvez-vous ?

Aux quelques mots d'adieu qu'elle m'adressa je remarquai qu'elle me confondait avec mon rival ; je veux croire que sans cela elle se fût montrée plus cordiale.

Là-dessus je repris l'escalier. La descente fut plus pénible que la montée ; et pourtant la montée elle-même n'avait pas été facile.

Hélas ! que de pas inutiles ! que de fausses manœuvres en affaires ! et il faut continuer à porter son fardeau !

Recherches d'un chien

Que ma vie a changé et comme pourtant, elle a peu changé ! Si ma pensée se reporte aux temps où je vivais encore au milieu de la société canine et m'associais à tous ses tracas — un chien parmi d'autres chiens — j'y découvre, à y regarder de plus près, une petite fêlure : quelque chose clochait depuis toujours, une sorte de malaise m'y accompagnait toujours. Parmi les plus vénérables institutions de mon peuple, parfois même dans le cercle de mes intimes, non point parfois, mais très souvent, la seule vue d'un de mes semblables qui m'était cher, mais que j'observais, pour ainsi dire, sous un angle nouveau, me rendait perplexe, anxieux, me déprimait et allait jusqu'à me désespérer. Je tâchai de me raisonner, des amis auxquels je me confiai m'aidèrent ; des temps plus calmes revinrent..., des temps où, sans être à l'abri de telles surprises, je les accueillais avec plus de sérénité, avec plus de sérénité je les intégrais à ma vie ! Peut-être m'apportèrent-elles fatigue et lassitude, mais, à tout prendre, je restai un chien correct, bien qu'un peu froid, réservé, inquiet et prévoyant. Comment aurais-je pu d'ailleurs sans ces périodes de détente atteindre à l'âge avancé dont je jouis maintenant ? Comment, à travers tant de luttes, aurais-je pu atteindre au calme avec lequel je contemple les tourments de ma jeunesse et supporte ceux de l'âge ? Comment serais-je jamais arrivé à tirer les conclusions d'un caractère malheureux, je l'accorde (ou pour m'exprimer plus prudemment, point très heureux), et à y conformer presque entièrement ma vie ? Retiré, solitaire, avec pour seule occupation mes vaines petites recherches, mais auxquelles je ne saurais renoncer, voilà ma vie ! Mais du milieu de ma solitude, j'ai gardé la vue de mon peuple ; souvent des échos m'en parviennent et de temps à autre je lui donne, moi aussi, de mes nouvelles. On me traite avec respect ; on ne comprend pas ma façon de vivre, mais on ne m'en fait pas grief ; et même de jeunes chiens que je vois de temps en temps passer au loin, une nouvelle génération dont je ne me rappelle qu'obscurément l'enfance, ne se refusent pas à me saluer avec révérence.

Il ne faut pas perdre de vue qu'en dépit de singularités que j'avoue, je ne trahis point ma race, il s'en faut ! D'ailleurs à y bien réfléchir — et pour ce faire j'ai temps, plaisir et goût — la société canine est chose étrange. Il existe autour de nous autres chiens toutes sortes de créatures, de pauvres êtres débiles, muets, réduits à certains cris..., parmi nous autres chiens beaucoup se vouent à les étudier, leur ont donné des noms, cherchent à les aider, les éduquer, les améliorer, etc. À moi-même, tant qu'ils ne cherchent pas à me déranger, ils sont indifférents, je ne les distingue pas, ni ne m'arrête à eux ! Mais un trait trop frappant pour m'avoir échappé, c'est, comparativement à nous autres chiens, leur manque de solidarité, la façon dont ils se croisent, étrangers et muets, hostiles, dirait-on... ; seul l'intérêt le plus sordide peut donner l'apparence de l'union, quand haines et querelles ne naissent justement pas de cet intérêt même ! Alors que nous autres chiens ! On peut dire que véritablement nous vivons tous en un seul tas, tous, si différents qu'aient pu nous rendre les changements innombrables et profonds amenés par le cours des siècles ! Tous en un tas ! Nous sommes attirés les uns vers les autres, et rien ne peut nous empêcher d'obéir à cette attraction ; toutes nos lois et toutes nos institutions politiques, les rares que je connaisse encore et les innombrables que j'ai oubliées, procèdent de l'aspiration au plus grand bonheur que nous puissions concevoir : être au chaud les uns contre les autres ! Mais en voici la contrepartie ! Il n'y a pas à ma connaissance de créatures pour vivre aussi dispersées que nous autres chiens ! Il n'y en a point pour présenter cette infinie diversité de classes, d'espèces, d'occupations ! Nous qui voulons cette union — et malgré tout nous nous en montrons toujours capables dans des moments d'exaltation ! — voici que justement nous vivons séparés, absorbés en des professions singulières où le voisin-chien* ne peut rien comprendre, toujours fidèles à des prescriptions qui ne sont pas celles de la société canine et qui même, plutôt, sont dirigées contre elle ! Que ce soient là des questions difficiles qu'on préfère ne pas agiter, je le comprends aussi ! Je comprends même mieux ce point de vue que le mien, moi qui m'y suis pourtant consacré corps et âme. Pourquoi ne pas vivre en accord avec mon peuple et ne pas accepter silencieusement ce qui trouble cette harmonie, ne pas le négliger comme une petite erreur dans le vaste problème ? Pourquoi ne pas rester tourné vers ce qui peut nous unir et non point vers ce qui nous arrache toujours irrésistiblement à la communauté populaire ?

Il me souvient d'une aventure de jeunesse ; j'étais alors dans un de ces états bienheureux de mystérieuse exaltation comme en éprouvent sans doute tous les enfants ; j'étais encore un tout jeune chien, tout me plaisait, je communiais avec toute chose ; je croyais qu'autour de moi se passaient de grands événements dont j'étais le chef, auxquels je devais prêter ma voix et qui ne pourraient qu'avorter misérablement, si je ne courais me mettre à leur service et, pour cela je m'agitais follement dans mon corps. Fantaisies d'enfant et qui passent avec les années ! Mais elles étaient alors très vives ; j'étais entièrement sous leur charme. Et voilà qu'en effet survint un fait extraordinaire (plus tard en ai-je assez vu de semblables et d'encore plus étonnants !). Mais celui-ci me frappa de toute la force de la première impression, celle qui demeure ineffaçable et détermine la suite des autres. Voici : Je rencontrai une petite bande de chiens, ou plutôt, non, je ne la rencontrai pas, c'est elle qui vint à ma rencontre. Je venais de courir longuement dans les ténèbres, pressentant de grands événements — pressentiment facilement trompeur, il est vrai, car je l'éprouvais constamment. J'avais longuement couru en tous sens dans les ténèbres, à tout aveugle et sourd, uniquement guidé par un obscur désir... Soudain je m'arrêtai avec le sentiment de me trouver au bon endroit, levai les yeux, et... ce fut alors le grand jour, légèrement brumeux, chargé de tous les enivrants parfums de ce monde. Je saluai l'aurore de balbutiements confus ; alors, comme s'ils répondaient à mon évocation, apparurent, sortant de mystérieuses ténèbres, sept chiens accompagnés d'un vacarme épouvantable dont je n'avais jamais entendu le pareil ! N'eussé-je pas vu clairement que c'étaient des chiens et qu'ils produisaient ce vacarme, sans que je puisse reconnaître comment, je me serais aussitôt enfui. Je restai donc, je ne savais alors presque rien du pouvoir musical qui est accordé à la seule race canine ; il avait tout naturellement jusque-là échappé à ma capacité d'observation lente à se développer ; la musique ne m'avait-elle pas en effet entouré dès le berceau comme un élément naturel et indispensable de la vie, que rien ne m'obligeait à distinguer du reste ? Par les seules allusions que puisse saisir un cerveau d'enfant, on avait tenté de m'y rendre attentif. D'autant plus surprenante, voire écrasante était donc sur moi l'impression des sept grands musiciens ! Ils ne parlaient pas, ils ne chantaient pas, ils se taisaient presque tout le temps avec une sorte de terrible obstination ; mais du néant ils faisaient miraculeusement surgir la musique. Tout était musique : leur manière de lever et de poser les pattes, certains mouvements de leur tête, leurs courses et leurs arrêts, les positions qu'ils prenaient les uns par rapport aux autres, les figures, rappelant celles d'une danse qu'ils exécutaient en bon ordre, soit que l'un posât les pattes de devant sur le dos d'un autre pour prendre ensuite une posture telle que le premier supportât, debout, tout le poids des autres, soit que rampant au ras du sol, leurs corps formassent des figures entrelacées ; et tout cela sans jamais se tromper ! Ni même le dernier qui, mal assuré encore, ne savait pas toujours enchaîner immédiatement, trébuchait parfois un tant soit peu dans les reprises, mais n'était mal assuré que par rapport à la magnifique assurance des autres ; même plus mal assuré encore, même totalement inexpérimenté, il n'aurait en rien pu altérer l'ensemble où les autres, ces grands maîtres, tenaient inflexiblement la mesure. Mais on les voyait à peine, on ne les voyait tous qu'à peine. Ils avaient surgi. Bien que troublé par le vacarme qui les accompagnait, on les avait salués comme chiens, mais c'étaient bien des chiens, des chiens comme vous et moi ; on les regardait comme on fait d'habitude pour les chiens rencontrés sur la route. On eût voulu s'approcher d'eux, échanger des salutations : ils étaient là tout près ; des chiens bien plus âgés que moi, à dire vrai, et non point de mon espèce laineuse, à longs poils — mais pas trop étrangers non plus par leur taille ou par leur forme, très familiers au contraire (j'en connaissais beaucoup de cette espèce ou d'une espèce semblable) ; — mais alors qu'on s'abandonnait à ces constatations, la musique peu à peu envahissait tout. Elle vous empoignait littéralement, vous entraînait loin de ces petits chiens bien réels, et bien malgré soi, quelque défense que l'on fît, malgré de véritables hurlements de douleur, on était tout entier la proie de cette musique ! S'abattant de toutes parts, d'en haut, d'en bas, de partout, sur le spectateur, elle l'inondait, l'écrasait, l'anéantissait de ses fanfares si proches qu'elles en étaient déjà lointaines ! Et de nouveau on était libre parce qu'on était trop épuisé, trop écrasé, trop faible pour entendre encore ; mais même libéré, on voyait encore les sept petits chiens exécuter leurs figures et leurs sauts ; on voulait, en dépit de leur réserve, les interpeller, obtenir des explications, leur demander ce qu'ils faisaient là, — j'étais un enfant et me croyais toujours autorisé à questionner n'importe qui, — mais à peine m'y préparais-je, à peine sentais-je le bon contact familier des chiens, que leur musique éclatait à nouveau, m'enlevait toute conscience, me faisait tourner en rond, comme si j'eusse été moi-même l'un de ces musiciens, alors que je n'étais que leur victime, me jetait de-ci, de-là malgré toutes mes supplications, pour me soustraire enfin à sa propre puissance en me jetant dans un cercle palissadé qui avait jusque-là échappé à mon attention et maintenant m'emprisonnait ! À l'étroit, ne pouvant lever la tête, j'avais quand même la possibilité de souffler un peu, dût la musique continuer à se déchaîner librement plus loin ! Vraiment, plus que l'art des sept chiens qui m'était incompréhensible, inexplicable même et hors de portée, me stupéfiait leur courage à s'offrir si totalement et si ouvertement à la tâche assumée par eux, à supporter tranquillement ce qui était au-dessus de leurs forces, sans que se brisât leur échine. Maintenant, il est vrai, à les mieux observer, je découvrais de mon refuge qu'ils travaillaient moins dans le calme que dans une extrême tension ; ces pattes que l'on jugeait mues avec tant d'assurance, ne cessaient, à chacun de leurs pas, de trembler avec anxiété ; ils se regardaient les uns les autres fixement comme frappés de désespoir, et leur langue, toujours à nouveau maîtrisée, ressortait tout aussitôt pour pendre mollement hors des gueules. Ce ne pouvait être l'angoisse de la réussite qui les bouleversait ainsi ; qui osait se lancer dans une telle entreprise, qui la réussissait, ne pouvait plus avoir peur..., mais peur de quoi ? Qui les forçait donc à faire ce qu'ils faisaient ? Je ne pus me contenir davantage : aussi bien me paraissaient-ils, à présent, très mystérieusement désarmés et c'est ainsi qu'au milieu du vacarme, à pleine voix, je leur criai impérieusement mes questions. Mais eux — étrange, étrange ! — ne répondirent pas plus que si je n'eusse pas existé ! Des chiens qui ne répondaient rien à l'appel d'un chien ? Quelle infraction aux bonnes mœurs ; aussi peu pardonnable aux jeunes qu'aux vieux chiens ! Peut-être n'étaient-ce pas des chiens ? Mais comment ne l'eussent-ils été, puisqu'en prêtant l'oreille, je percevais les légères exclamations avec lesquelles ils s'encourageaient, se signalaient les difficultés, se mettaient en garde contre les erreurs ; puisque je voyais même le dernier et plus petit d'entre eux, auquel s'adressaient la plupart des exclamations, loucher souvent de mon côté, comme s'il eût bien voulu me répondre, mais se contenir parce que cela ne devait pas se faire ? Mais pourquoi cette interdiction ? Pourquoi donc cette fois-ci ne devait pas être ce qu'ordonnent nos lois immuables ? Voilà ce qui me révoltait au point de m'en faire presque oublier la musique. Ces chiens violaient la loi ; si grands magiciens fussent-ils, ils étaient sous la loi. Lui-même, l'enfant que j'étais le comprenait très bien. Mais de mon refuge je remarquais beaucoup plus grave encore. Ils avaient vraiment motif de se taire, tout au moins par mauvaise conscience. Car de quelle étrange façon la musique les amenait-elle à se conduire ! Je ne l'avais pas encore remarqué : ils avaient rejeté toute pudeur, les misérables ! Ils étaient à la fois suprêmement ridicules et indécents. Ils marchaient debout sur les jambes de derrière !

Horreur ! Ils se découvraient et étalaient fièrement leur nudité ; ils s'en glorifiaient et si, obéissant pour un instant à leurs bons instincts, ils reposaient à terre les pattes de devant, ils s'en effrayaient littéralement, comme si c'était une faute, comme si c'eût été une faute que d'obéir à leur nature ! Ils se redressaient rapidement et du regard ils semblaient demander pardon de cette courte trêve dans leur état de péché. Le monde était-il renversé ? Où étais-je ? qu'était-il arrivé ? Ici, plus d'hésitation possible, il y allait de ma propre existence ; je me dégageais de l'enceinte des planches et quittais d'un bond mon refuge pour m'approcher d'eux. Il me fallait, moi petit élève, être leur professeur ! Il me fallait les retenir de persévérer davantage dans le péché ! « De si vieux chiens, de si vieux chiens ! » ne cessais-je de me répéter. Mais à peine étais-je libre, à deux ou trois sauts d'eux seulement, que le vacarme reprit son empire sur moi. Peut-être, dans mon ardeur, aurais-je résisté, même à ce bruit qui me devenait familier, si du cœur de toute son effrayante plénitude — effrayante quoiqu'on pût peut-être la combattre — n'eût résonné et ne m'eût jeté à genoux un ton clair, sévère, toujours égal à lui-même, un ton venant inaltéré du bout du monde, peut-être la véritable mélodie au milieu du vacarme. Ah ! qu'elle était fascinante, la musique des chiens ! Impossible de faire un pas de plus ! Plus question de leur faire la leçon ! Ils pouvaient continuer à écarter les jambes, à commettre péché sur péché et à faire du spectateur leur complice ! J'étais un si petit chien ! Qui pouvait exiger de moi un devoir si écrasant ? Je me fis encore plus petit que je n'étais. Je gémis. M'auraient-ils alors demandé mon avis, peut-être leur aurais-je donné raison ? Au surplus ce ne fut que l'éclair d'un instant... Avec tout ce vacarme et toute cette lumière, tous les chiens disparurent dans les ténèbres dont ils étaient surgis.

Comme je le disais plus haut, cette aventure n'avait rien d'extraordinaire ; au cours d'une longue vie, il vous arrive bien des choses qui, séparées du reste et vues avec des yeux d'enfant, seraient bien plus étonnantes. On peut naturellement, à force d'épiloguer, anonymiser toutes choses. Alors de cette aventure il restera simplement que sept chiens musiciens s'étaient rencontrés pour faire de la musique dans le silence matinal, qu'un petit chien s'était fourvoyé parmi eux, auditeur importun, dont, par une musique particulièrement effrayante et solennelle, ils cherchèrent à se débarrasser, malheureusement sans succès. Ses questions les importunaient. Auraient-ils dû, eux que dérangeait déjà suffisamment la seule présence de cet intrus, y prêter attention et, en consentant à lui répondre, aggraver cet ennui ? Et puis, en admettant que la loi ordonne de répondre à toute question, un chien aussi minuscule, venu on ne sait d'où, est-il seulement quelqu'un ? Peut-être, au reste, ne pouvaient-ils le comprendre : n'aboyait-il pas ses questions fort indistinctement ? Peut-être le comprenaient-ils au contraire parfaitement et lui répondaient-ils au prix d'un grand effort ; mais lui, jeune et étranger comme il était à toute musique, ne pouvait guère distinguer la réponse de la musique ? Quant à la marche sur les pattes de derrière, peut-être ne marchaient-ils ainsi qu'exceptionnellement ? C'est bien là un péché, mais ils étaient seuls, sept amis entre eux en petit comité, chez eux, pourrait-on dire, car entre amis on n'est pas en public. La curiosité d'un petit chien des rues n'y change rien, et dans notre cas n'en est-il donc pas comme si rien ne s'était passé ? Pas tout à fait, mais presque... Les parents devraient bien apprendre à leurs enfants à moins courir, à mieux savoir se taire et à respecter les personnes âgées !

À ce point l'affaire est classée ! Mais ce qui est classé pour les grandes personnes ne l'est point pour les enfants. J'allais partout, racontais et questionnais, chicanais et enquêtais. Et de vouloir traîner chacun sur les lieux de ma rencontre ! Et de vouloir montrer où je m'étais trouvé et où les sept chiens ! Et comment et où ils avaient donné leur concert ! Serait-on venu avec moi au lieu de m'écarter et de me rire au nez, que j'aurais fait fi de mon innocence et tenté de me dresser sur les pattes de derrière pour reconstituer exactement la scène ! Enfin ! D'un enfant on prend tout mal, quitte finalement à tout lui pardonner. J'ai, moi, conservé ce côté enfantin et suis quand même devenu un vieux chien. De même que je ne me lassais pas alors de commenter publiquement cette aventure (aujourd'hui d'ailleurs bien moins importante à mes yeux), de l'analyser dans toutes ses phases, d'en évaluer l'importance, d'en comparer les acteurs aux personnes présentes sans égard pour la société où je me trouvais — uniquement absorbé par cette affaire qui m'importunait autant que mes interlocuteurs, mais que pour cela même (et voilà ce qui me distinguait d'eux), je voulais éclaircir à fond pour retrouver ma liberté d'esprit et jouir de nouveau tranquillement de la paix et du bonheur de la vie de tous les jours... Tout comme en ce temps, je devais procéder par la suite, quoique moins puérilement — mais la différence n'est pas bien grande ! Et aujourd'hui encore je ne suis guère plus avancé.

Ce fut donc à partir de ce concert ! Mais je ne m'en plains pas ; c'était mon instinct inné qui se manifestait et qui, j'en suis sûr, aurait, à défaut du concert, trouvé une autre occasion pour se déclarer. J'ai jadis regretté parfois la précocité de cette manifestation qui m'a gâché une grande partie de mon enfance ; la vie bienheureuse des jeunes chiens que plus d'un sait prolonger de longues années n'a duré pour moi que quelques mois. Enfin ! Il est des choses plus importantes que l'enfance ! Et peut-être l'âge me réserve-t-il la juste récompense d'une vie de dur labeur, plus de joie d'enfant qu'un enfant n'aurait la force d'en supporter, mais dont moi, je disposerai.

Je commençai en ce temps mes recherches par les choses les plus simples : Ce n'est pas la matière qui me manquait. Hélas ! C'est cette abondance même qui me désespère dans mes heures noires. Mes premières recherches portèrent sur la nourriture de notre société. Ce n'est évidemment pas, si l'on veut, une question simple ; elle nous préoccupe depuis le début des temps ; elle est le centre de nos méditations ; innombrables sont en ce domaine les observations, les expériences et les hypothèses. Une science s'est ainsi formée, dont les monstrueuses proportions dépassent et le génie d'un seul savant, et celui, dans sa totalité, de tous les savants ensemble. En fin de compte, seule la société canine pourra en supporter le poids, encore sera-ce en ahanant ; une science dont les parties anciennes s'effritent constamment et exigent de pénibles rénovations, sans parler des difficultés et des hypothèses à peine démontrables auxquelles se heurtent mes recherches ! Qu'on ne m'objecte pas tout cela ! Je le sais, comme tout chien moyen ; il ne me vient pas à l'idée de m'immiscer dans la vraie science ; j'ai à son endroit toute la vénération qui lui est due, mais pour y collaborer efficacement, je manque de culture, d'application et du calme nécessaire, et aussi, en premier lieu, d'appétit, depuis quelques années surtout ! J'avale ma nourriture, mais elle ne me semble pas mériter auparavant la moindre considération d'ordre agricole. À cet égard me suffit la quintessence de tout savoir, la petite maxime que, lors du sevrage, disent les mères à leurs petits : « Arrose tout de toutes tes forces ! » Tout n'est-il pas presque contenu là ? Qu'y peut ajouter d'essentiel l'étude commencée par nos aïeux ? Des riens, des riens ! Et comme tout est incertain ! Mais cette règle sera tant que nous-mêmes serons ! Elle concerne notre essentielle nourriture ; nous avons, certes ! d'autres ressources, mais, au besoin, et si les années ne sont pas trop mauvaises, nous pourrions vivre de cette nourriture. Nous la trouvons par terre, mais la terre a besoin de l'eau que nous lui versons. Elle s'en nourrit, et ce n'est qu'à ce prix qu'elle nous donne notre nourriture, que certaines formules, il ne faut pas l'oublier, certaines incantations, certains gestes peuvent faire naître plus vite. Mais c'est tout à mon avis ; et sur ce sujet, il n'y a plus rien à dire d'essentiel. En ceci, je suis également d'accord avec la grande majorité des chiens et je me garde rigoureusement de toute opinion hérétique. Franchement, ce ne sont point les singularités, les ergotages qui m'importent ; je suis heureux de pouvoir tomber d'accord avec mes concitoyens et c'est ici le cas. Mes recherches personnelles sont toutefois orientées autrement. La simple observation m'apprend qu'arrosée et travaillée scientifiquement, la terre nous procure notre nourriture, et celle-ci de la qualité, de la quantité, de la sorte, aux endroits et aux heures qu'exigent également les lois généralement ou partiellement établies par la science. Je n'ai rien à objecter, mais pour moi la question est : « Où la terre prend-elle cette nourriture ? » Une question qu'on feint en général de ne pas comprendre et à laquelle on répond au mieux-aller : « N'as-tu point assez à manger, nous te donnerons du nôtre ! » Qu'on pèse bien cette réponse ! Je sais bien : ce n'est pas notre fort, à nous autres chiens, de partager notre nourriture. La vie est dure, la terre chiche, la science riche de connaissances mais combien pauvre de résultats ! Qui a quelque chose à manger le garde. Ce n'est pas de l'égoïsme, bien au contraire ! C'est la loi des chiens, c'est une résolution unanime du peuple, le résultat d'une victoire sur l'égoïsme, car les possédants sont toujours en minorité. Voilà pourquoi la réponse : « N'as-tu pas assez à manger, nous te donnerons du nôtre ! » a toujours été une façon de parler, une plaisante moquerie. Je ne l'ai pas oublié. Mais il me paraissait d'autant plus significatif que, quand j'errais de par le monde en questionnant, on laissât de côté toute ironie à mon égard ; on ne me donnait jamais rien, bien sûr ! Au reste, où le trouver si vite ? Mais si par hasard il y avait à manger, on oubliait naturellement dans la rage de la faim toute autre considération. L'offre n'en restait pas moins sérieuse. De temps à autre je recevais en effet quelques miettes..., si j'étais assez adroit pour m'en emparer ! D'où venait cette attitude particulière à mon égard ? Pourquoi ces ménagements ? Pourquoi cette préférence ? Parce que j'étais un chien faible et maigre, mal nourri et trop peu soucieux de sa nourriture ? Mais il court de par le monde beaucoup de chiens mal nourris, auxquels on arrache de la bouche, si l'on peut, jusqu'à la plus misérable nourriture. Par voracité, non ! mais par principe le plus souvent. Non, on ne me favorisait pas ; j'en avais plus nettement l'impression que je n'aurais su citer de preuves à l'appui. Étaient-ce donc mes questions qui amusaient, qui semblaient particulièrement pertinentes ? Non, elles n'amusaient personne et on les tenait pour stupides ! Et pourtant ce ne pouvaient être que mes questions qui me valaient l'attention. On préférait, semblait-il, cette monstruosité : me fermer la bouche en me la remplissant — on ne le faisait point, mais on voulait le faire — que de supporter mes questions. Mais pourquoi ne pas plutôt me chasser et m'interdire de poser des questions ? Non, ce n'est pas ce qu'on voulait ; on n'avait, certes ! pas la moindre envie d'entendre mes questions, mais pour ces questions elles-mêmes, on hésitait à me chasser. À tout prendre, ce fut, quelque moqué que je fusse, traité en sotte petite bête, bousculé de l'un à l'autre, ce fut, oui, l'époque de mon plus grand prestige. Jamais rien de semblable ne s'est produit par la suite ; j'avais accès partout, rien ne m'était défendu ; sous prétexte de me rudoyer, au fond on me flattait. Et tout cela simplement pour mes questions, mon impatience, ma curiosité ! Voulait-on ainsi m'endormir et — sans violence, presque avec tendresse — me détourner d'une fausse voie, d'une voie dont la fausseté n'était cependant point assez établie pour qu'on pût se permettre d'avoir recours à la violence ? D'ailleurs une sorte de crainte, ou de respect leur interdisait d'aller jusque-là. De tout cela, je n'avais encore que l'intuition : aujourd'hui, je le sais exactement, bien plus exactement que ceux qui agissaient de la sorte : on a certainement voulu me détourner de ma voie. On n'y a pas réussi, au contraire ! Mon attention s'aiguisa. J'ai même à présent la certitude que c'était moi qui voulais détourner autrui et que j'y réussis dans une certaine mesure. Ce n'est qu'avec le concours de la société canine que j'ai commencé à comprendre le vrai sens de mes propres questions. Quand par exemple je demandais : « Où la terre prend-elle notre nourriture ? », que m'importait alors la terre, auriez-vous cru ? En quoi les soucis de la terre pouvaient-ils bien me toucher ? En rien assurément ! Loin de moi pareille inquiétude : je dus bien vite m'en apercevoir ! Seuls m'importaient les chiens, uniquement les chiens ! Car qu'y a-t-il en dehors des chiens ? À qui d'autre en appeler dans le grand vide de ce monde ? Les chiens sont tout le savoir, la somme de toutes questions et de toutes réponses. Si l'on pouvait seulement rendre ce savoir efficace, si l'on pouvait seulement l'éclairer en pleine lumière, si seulement ils ne savaient infiniment plus qu'ils n'avouent, qu'ils ne se l'avouent à eux-mêmes ! Le plus loquace des chiens est encore plus renfermé que les garde-manger ne le sont habituellement ! On rôde autour de son prochain, on bave de convoitise, on se flagelle de sa propre queue, on questionne, on supplie, on hurle et l'on obtient... on obtient tout juste ce qu'on obtiendrait sans un effort de rien : attention bienveillante, caresses amicales, reniflements glorieux, tendres étreintes ; vos hurlements et les miens se confondent ; tout ne tend qu'à ceci : s'enchanter, s'oublier, se retrouver ! Mais ce qu'on voulait avant tout obtenir, c'est-à-dire : l'aveu du savoir, voilà ce qui est éternellement refusé ! À cette prière, muette ou exprimée, ne répondent au mieux, si l'on est allé à la limite de la séduction, que des airs hébétés, des regards de côté, des yeux troubles et voilés. Ce n'était guère autre chose que, dans mon enfance, lorsque j'avais interpellé les chiens musiciens et que ceux-ci se taisaient.

On pourrait me dire : « Tu te plains des chiens, tes frères, de leur silence sur les questions essentielles ; ils sauraient, prétends-tu, plus qu'ils n'avouent, plus qu'ils ne veulent l'admettre dans la vie ; et ce silence qu'ils gardent et dont, naturellement, ils taisent aussi la raison et le secret, empoisonne ta vie et te la rend insupportable ; tu devrais la changer ou la quitter, sans doute ! mais tu es toi-même un chien, toi aussi tu as le savoir des chiens ! Allons ! Parle donc ! Ne questionne pas seulement, réponds aussi ! Qui te résistera, si tu parles ? La société canine unira en chœur sa voix à la tienne, comme si elle n'attendait que cela ! Et alors à foison tu auras la vérité, la clarté, l'aveu ! Le toit de cette basse vie, dont tu médis tant, s'ouvrira, et tous, chien contre chien, nous nous élèverons à la sublime liberté ! Et n'y parviendrions-nous pas, tout s'aggraverait-il encore, toute la vérité s'avérerait-elle plus insupportable que la demi-vérité, se confirmerait-il que les taciturnes sont dans le vrai en tant que mainteneurs et gardiens de la vie, le faible espoir que nous avons à présent se changerait-il en un morne désespoir, eh bien ! tant pis, la parole vaut bien l'effort, puisque tu ne veux pas vivre comme tu peux le faire ! Allons donc, pourquoi reprocher aux autres leur silence et l'observer toi-même ? Réponse facile : Parce que je suis un chien ! Aussi solidement muré que les autres sur le point essentiel, résistant à ses propres questions et durci à force d'angoisses ! Est-ce qu'à tout prendre je questionne la société canine, au moins depuis mon âge mûr, à seule fin d'en tirer une réponse ? Aurais-je donc des espoirs si fous ? Verrais-je donc les fondements de notre vie, soupçonnerais-je leur profondeur, verrais-je les ouvriers au travail, rivés à leur sombre tâche et n'attendrais-je toujours, pour seul effet de mes questions, que de voir terminées, délaissées et bouleversées toutes choses ? Non, je ne compte vraiment plus sur cela ! Je les comprends, mes chiens ! Je suis du sang de leur sang, de leur pauvre sang éternellement jeune, de leur sang, toujours inassouvi ! Mais nous n'avons pas que le sang de commun. Nous avons aussi le savoir, et non seulement le savoir, mais encore la clef du savoir ! Je ne le possède pas sans les autres, je ne peux l'avoir sans leur aide... Un os de fer plein de la plus succulente moelle, on n'en peut triompher si n'y mordent ensemble toutes les dents de tous les chiens ! Ce n'est naturellement qu'une image, et exagérée ; toutes les dents seraient-elles prêtes, il ne serait plus besoin de mordre : l'os s'ouvrirait de lui-même, et la moelle serait à la portée du plus faible des petits chiens ! Mon but, mes questions, mes recherches, dirais-je pour conserver l'image, tendent alors certainement à quelque chose de monstrueux. C'est par force que je veux obtenir cette union entre tous les chiens ; je veux que sous la poussée de leur décision l'os éclate de lui-même ; puis je les renverrai à l'existence qui leur est chère, et alors, seul, seul à perte de vue, je sucerais la moelle ! C'est inouï, direz-vous ; c'est presque comme si, la moelle d'un os ne me suffisant pas, je voulais me nourrir de la moelle même de tous les chiens. Mais ce n'est là qu'une image. La moelle dont je parle n'est point comestible ; non, ce n'est qu'un poison !

Mes questions ne harcèlent plus que moi-même ; le silence qui seul me répond à la ronde est seul à m'encourager ! Jusques à quand toléreras-tu que la société canine — comme tes recherches te le révèlent de plus en plus — se taise et garde éternellement le silence ? Jusques à quand le toléreras-tu ? Tel est, au-delà de toutes les questions de détail, le problème de ma vie : il n'est posé qu'à moi et ne tourmente que moi seul ! À celui-là il m'est hélas ! plus facile de répondre qu'aux questions de détail : je résisterai vraisemblablement jusqu'à la fin naturelle de mes jours, le calme de l'âme résiste de plus en plus à l'inquiétude des problèmes. Je mourrai en silence, entouré de silence, presque paisible et j'attends la mort avec calme. Par une sorte de malignité, dirait-on, nous sommes pourvus, nous autres chiens, d'un cœur étonnamment robuste, de poumons inusables. Nous résistons à toutes les questions, même posées par nous : nous, bastions du silence !

Tous ces temps-ci je pense et repense de plus en plus ma vie. J'en cherche la faute capitale : la source de tout le mal, celle que j'ai sans doute commise, sans arriver à la découvrir. Et pourtant j'ai dû la commettre, sinon, et puisque une longue vie de travail ne m'a point accordé ce que j'en attendais, il serait ainsi démontré que je poursuivais l'impossible, et le plus morne désespoir s'ensuivrait. Contemple l'œuvre de ta vie ! D'abord les recherches sur la question : « Où la terre prend-elle notre nourriture ? » Jeune chien, au fond naturellement avide — et heureux ! — de vivre, j'ai renoncé à toutes les jouissances, je me suis écarté de tous les plaisirs, et, la tête entre les pattes par crainte des tentations, me suis enfoui dans le travail. Ce n'était pas un travail d'érudition, ni par l'érudition, ni par la méthode non plus, ni par le but. C'étaient bien là des fautes, mais non certainement capitales ! J'ai peu appris, car trop tôt j'ai quitté ma mère, et vite habitué à l'indépendance, j'ai mené une libre existence ; or toute indépendance prématurée nuit aux études systématiques. Mais j'ai beaucoup vu et beaucoup entendu ; j'ai parlé avec toutes sortes de chiens et je crois n'avoir pas trop mal compris, ni trop mal groupé mes innombrables observations. Cela m'a quelque peu tenu lieu d'érudition ; d'ailleurs l'indépendance, bien que défavorable à l'étude, n'est pas sans quelques avantages pour les recherches personnelles. Cette indépendance me fut d'autant plus utile qu'il m'était impossible de suivre la vraie méthode scientifique, c'est-à-dire d'utiliser les travaux de mes prédécesseurs et de me mettre en rapport avec les savants de l'époque. Réduit à mes seules ressources, je commençai par les rudiments, soutenu par la conviction — exaltante pour la jeunesse, mais déprimante pour l'âge mûr — que le point final, mis par hasard à mes conclusions, serait vraiment définitif. Étais-je vraiment si solitaire dans mes recherches, maintenant et depuis toujours ? Oui et non. Il est impossible que jadis, naguère et de nos jours encore, quelques chiens n'aient été, ou ne soient dans ma situation. Serais-je seul dans une telle extrémité ? Rien ne me sépare pourtant même d'un pas de la mentalité canine. Tout chien éprouve comme moi le désir de questionner. S'il en était autrement, mes questions auraient-elles pu provoquer cette émotion qu'il me fut parfois donné de constater avec ravissement, ravissement d'ailleurs exagéré, et n'aurais-je donc point dû, au cas contraire, obtenir bien davantage ? Que j'éprouve le désir de me taire, point n'en faut hélas ! de preuve spéciale ! En principe donc, rien ne me distingue des autres chiens ; c'est pourquoi, en dépit de toutes nos divergences de pensées, voire de nos antipathies, tous m'acceptent comme un des leurs. Moi-même en ferais autant vis-à-vis de tout autre chien. Seul est différent le dosage des éléments constitutifs ; différence très importante quant aux individus, mais sans portée quant à la race. Jamais, dans les temps passés ou présents, ne se serait-il répété de dosage semblable au mien ? Et si l'on veut qualifier le mien de malheureux, n'en aurait-il jamais été de plus malheureux ? Ce serait contraire à toute expérience ! Nous travaillons, nous autres chiens, dans les professions les plus étonnantes, des professions incroyables, si l'on n'avait à leur sujet les renseignements les plus dignes de foi : c'est à l'exemple des chiens volants** que j'aime ici songer de préférence. La première fois que j'en entendis parler, j'éclatai de rire sans m'en laisser accroire. Comment ? Il existerait un chien d'une espèce minuscule, à peine plus gros que ma tête, pas plus gros, même à un âge avancé, et ce chien naturellement chétif, création de toute apparence artificielle et inachevée — méticuleusement coiffé, incapable du moindre saut, — et ce chien passerait sa vie, disait-on, à se déplacer très haut dans les airs, sans aucun effort, dans un éternel repos ! Non, c'était, pensais-je, par trop abuser de la naïveté d'un jeune chien ! Mais peu après j'entendis par ailleurs parler d'un autre chien volant. S'était-on donné le mot pour me berner ? Mais je rencontrai alors les chiens musiciens, et dès lors tout me sembla possible. Aucun préjugé ne limitait plus mon entendement ; je donnais suite aux racontars les plus absurdes, je les étudiais de mon mieux ; le plus absurde me semblait dans cette vie absurde plus vraisemblable que le raisonnable et particulièrement fructueux pour mes recherches. De même les chiens volants ! J'appris bien des choses à leur sujet ; si je n'ai pas encore réussi à en voir un, je suis du moins bien convaincu de leur existence et ils tiennent une place importante dans ma vision du monde. Comme toujours, ce n'est pas l'art qui me rend ici songeur. Il est étrange certes (qui le nierait ?) que ces chiens soient capables de planer dans les airs ; ma stupéfaction est à cet égard celle de la race canine, mais bien plus étrange est, à mon sens, l'absurdité, la muette absurdité d'existences de cette sorte ! En général on ne tente aucune explication ; ils planent dans l'air, et on en reste là ; la vie poursuit son cours ; çà et là on parle d'art et d'artistes... et c'est tout ! Mais pourquoi, ô Société Canine, pourquoi au nom du Ciel ces chiens flottent-ils ? Quel est donc le sens de cette profession ? Pourquoi ne peut-on obtenir d'eux un mot d'explication ? Pourquoi planent-ils là-haut, laissant s'atrophier leurs pattes, l'orgueil de notre race ? Pourquoi sont-ils séparés de la terre nourricière ? Pourquoi récoltent-ils sans semer, et sont-ils même, à ce qu'on dit, particulièrement bien nourris aux frais de la société canine ? Je peux me flatter d'avoir par mes questions au moins agité ces problèmes. On tente des explications, on commence à élaborer, à gauchement élaborer une sorte de justification, on commence... et sans doute n'ira-t-on pas au-delà de ce commencement. Mais c'est quand même quelque chose. Faut-il dire qu'on n'atteint jamais la vérité ? Jamais on n'y arrivera, mais on décèle ainsi l'obscure confusion du mensonge. Tous les phénomènes absurdes de notre vie, les plus absurdes notamment, s'expliquent en effet... pas tout à fait bien sûr ; c'est là le hic diabolique, mais qui souvent suffit à permettre qu'on se défende des questions gênantes ! Reprenons l'exemple des chiens volants. Ils n'ont pas la moindre morgue, comme on pourrait le croire de prime abord, ils ont bien trop besoin de leur prochain ! On le comprend à se mettre à leur place. Ils doivent en effet, encore que non ouvertement, ce qui serait rompre le vœu de silence, chercher à se faire pardonner de quelque autre façon leur genre de vie, ou du moins en détourner notre attention et le faire oublier ; c'est à quoi vise, me dit-on, leur insupportable bavardage. Ils ont toujours à faire part des méditations auxquelles, puisqu'ils ont complètement renoncé à tout effort physique, ils peuvent constamment se livrer, ou des constatations qu'ils font de leur observatoire aérien ; et, bien qu'ils ne se distinguent guère par une particulière vigueur d'esprit, ce qui va sans dire, étant donné l'ignominie de leur vie — bien que leur philosophie soit aussi insignifiante que leurs observations et que la science qui d'ailleurs n'est nullement réduite à d'aussi pitoyables expédients n'en ait à peu près que faire — en dépit de tout cela on répondra toujours aux questions sur leur raison d'être, qu'ils contribuent grandement au progrès de la Science. « Bien ! », répondrez-vous, « mais leur contribution est sans valeur et complètement superflue ! » À quoi l'on ne vous répond que par des haussements d'épaules et l'on fait diversion, on se fâche ou on rit. Que si au bout d'un instant, on requestionne, on réapprend qu'ils contribuent à l'avancement des sciences et finalement, si à quelque temps de là vous renouvelez la question, on répond, à moins d'être très maître de soi..., par la même réponse ! Et peut-être vaut-il mieux ne pas s'obstiner davantage et accepter non point (ce qui serait impossible) que les chiens volants aient une raison d'être, mais — puisqu'ils sont un fait — qu'il faut les tolérer. En exiger davantage serait trop demander. Néanmoins on exige ! Et l'on exige encore que vous tolériez les nouveaux chiens volants qui surgissent continuellement, venant on ne sait d'où. Se propagent-ils par reproduction ? Mais en ont-ils seulement la force ? Ils ne sont guère qu'une belle fourrure ; comment se reproduirait-elle ? L'invraisemblable adviendrait-il, à quel moment se passerait-ce ? On les voit toujours seuls, là-haut dans les airs et se suffisant à eux-mêmes. Condescendent-ils, par hasard, à courir, ils ne le font qu'un court instant. Quelques pas affectés, et les revoilà dans une solitude sévère, plongés dans de prétendues pensées, auxquelles ils ne peuvent (du moins l'affirment-ils) parvenir à s'arracher, même au prix des plus grands efforts. S'ils ne se reproduisent pas, on serait conduit à penser que des chiens, renonçant librement à cette vie terre à terre pour devenir des chiens volants, ont pu choisir, par amour du confort et d'un certain raffinement, cette morne vie là-haut sur des coussins ? C'est inimaginable, ni la reproduction, ni le recrutement volontaire ne se peuvent imaginer. Et pourtant la réalité prouve qu'il y a toujours de nouveaux chiens volants. Il faut en conclure que, malgré les obstacles qui semblent insurmontables à notre imagination, une race de chiens si étrange soit-elle, dès lors qu'elle existe, ne peut s'éteindre facilement — qu'au moins quelque chose dans chaque race résiste avec succès.

Or s'il en est ainsi d'une race aussi anormale et absurde, d'un extérieur si parfaitement étrange et aussi inapte à la vie que celle des chiens volants, n'en pourrait-il être de même à l'égard de ma propre espèce ? Au surplus, mon extérieur n'a rien d'étrange, j'appartiens à l'habituelle classe moyenne, très répandue au moins ici, dans la région ; rien ne me distingue particulièrement, rien d'éminent, rien de méprisable ; dans ma jeunesse, et même en partie dans mon âge mûr, tant que je ne me négligeais pas et que je faisais encore un peu d'exercice, j'étais même un très joli chien ; vu de face surtout, avec mes pattes élancées, mon beau port de tête, je suscitais l'admiration ; mon pelage gris, tirant sur le fauve clair et ne frisant qu'à la pointe du poil, était aussi des plus appréciés. Rien d'étrange en tout cela, seul l'est mon caractère ; mais lui aussi s'explique (ne l'oublions jamais !) par le caractère général des chiens. Si même le chien volant ne reste pas seul de sa race, s'il s'en trouve constamment çà et là dans le vaste monde des chiens et s'il en renaît toujours du néant, je peux, moi aussi, vivre dans la certitude de n'être point damné. Certes, le destin de mes « semblables » (faut-il les nommer de ce nom ?) doit être bien singulier ; leur existence ne saurait m'être jamais d'aucun secours, ne serait-ce que par l'impossibilité à peu près complète où je suis de les reconnaître. Nous sommes ceux que le silence étouffe — qui, véritablement assoiffés d'air (Lufthunger), ne songent qu'à le rompre. Les autres semblent à l'aise dans le silence, mais ce n'est là qu'une semblance. Tels les chiens musiciens qui paraissaient donner leur concert dans le calme alors qu'ils étaient, au vrai, au maximum de la surexcitation ! Mais cette apparence est puissante : que l'on cherche à la démasquer, elle se rit de tous nos efforts ! Or comment mes semblables s'en tirent-ils ? Que tentent-ils pour vivre quand même ? Ils peuvent recourir à différentes méthodes. Ayant moi-même, en mon jeune temps, essayé celle des questions, peut-être pourrais-je ainsi me borner à l'imitation de ceux qui questionnent beaucoup. Ce seraient donc mes semblables ? C'est bien ce que j'ai fait quelque temps, au prix de grands efforts sur moi-même, au prix des plus grands efforts, car m'intéressent surtout ceux qui doivent répondre ; ceux au contraire qui me lancent à tort et à travers des questions auxquelles la plupart du temps je ne puis pas répondre, ceux-là me sont odieux ! Et puis qui n'aime à questionner dans sa jeunesse ? Comment dans cette multitude distinguer ce qui est véritablement question ? Une question ressemble à l'autre ; l'intention seule importe, mais elle reste cachée, souvent même à celui qui questionne. Et d'ailleurs questionner est bien une particularité de la société canine ; tous questionnent pêle-mêle, comme s'ils voulaient ainsi effacer jusqu'à la trace des vraies questions ! Non, ce n'est point parmi les questionneurs de la jeune génération que je trouverai mes semblables, ni non plus parmi les vieux qui se taisent et dont je suis maintenant moi-même. Mais à quoi donc visent ces questions ? À force de questionner j'ai justement échoué. Mes camarades ont sans doute plus de sagesse et, pour supporter cette vie, mettent en œuvre des moyens qui (j'en sais quelque chose !) peuvent tout juste servir comme remèdes de fortune, les calmer, les endormir, les transformer dans leur race, mais, après cela, les laissant la plupart du temps aussi impuissants que les miens : malgré toute mon impatience, aucun résultat n'est visible. Je crains, hélas ! de reconnaître mes semblables à tout autre signe qu'à celui du succès ! Mais où donc sont-ils, mes semblables (Artgenossen) ? Ah ! voilà bien, la voilà l'éternelle plainte ! Où sont-ils ? Partout et nulle part. Peut-être mon voisin en est-il, à trois bonds de chez moi ? Nous nous interpellons souvent ; il vient aussi me voir, mais je ne vais jamais chez lui. Est-il, lui, mon semblable ? Qui le sait ? À vrai dire, il n'y en a nul indice, mais c'est toujours possible. Possible sans doute ! Mais rien, pourtant, rien n'est plus invraisemblable. Loin de lui, je peux m'amuser à lui découvrir, à force d'imagination, plus d'un trait qui m'est familier, mais nous retrouvons-nous face à face, toutes mes idées m'apparaissent grotesques ! Un vieux chien, plus petit que moi (qui ne dépasse guère la moyenne), brun, à poil court, laissant pendre la tête avec lassitude, la démarche traînante et qui, de plus, par suite de maladie, boite légèrement de sa patte arrière de gauche. Depuis longtemps je n'ai fréquenté personne aussi intimement — heureux de pouvoir encore le souffrir à peu près. Quand il s'en va, je lui crie les mots les plus aimables, non par affection, certes ! mais par colère contre moi-même, car le voyant ainsi de dos, je trouve toujours des plus odieuses sa façon de s'éloigner, la patte traînante, rasant le sol de son arrière-train ! C'est, me semble-t-il parfois, pour me railler moi-même, que je l'appelle en pensée mon camarade. Nos entretiens ne révèlent rien qui nous soit commun. Sans doute est-il intelligent et même, pour notre milieu, assez cultivé. Je pourrais beaucoup apprendre de lui, mais est-ce le savoir et la culture que je recherche ? Notre conversation roule d'ordinaire sur des questions locales et je m'étonne, moi, dont la solitude a aiguisé la lucidité, de la somme d'esprit qu'il faut à un chien moyen, même dans des conditions normales et moyennement favorables, pour gagner sa vie et se garder des plus gros périls de l'existence courante. La science en indique bien les règles, mais les comprendre, ne serait-ce que de loin et en gros, n'est point facile et les a-t-on comprises, apparaît la vraie difficulté, celle de les appliquer aux conditions locales. Ici, personne pour vous aider ! Chaque heure crée de nouvelles tâches, et chaque nouveau bout de terre a les siennes propres. D'être installé quelque part pour toujours et d'y voir désormais sa vie s'écouler comme d'elle-même, personne ne saurait s'en flatter, pas même moi dont les besoins diminuent pourtant de jour en jour. Et cet immense effort, à quoi sert-il ? À s'enfoncer toujours plus profondément dans le silence sans espoir d'en jamais sortir.

On célèbre souvent le progrès général de la société canine à travers les âges, et par là on semble surtout penser aux progrès de la Science. Certes, la science progresse sans arrêt, elle progresse même avec une rapidité de plus en plus grande, mais qu'y a-t-il là de glorieux ? C'est comme si on voulait glorifier quelqu'un de vieillir en prenant de l'âge et de s'approcher ainsi de plus en plus vite de la mort. Ce n'est là qu'un phénomène naturel, et même douloureux, et je n'y trouve rien de glorieux. Je ne vois que décadence, mais je ne veux pas dire que les générations antérieures furent meilleures. Elles n'étaient que plus jeunes, voilà leur avantage ! Leur mémoire n'était pas surchargée comme la nôtre ; il était plus aisé encore de les faire parler, et, bien que personne n'y réussît, c'eût été plus aisément possible. C'est justement cette plus grande somme de possibilités qui nous émeut tant, lorsque nous écoutons les naïves histoires d'autrefois. Ça et là nous entendons un mot plein d'allusions et nous bondirions, si nous ne sentions le poids des siècles peser sur nous ! Non, quoi que j'aie à reprocher à mon époque, les générations antérieures n'étaient pas meilleures que les nouvelles, et même, en un certain sens, elles étaient plus corrompues et plus faibles encore. Les miracles, il est vrai, ne couraient point alors les rues à la portée du premier venu, mais les chiens n'étaient pas encore (je ne puis m'exprimer autrement) aussi chiens qu'à présent ; la structure de la société canine était encore souple ; la parole vraie aurait pu intervenir encore, déterminer cette structure, la transformer, la changer à volonté et faire d'elle son contraire..., et cette parole était là, était au moins toute proche, chacun l'avait sur le bout de la langue, chacun pouvait en avoir la révélation — mais où s'est-elle aujourd'hui égarée ? La poursuivrait-on jusqu'au fond de la gorge ce serait en vain ! Notre génération est sans doute perdue et corrompue, mais elle est moins coupable que celle d'alors. L'hésitation de ma génération, je puis la comprendre ; ce n'est même plus une hésitation, c'est l'oubli d'un rêve fait il y a des milliers de nuits et mille fois oublié : Qui nous en voudrait justement de ce millième oubli ?

Mais l'hésitation de nos aïeux, je crois la comprendre aussi ; à leur place nous aurions sans doute agi de même ; je dirais presque : heureux sommes-nous de n'avoir pas eu à nous charger de la faute ! Heureux sommes-nous de pouvoir en un monde assombri par d'autres voler au-devant de la mort dans un silence presque innocent ! Lorsque nos aïeux s'égarèrent, à peine pensèrent-ils à une erreur irrémédiable : pour ainsi dire, ils voyaient encore la croisée des chemins ; s'en retourner était toujours facile, et s'ils hésitèrent à revenir sur leurs pas, ce ne fut que pour jouir un peu plus de leur vie canine. Ce n'était pas encore au fond une vraie vie canine, mais si elle leur paraissait déjà si enivrante, que serait-ce un peu plus tard ? Et c'est ainsi qu'ils allèrent s'égarant de plus en plus. Ils ne savaient pas que l'âme — comme nous le pressentons à considérer l'histoire — change plus tôt que la vie et que, quand ils commencèrent à jouir de leur vie canine, ils avaient une âme de vieux chien, et qu'ils n'étaient plus du tout aussi près de leur point de départ qu'ils le croyaient ou que le leur laissaient croire leurs yeux jouissant de tous les délices canins... Qui peut encore aujourd'hui parler de jeunesse ? Ils étaient par définition les jeunes chiens, malheureusement leur seule ambition était hélas ! d'être de vieux chiens. Ils n'y devaient que trop bien réussir, comme en témoignent toutes les générations postérieures, et notamment la nôtre, la dernière.

De tout cela, naturellement, je ne parle pas avec mon voisin ; mais la pensée ne m'en quitte guère quand je suis assis en face de ce vieux chien typique, ou que j'enfonce mon museau dans son poil qui a déjà comme une odeur de pelisse. De tout cela il serait absurde de parler avec lui, ainsi d'ailleurs qu'avec quiconque. Je sais trop la tournure que prendrait la conversation. Il aurait çà et là quelques petites objections. En fin de compte il approuverait — l'approbation est la meilleure des armes ! — et la question serait enterrée. Pourquoi donc alors la tirer de sa tombe ? Et malgré tout il y a peut-être avec mon voisin une entente plus profonde et qui dépasse les simples mots. Il me faut l'affirmer sans trêve, même n'en ayant nulle preuve et quand même je pourrais être la victime d'une simple illusion. Ce chien est en effet le seul que je fréquente depuis longtemps et c'est à lui que j'en suis réduit.

« Serais-tu, malgré tout, mon camarade à ta façon ? Et aurais-tu honte d'avoir partout échoué ? Vois, mon sort a été le même. Si je suis seul, j'en hurle. Viens ! À deux c'est moins dur ! » Voilà ce que je pense souvent en le regardant fixement. Il soutient mon regard, mais dans le sien je ne puis rien lire non plus. Ses yeux restent vides et indifférents ; il s'étonne du silence qui interrompt la conversation. Mais peut-être ce regard vide est-il justement sa façon à lui de m'interroger ? Peut-être le déçois-je comme lui-même me déçoit ? Dans ma jeunesse, si d'autres questions ne m'avaient paru plus importantes et que je ne me fusse amplement suffi à moi-même, peut-être l'aurais-je questionné à haute voix ? Peut-être aurais-je reçu un faible assentiment ? Moins qu'aujourd'hui au demeurant, puisqu'il se tait ! Mais tous n'observent-ils pas le même silence ? Pourquoi dès lors ne pas les considérer tous comme mes camarades ? Au lieu d'un collaborateur oublié quelque part, lui et ses maigres résultats, et qu'à travers l'obscurité des temps ou le tumulte de nos jours je ne puis arriver à joindre, peut-être ai-je dans tous les domaines où se porte mon intérêt des camarades, qui tous peinent à leur façon, tous vainement à leur façon, tous en silence ou papotant d'un air entendu comme il est de règle dans ces recherches sans espoir ? Mais alors point n'était besoin de m'isoler ; je pouvais parfaitement rester parmi les autres. Je n'avais pas besoin de me glisser dehors en bousculant, comme un enfant mal élevé, les grandes personnes qui comme moi voulaient sortir et chez lesquelles me déconcerte uniquement ce bon sens qui leur dit que personne ne peut gagner la sortie et que toute bousculade est folie !

De telles pensées trahissent nettement l'influence de mon voisin ; il m'égare et me plonge dans la mélancolie, alors qu'il est lui-même assez gai ; je l'entends du moins, quand il est chez lui, crier et chanter au point de me déranger. Peut-être ferais-je bien de consacrer uniquement à mes recherches le peu de temps qu'il me reste à vivre ? À sa prochaine visite je me cacherai, je ferai semblant de dormir, et poursuivrai ainsi jusqu'à ce qu'il renonce à me rendre visite.

Le bon ordre ne règne plus dans mes recherches, je fléchis, je suis las ; mon magnifique élan de jadis n'est plus qu'un petit trot d'automate. Je me rappelle le temps où je me suis mis à examiner la question : « Où la terre prend-elle notre nourriture ? » Il est vrai qu'alors je vivais au milieu de mon peuple. Là où la foule était la plus dense, c'est là que je me pressais ; je voulais prendre tout le monde à témoin de mes travaux, témoignage plus important à mes yeux que mes travaux eux-mêmes ! Comme j'attendais encore de mes recherches quelque résultat d'intérêt général, de partout me venaient naturellement des encouragements enthousiastes, dont le temps est aujourd'hui révolu pour le solitaire que je suis devenu. J'étais alors assez fort pour me lancer dans une entreprise inouïe qui irait à l'encontre de tous nos principes ; les témoins de jadis doivent en avoir conservé un souvenir insolite. Je venais de m'apercevoir que la science, qui tend en général à une spécialisation illimitée, avait opéré en un point une étrange simplification. Selon ces enseignements, c'est avant tout la terre qui produit notre nourriture, et, cette hypothèse établie, la science nous indique par quelles méthodes nous pouvons obtenir les différents aliments aussi facilement et aussi abondamment que possible. Or, s'il est incontestable que la terre produit notre nourriture, cela n'est point aussi simple qu'on l'imagine habituellement et ne rend point inutiles d'ultérieures et nouvelles recherches. Considérons seulement les phénomènes les plus simples qui se répètent journellement. Si nous nous abstenions de toute activité, comme ce sera bientôt mon cas, et qu'après une préparation superficielle du sol, nous nous couchions à terre dans l'attente des événements, nous trouverions en effet, à supposer qu'il se produise quelque chose, la nourriture sur le sol. Mais voilà justement ce qui n'est pas la règle. Qui n'a conservé qu'un tant soit peu d'impartialité vis-à-vis de la science — il en est bien peu, à vrai dire, car ses remous sont de plus en plus violents — reconnaîtra aisément, même s'il ne se propose pas d'observations particulières, que la majeure partie de la nourriture qui se trouve alors sur le sol provient d'en haut puisque d'ailleurs, selon notre habileté et notre avidité, nous en attrapons la majeure partie au vol, avant même qu'elle touche terre. Je ne veux par là rien dire contre la science : la terre produit bien, en effet, cette nourriture de façon naturelle. Qu'elle tire l'une d'elle-même et attire l'autre d'en haut, cela ne fait sans doute pas une bien grande différence ; la science, après avoir établi que dans les deux cas la préparation du sol est indispensable, doit négliger ces « distinguos »-là ! On dit bien en effet : « La nourriture dans la gueule, et voilà, pour cette fois, résolues toutes les questions ! » Mais il me semble que la science, encore que d'une façon voilée, aborde, du moins partiellement, ces questions en distinguant aussi deux méthodes essentielles de se procurer la nourriture, à savoir la préparation du sol proprement dite et le travail complémentaire de fignolage : formules magiques, danses et incantations. Je vois là comme une justification des deux opérations à distinguer dans la procure des aliments. Selon moi, la préparation du sol vise à l'obtention de deux sortes de nourriture et reste toujours indispensable, tandis que formules magiques, danses et incantations concernent moins la nourriture d'origine terrestre proprement dite qu'elles ne servent à attirer la nourriture d'en haut. La Tradition me confirme dans cette opinion. Ici le peuple semble, à son insu, et sans opposition de la science, redresser cette dernière. Si, selon les avis de la science, ces pratiques ne concernent que le sol : pour lui donner, par exemple, la force d'attirer la nourriture d'en haut, elles devraient logiquement ne s'accomplir que sur le sol ; c'est au sol uniquement que devraient s'adresser tous les marmottements, tous les bonds et toutes les danses. La science, à ma connaissance, n'exige d'ailleurs rien d'autre, mais voici l'étonnant : le peuple avec toutes ses pratiques s'adresse au ciel ***. Ce n'est point là une infraction à la science ; elle ne le défend point et laisse ici toute liberté au cultivateur ; ses enseignements ont trait uniquement au sol et, si l'agriculteur se conforme à ses directives, elle en est satisfaite ; mais, à mon avis, elle devrait, pour être logique, exiger autre chose encore. Et moi qui n'ai jamais été initié de plus près à la science, je ne puis comprendre que les savants tolèrent que notre peuple, passionné comme il l'est, crie au ciel les formules magiques, clame aux airs nos antiques chants populaires et exécute des danses salvatrices, comme s'il voulait, oubliant le sol, s'envoler pour toujours. Je partis de ces contradictions et me bornai exclusivement au sol : Toutes les fois qu'en vertu des enseignements de la science approchait le temps de la récolte, je le grattais en dansant ; je me tordais le cou, uniquement pour en être aussi près que possible. J'y creusais ensuite un trou pour m'y enfouir le museau et je chantais et déclamais, sûr de n'être entendu que de lui, et de personne d'autre à côté ou au-dessus de moi ****.

Le résultat de mes recherches était maigre. Souvent la nourriture restait absente, et j'allais déjà à grands cris célébrer ma découverte, quand... revenait la nourriture ! Il semblait qu'on reconnût, passé le premier moment de perplexité, l'avantage de mon étrange conduite et qu'on me fît grâce volontiers de mes cris et de mes bonds. Souvent la nourriture venait même plus abondante qu'auparavant... pour manquer d'ailleurs la fois suivante ! Avec un zèle sans exemple chez les jeunes chiens je dressais des états de toutes mes expériences. Ça et là, je croyais découvrir une piste susceptible de me conduire plus loin, mais elle ne tardait pas à se perdre. Il est indiscutable que l'insuffisance de ma culture scientifique contrariait aussi mes projets. Quelle garantie avais-je, par exemple, que l'absence de nourriture ne résultât pas de mon expérience, mais d'une préparation insuffisamment scientifique du sol ? Et dans ce cas toutes mes conclusions s'effondraient. Entourée de certaines conditions, mon expérience aurait pu être entièrement concluante : par exemple, sans la moindre préparation du sol j'aurais fait descendre la nourriture par une cérémonie adressée uniquement au ciel, et l'aurais d'autre part empêchée de venir en adressant la cérémonie uniquement au sol. Je tentai aussi ces expériences, mais sans conviction profonde et dans d'imparfaites conditions, car mon opinion inébranlable est qu'on ne saurait jamais se dispenser d'une certaine préparation du sol ; même si les hérétiques, qui ne le pensent pas, avaient raison, rien ne serait démontré puisque l'arrosage du sol résulte d'un besoin impérieux et reste inévitable dans une certaine mesure. Une autre expérience, quoique un peu singulière, fut plus concluante et fit quelque bruit. Partant de l'habitude d'attraper la nourriture au vol, je décidai de ne plus l'intercepter au cours de sa chute. À cet effet, je faisais, lorsqu'elle arrivait, un petit saut à sa rencontre, mais toujours assez adroitement pour ne la point atteindre ; elle tombait le plus souvent à terre avec une morne indifférence, et je me jetais rageusement sur elle, dans la rage de la faim et aussi de la déception.

Il arriva pourtant, très rarement, quelque chose de différent, quelque chose de vraiment miraculeux : la nourriture poursuivait l'affamé — pas pour longtemps, sur une petite distance seulement, — puis elle tombait ou disparaissait, ou plus fréquemment encore mon avidité mettait une fin prématurée à l'expérience... dont je dévorais l'objet. J'étais quand même heureux ; des chuchotements s'entendaient dans mon entourage ; on s'inquiétait, on s'agitait ; je trouvais mes amis plus accessibles à mes questions ; dans les yeux, je voyais briller comme un appel à l'aide ; même si ce n'était qu'un reflet de mon propre regard ! Je ne désirais rien de plus, j'étais content... Jusqu'au moment où j'appris par la suite, et les autres l'apprirent avec moi, que la même expérience, mais mieux réussie, était depuis longtemps décrite dans les annales de la science ! La maîtrise de soi qu'elle exigeait avait depuis longtemps interdit de la répéter, ce à quoi il n'y avait d'ailleurs aucune raison, car du point de vue scientifique, elle serait sans intérêt, n'étant que la preuve d'un fait déjà connu, à savoir que le sol n'attirait pas seulement la nourriture en ligne droite, mais aussi en diagonale, et même en spirale ! Me voilà bien attrapé ! Mais j'étais trop jeune pour me décourager. Loin de là, car ce fut l'aiguillon du grand œuvre de ma vie. Je ne croyais pas mon expérience dépréciée par la science, mais ici la croyance n'est d'aucun secours, seule importe la preuve ! Et j'entendais l'administrer pour mettre en pleine lumière, au cœur même de l'actualité scientifique, cette singulière expérience. Je voulais prouver que, quand je m'éloignais de la nourriture, ce n'était pas le sol qui l'attirait en diagonale, mais moi qui l'attirais à ma suite. Je ne pouvais d'ailleurs pas pousser plus loin cette expérience : Voir la nourriture devant soi tout en faisant une expérience scientifique, on n'y peut tenir à la longue ! Seulement je voulais autre chose ; je voulais jeûner rigoureusement, jusqu'à la limite de mes forces, mais tout au long de ce jeûne éviter la vue de la moindre nourriture, la moindre tentation. Si je me retirais et restais les yeux clos, nuit et jour, en m'interdisant de ramasser ou de saisir au vol la plus infime miette, si, comme je n'osais l'affirmer — tout au plus l'espérer — la nourriture descendait spontanément à l'arrosage irrationnel et inévitable du sol et à la récitation silencieuse des formules magiques — j'omettais la danse de peur de m'affaiblir — et si, sans se soucier du sol, la nourriture venant elle-même d'en haut frappait à mes dents pour qu'on lui ouvrît..., si tout cela se produisait, la science, dont la souplesse laisse place à des exceptions de détail, ne serait certes pas en faillite. Mais que dirait le peuple qui lui heureusement n'a pas autant de souplesse ? Car ce ne serait pas là un de ces cas exceptionnels, comme il s'en trouve dans l'histoire, où l'on voit, par exemple, quelqu'un se refuser (soit maladie, soit mélancolie) à faire les préparatifs préalables à l'obtention de la nourriture, la rechercher et s'en saisir. La société canine unit alors ses prières, pour que la nourriture abandonnant son chemin habituel aille tomber tout droit dans la gueule de ce malade. Moi, au contraire, j'étais en pleine force et en pleine santé, mon appétit si magnifique que des jours durant je ne pouvais penser qu'à le satisfaire ! Je me soumettais volontairement au jeûne, croyez-m'en ou ne m'en croyez pas ! J'étais moi-même en état de faire descendre la nourriture et je voulais le faire, mais je n'avais non plus aucun besoin du secours de la société canine que je refusais de la façon la plus formelle.

Je cherchai donc un endroit propice dans un buisson écarté où je n'entendrais ni parler nourriture, ni sucer, ni briser des os ; je mangeai encore une fois tout mon saoul avant d'y aller m'étendre. Je voulais si possible passer tout ce temps les yeux clos ; tant que la nourriture ne viendrait pas, ce serait pour moi la nuit noire, la nuit sans trêve, dût-elle durer des jours et des semaines ! Mais je ne devais guère ou point dormir. Grosse complication, car je ne devais pas seulement conjurer la nourriture de descendre, mais garder en même temps assez de lucidité pour ne pas dormir au moment où elle arriverait ! D'autre part, le sommeil était le très bienvenu, car dormant je pourrais jeûner bien plus longtemps que ne dormant pas. Je décidai donc de diviser soigneusement mon temps et de dormir beaucoup, mais jamais qu'un laps de temps très court. J'imaginai l'expédient de dormir la tête appuyée sur une faible branche qui, en pliant rapidement, me réveillerait tout de suite. Ainsi couché, je dormais ou non, rêvais ou chantonnais silencieusement. Les premiers temps passèrent sans apporter de résultat ; on n'avait peut-être pas encore remarqué, là d'où vient la nourriture, que je m'insurgeais ici contre le cours normal des choses. Tout restait silencieux. La crainte me troublait un peu qu'alertés par mon absence, les chiens ne me découvrissent et ne tentassent quelque chose contre moi. Un autre sujet de crainte était qu'au simple arrosage le sol ne donnât, bien qu'il fût scientifiquement stérile, ce qu'on appelle la nourriture accidentelle dont l'odeur me tenterait. Rien de semblable n'advint cependant et je pus continuer mon jeûne. Mis à part ces appréhensions, je fus tout d'abord d'un calme que je n'avais jamais constaté. Bien que travaillant au fond à abolir la science, je me sentais plein de bien-être et comme envahi de la sérénité proverbiale du savant. Dans mes rêveries j'obtenais le pardon de la science ; il y avait place en elle pour mes recherches ; l'espoir consolant chantait à mes oreilles de n'être point — si fructueuses que pussent se révéler mes recherches et dans ce cas surtout ! — perdu pour la vie canine ; la science était bien disposée à mon égard ; elle entreprenait, elle-même, d'interpréter mes résultats, et cette promesse était déjà son accomplissement. Je serais accueilli avec tous les honneurs, moi qui, en mon for intérieur, m'étais toujours senti un hors-la-loi, une sorte de sauvage assaillant les murs de la cité, — je baignerais dans la chaleur convoitée de tous les chiens réunis autour de moi et, porté en triomphe, je me balancerais sur les épaules de mon peuple... Curieux effets de la première faim ! Mon œuvre me paraissait si grandiose que, m'attendrissant et m'apitoyant sur moi-même, je me mis à pleurer au creux du paisible buisson ; larmes stupides d'ailleurs, car si j'attendais la récompense méritée, pourquoi pleurer ? Sans doute de bien-être ! J'ai toujours pleuré aux instants d'euphorie, instants rares, hélas ! Mais celui-ci s'évanouit sans tarder. Les belles images se dissipèrent à mesure que la faim s'aggravait ; j'eus tôt fait de prendre congé de toutes ces fantaisies et de cette émotion, et me retrouvai seul, absolument seul avec la faim me brûlant aux entrailles. « C'est la faim », me ressassais-je à satiété, comme pour me convaincre que la faim et moi nous étions toujours deux et que je pourrais m'en débarrasser comme d'un galant importun ; mais en fait, nous ne faisions qu'un, très douloureusement ; et si je me disais : « C'est la faim ! » c'était au fond la faim qui parlait et me moquait. Mauvais, bien mauvais moment ! Rien qu'à l'évoquer, je frissonne, moins à la pensée des souffrances qu'au sentiment de mon échec d'alors, puisque, pour atteindre à quoi que ce soit, il me faudra une fois encore passer par la même épreuve. Encore aujourd'hui, en effet, je tiens le jeûne pour le suprême et le plus efficace moyen de mes recherches. Il faut passer par le jeûne ; le but suprême, s'il est accessible, ne l'est qu'à l'effort suprême, et cet effort suprême, c'est bien pour nous le jeûne volontaire ! Si je remâche ainsi les souvenirs de cette époque (il ne m'est pas de plus grand plaisir !), c'est pour mieux réaliser la menace des temps qui viennent. On devrait, semble-t-il, laisser passer toute une vie avant de se rétablir d'une pareille tentative : toutes les années de mon âge mûr me séparent de ce temps de jeûne sans que j'aie pu me rétablir encore. Peut-être aurai-je, quand je recommencerai bientôt à jeûner, plus de décision que jadis, peut-être me trouverai-je plus fort de plus d'expérience et d'une vision plus nette de sa nécessité ? Mais depuis lors mes forces ont baissé, la seule perspective des souffrances déjà subies suffira à m'affaiblir.

L'amoindrissement de mon appétit ne me sera d'aucun secours, il ne fera que dévaluer d'autant mon expérience et m'obligera probablement à jeûner plus longtemps que jadis il ne l'aurait fallu. Je crois bien connaître toutes ces prémisses et d'autres encore ; dans ce long intervalle j'ai fait assez de tentatives préparatoires, je n'ai souvent pu me retenir d'aller à nouveau goûter au jeûne sans y être préparé, et la naïve ardeur de la jeunesse a naturellement disparu pour toujours. En ce temps déjà elle baissait en cours de jeûne. Toutes sortes de pensées me torturaient. Nos aïeux m'apparaissaient, menaçants. Je leur impute, sans, il est vrai, oser le dire ouvertement, toutes les responsabilités ; ils sont responsables de notre vie de chien. Ainsi il m'était facile de répondre à leurs menaces par d'autres. Mais je m'incline devant leur savoir ; il découlait de sources que nous ignorons aujourd'hui ! Si tenté donc que je sois de les combattre, je n'irais pas jusqu'à enfreindre ouvertement leurs lois ; tout au plus me contenterais-je d'utiliser, pour m'en évader, les lacunes qu'elles contiennent et que je dépiste avec un flair particulier. Pour ce qui est du jeûne, je m'en réfère au célèbre colloque au cours duquel un de nos sages exprima son intention de l'interdire, ce dont le détourna la seule question d'un autre sage : « Qui voudra jamais jeûner ? » Et le premier se laissa convaincre sans insister sur l'interdit. Ainsi la question se pose à nouveau : « Le jeûne, au fond, n'est-il pas interdit ? » La grande majorité des commentateurs répond par la négative ; elle tient le jeûne pour licite, prend le parti du second sage et n'a pas ainsi à craindre les conséquences fâcheuses d'une erreur d'interprétation. Je m'en étais bien assuré avant d'entreprendre mon jeûne. Mais, quand je me tordais dans les affres de la faim et que, l'esprit déjà quelque peu égaré, je cherchais constamment le salut dans mes pattes de derrière, les léchant, les mordant et les suçant désespérément de bas en haut jusqu'à l'anus, l'interprétation habituelle de ce colloque me parut foncièrement erronée, je maudis toute cette science de commentaires, je me maudis moi-même de m'être laissé égarer. Un enfant lui-même découvrirait en effet dans ce colloque plus d'une interdiction de jeûner : le premier sage voulait interdire le jeûne ; la volonté d'un sage étant déjà loi, le jeûne dès lors se trouvait interdit ; le second sage, non content de se ranger à cet avis, allait jusqu'à juger le jeûne impossible. Sur la première interdiction, il en fit ainsi peser une seconde, l'interdiction de la nature canine elle-même. C'est en raison de tout cela que le premier sage ne voulait pas prononcer le formel interdit, c'est-à-dire que — tout bien pesé — il ordonnait aux chiens de se montrer raisonnables et de s'interdire à eux-mêmes le jeûne. Donc une triple interdiction au lieu de l'unique habituelle. Et moi qui l'avais enfreinte ! J'aurais pu, il est vrai, obéir, du moins tardivement, et interrompre mon jeûne, mais au fort de mes souffrances, j'éprouvais comme la tentation de persévérer dans le jeûne ! J'y succombai avec la même avidité qu'on met à suivre un chien inconnu. Je ne pouvais interrompre mon jeûne peut-être étais-je d'ailleurs trop faible pour me lever et me réfugier en pays habité ? Je me roulais sur la bruyère ; dormir n'était plus possible ; partout des bruits me poursuivaient et mon jeûne semblait réveiller le monde endormi durant ma vie passée ; j'étais hanté par la crainte de ne pouvoir à jamais plus manger. Comment, en effet, ramener au silence d'autre façon le monde qui s'abandonnait au vacarme ? Je n'en serais jamais capable ! C'est dans mon ventre, au reste, que j'entendais le plus de bruit ; j'y portais souvent l'oreille et je dois avoir roulé des yeux effarés, car j'en pouvais à peine croire mes oreilles ; et, comme le bruit devenait à présent trop terrible, le vertige parut s'emparer de mon être qui, pour se sauver, avait instinctivement recours à des efforts désordonnés : je commençais à percevoir un fumet d'aliments, d'aliments exquis et depuis longtemps inconnus ! Délices de mon enfance ! Oui, c'était bien l'odeur de la tétine maternelle. J'oubliai ma décision de résister à toute olfaction, ou plutôt ne l'oubliai pas ! Plein de décision, comme si cette décision eût fait partie de mon plan d'ensemble, je me traînai de tous côtés, jamais plus que de quelques pas, et alors de renifler, comme si je ne désirais les aliments que pour me garder d'eux ! Ne rien trouver ne me décevrait pas, les aliments étaient là ; ils étaient seulement de quelques pas trop éloignés ; à mi-chemin mes pattes fléchissaient... ; tout en sachant du reste qu'il n'y avait rien à faire et que seule la crainte de m'affaisser définitivement, en un point que je ne quitterais plus, inspirait ces petits mouvements. Les derniers espoirs disparurent et les dernières tentations ; c'est donc ici que je mourrai d'une mort misérable ! À quoi bon mes recherches, puériles tentatives d'une époque puérilement heureuse ! Ici et maintenant la situation était sérieuse, ici mes recherches auraient pu aboutir, mais où étaient-elles, mes recherches ? Ici, il n'y avait qu'un chien désemparé happant dans le vide une nourriture absente, un pauvre chien qui, dans ses convulsions ne cessait d'arroser le sol inconsciemment, un pauvre chien dont la mémoire perdue, dans le fatras des formules magiques, n'en pouvait retrouver une seule. Non, pas même la petite rime que savent tous les nouveau-nés pour se blottir sous le ventre des mères ! Il ne semblait pas être à quelques bonds seulement de ses frères, mais à une distance infinie ; il semblait même mourir de délaissement plutôt que de faim. Personne, ce n'était que trop évident, personne ne se souciait de moi, personne, ni sous terre, ni sur terre, ni là-haut ; je mourais de cette indifférence ; cette indifférence disait : il meurt ! Et c'est ainsi qu'il en serait. N'était-ce pas aussi mon avis personnel ? N'en disais-je pas tout autant ? Ne l'avais-je pas voulu, cet abandon ? Certes, ô chiens, mais non pas pour finir ainsi ! Au contraire ! Pour atteindre à la vérité, loin de ce monde de mensonge, où il n'est personne dont on puisse apprendre la vérité, pas plus que de moi-même, un citoyen-né du mensonge ! Peut-être la vérité n'était-elle pas si loin ? Peut-être n'étais-je pas aussi délaissé que je le pensais ? Point aussi abandonné des autres que de moi-même seul qui succombais et mourais ?

Mais on ne meurt pas aussi vite que le croit un chien nerveux. Je m'évanouis seulement, et quand je repris connaissance et levai les yeux, je vis devant moi un chien étranger. Je n'avais plus la moindre faim, je me sentais très fort, mes articulations me semblaient souples, mais je n'essayais pas en me levant d'en faire l'épreuve. Un beau chien, mais assez peu extraordinaire, se tenait devant moi. Voilà tout ce que je voyais. Et pourtant il me semblait voir en lui quelque chose de très étrange. J'étais couché dans le sang ; au premier moment je pris ce sang pour la nourriture, mais j'eus vite discerné que ça n'était que du sang vomi. Je m'en détournai pour regarder le chien. Il était maigre, haut sur pattes, brun et taché blanc ; il avait un beau regard puissant et interrogateur.

— Que fais-tu ici ? me dit-il. Il faut t'en aller !

— Je ne puis partir à présent, lui répliquai-je sans plus m'expliquer. Comment tout lui expliquer en effet ? Au surplus il semblait pressé.

— Va-t'en, je t'en prie ! reprit-il, et il levait impatiemment l'une après l'autre patte.

— Laisse-moi ! dis-je, poursuis ton chemin sans

t'occuper de moi ; les autres non plus ne se soucient pas de moi.

— Je t'en prie pour l'amour de toi, me dit-il.

— Prie au nom de ce que tu voudras, répondis-je, même le voulant je ne puis m'en aller.

— Qu'à cela ne tienne ! fit-il en souriant. Tu peux marcher. C'est justement parce que tu sembles faible que je te demande maintenant de partir sans te presser ; si tu tardes, il te faudra courir !

— C'est mon affaire, dis-je.

— La mienne aussi, dit-il, attristé de mon obstination.

Il semblait consentir à me laisser là provisoirement, mais il cherchait à profiter de l'occasion pour m'approcher tendrement. En d'autres temps, je l'aurais volontiers toléré d'un aussi beau chien, mais alors je ne compris pas. L'épouvante me saisit.

— Va-t'en ! criai-je d'autant plus fort que je ne pouvais me défendre autrement.

— Mais je te laisse, dit-il en se reculant lentement. Tu es étrange. Est-ce que donc je te déplairais ?

— Tu me plairais de t'en aller et de me laisser en paix, lui dis-je.

Mais je n'étais plus aussi sûr de moi que je voulais le lui faire croire. Grâce à mes sens aiguisés par la faim, je voyais ou j'entendais en lui quelque chose d'extraordinaire, une chose qui ne faisait que débuter, qui augmentait, qui approchait... « Ce chien, je le savais déjà, a le pouvoir de te chasser, même si tu ne peux encore imaginer comment tu seras jamais en mesure de te lever. »

Et je regardais avec une curiosité grandissante celui qui, à ma réponse grossière, s'était borné à hocher la tête avec douceur.

— Qui es-tu ? demandai-je.

— Je suis chasseur, dit-il.

— Et pourquoi ne veux-tu pas que je reste où je suis ?

— Tu me déranges, dit-il, je ne puis chasser si tu es là !

— Essaye. Peut-être le pourras-tu quand même ?

— Non. Je regrette, mais il faut t'en aller !

— Renonce à chasser pour aujourd'hui, suppliai-je.

— Non, il faut que je chasse.

— *Il me faut* partir, *il te faut* chasser, dis-je. Toujours cet : *il faut !* Comprends-tu cet : *il faut* ?

— Non, dit-il, mais il n'y a là rien à comprendre ; c'est chose évidente, chose qui va de soi !

— Que non pas, dis-je. Tu regrettes, n'est-ce pas, de devoir me faire partir ? Et pourtant tu le fais !

— C'est ainsi, dit-il.

— C'est ainsi, répétai-je avec humeur. Ce n'est pas une réponse. À quoi renoncerais-tu plus facilement, chasser ou me faire partir ?

— À chasser, dit-il sans hésiter.

— Eh bien ! dis-je, mais il y a là une contradiction !

— Quoi ? Quelle contradiction ? dit-il. Mais cher petit chien, ne comprends-tu donc pas qu'*il faut* que je chasse ? Ne comprends-tu donc pas l'évidence ?

Je ne répondis plus, car je m'apercevais — et une nouvelle vie me transperça, la vie que donne l'épouvante — je constatais, à des détails infimes, imperceptibles sans doute à d'autres que moi-même, qu'au fond de sa gorge le chien commençait à chanter.

— Tu vas chanter, dis-je.

— Oui, dit-il gravement, je vais chanter tantôt, mais pas encore ; tiens-toi prêt en tout cas !

— Tu as beau nier, j'entends déjà, dis-je tout tremblant.

Il ne répondit pas. Et je crus alors observer quelque chose qu'aucun chien n'avait su avant moi — du moins la Tradition n'y fait-elle nulle allusion — et, dans un indicible sentiment de terreur et de honte, je me cachai la face dans la flaque de sang étalée devant moi. Je croyais en effet m'apercevoir que, sans le savoir encore, le chien déjà chantait et que, bien plus encore ! — et séparé de lui — le chant flottait dans l'air en vertu d'une loi propre, s'élevait au-dessus de lui, comme s'il n'avait rien à faire avec lui, pour voler vers moi, vers Moi Seul !

Aujourd'hui je nie naturellement toutes les constatations de ce genre et les mets sur le compte de la surexcitation où j'étais. Mais, même au cas d'une erreur, ma découverte ne manque pas d'une véritable grandeur ; c'est la seule réalité, ne serait-elle que d'apparence, le seul restant de ce temps de jeûne ; au moins témoigne-t-elle du point où nous pouvons atteindre quand nous sommes vraiment « hors de nous » ! Et j'étais vraiment « hors de moi ».

En des circonstances normales, j'eusse été très malade, incapable de mouvement, mais je ne pus résister à ce chant que le chien ne tarda pas à faire sien. Sa puissance augmentait sans cesse, il s'accroissait à l'infini et dès lors me brisait à peu près le tympan. Mais le pire était qu'elle ne semblait retentir que pour moi, cette voix sublime devant laquelle le silence de la forêt se faisait plus profond, pour moi, rien que pour moi ! Qui étais-je, pour oser demeurer à la place où j'étais, pour m'étaler en cette présence dans ma crasse et mon sang ? Je me levai en chancelant et me toisai de haut en bas : Comment une telle loque courait-elle, pensais-je ; mais chassé par le chant, je fuyais déjà en des bonds magnifiques... À mes amis, je ne dis rien ; à mon arrivée, j'aurais peut-être tout raconté, mais j'étais trop faible, et plus tard tout récit me parut impossible. Des allusions dont je ne sus pas m'abstenir se perdirent, sans résultat, dans les conversations. Physiquement je me rétablis d'ailleurs en quelques heures, mais moralement, je subis encore les conséquences de l'aventure.

Désormais, j'étendis mes recherches à la musique des chiens. Ici non plus la science n'était pas inactive ; la science musicale est, si mes informations sont exactes, plus vaste encore peut-être que la science de la nourriture. Elle est, dans tous les cas, plus solide. Sans doute est-ce qu'en ce domaine on peut travailler avec moins de passion que dans l'autre et qu'il s'agit plutôt ici d'observer seulement et systématiser, là par contre de tirer des conclusions pratiques. Ainsi s'explique que la science musicale soit tenue en plus haute estime que celle de la nourriture, mais que la première n'ait jamais pu aussi profondément pénétrer dans le peuple que ne fait la seconde. À l'égard de cette science mon attitude, avant que j'eusse entendu la voix dans la forêt, était plus réservée qu'à l'égard d'aucune autre. L'aventure des chiens musiciens aurait bien pu m'y orienter, mais j'étais trop jeune en ce temps. Elle n'est pas non plus d'accès facile, elle passe même pour particulièrement difficile et se referme hautainement devant la foule. La musique avait bien été ce qui m'avait d'abord le plus frappé en ces chiens, mais plus essentielle que la musique m'avait semblé leur taciturnité. Leur terrible musique n avait peut-être nulle part sa pareille ; je pouvais plus facilement la négliger, mais j'ai depuis lors rencontré chez tous les chiens ce même caractère. Or, pour mieux pénétrer dans son intelligence, les recherches sur la nourriture me semblaient les plus indiquées et mener droit au but. Peut-être me trompais-je ? Une certaine parenté des deux sciences attirait déjà mon attention. C'est la doctrine selon laquelle l'incantation ferait descendre la nourriture d'en haut sur cette terre. Ici encore me gêne beaucoup le manque de sérieuses études musicales : je ne peux, et de loin, me compter même au nombre de ces demi-savants que la science a toujours particulièrement méprisés. Voilà ce que je ne dois pas oublier. Devant un savant (j'en ai hélas ! la preuve), je ne me tirerais que très mal d'un examen scientifique, si facile soit-il ! Abstraction faite de ce que j'ai déjà dit de ma vie, il faut tout d'abord en chercher la raison dans mon inaptitude scientifique, mon manque de vigueur d'esprit, ma mauvaise mémoire et, surtout, l'incapacité où je suis de garder constamment sous les yeux le but de la science. Tout cela je me l'avoue franchement, non sans quelque satisfaction ! Car la raison profonde de cette inaptitude me paraît être un instinct, et sûrement pas un mauvais instinct. Si je voulais fanfaronner, je pourrais même dire que cet instinct a précisément détruit mes capacités scientifiques : ne serait-il point en effet des plus curieux que je puisse faire preuve d'une intelligence moyenne dans les événements ordinaires de la vie quotidienne qui ne sont pourtant pas des plus simples, et surtout qu'à défaut de la science je comprenne fort bien les savants, comme en témoignent les résultats auxquels je suis parvenu — moi qui suis pourtant incapable *a priori* de poser la patte sur la première marche de la science ? C'était cet instinct qui, peut-être au nom de la science, mais d'une autre science que celle qui est pratiquée aujourd'hui, — au nom d'une science suprême — me faisait estimer la liberté plus que tout au monde. La liberté ! Évidemment la liberté, telle qu'elle est aujourd'hui possible, est une plante bien chétive. Mais tout de même la liberté, tout de même une possession...

Fin du fragment

Des symboles

Nombre vont se plaignant que les paroles des sages ne soient jamais que des figures, inemployables dans la vie de tous les jours, la seule pourtant que nous ayons. Quand le sage nous dit : « Passe », il ne veut pas nous dire : « Va de l'autre côté », ce qu'on pourrait faire à la rigueur si le résultat valait la route ; il veut parler de quelque au-delà légendaire, de quelque chose que nous ne connaissons pas et qu'il ne saurait désigner lui-même avec plus de précision, de quelque chose par conséquent qui ne saurait nous servir ici-bas.

Tous ces symboles reviennent à dire au fond que l'insaisissable ne saurait être saisi ; et nous le savions. Notre souci quotidien provient de choses bien différentes.

Sur quoi quelqu'un demandera :

— Pourquoi protestez-vous ? Si vous vous conformiez aux figures vous seriez vous-mêmes devenus figures, et par là libérés du souci quotidien.

Un autre dira :

— Je parie que c'est encore là une figure.

Le premier répondra :

— Tu as gagné.
Le second dira :
— Oui, mais hélas ! sur le seul plan du symbole.
Le premier :
— Non, en réalité ; symboliquement tu as perdu.

Le terrier

J'ai organisé mon terrier et il m'a l'air bien réussi. De dehors on voit un grand trou, mais qui ne mène nulle part ; au bout de quelques pas, on se heurte au rocher. Je ne veux pas me vanter d'avoir eu là une ruse intentionnelle ; ce trou n'est que le résultat de l'une des nombreuses tentatives que j'avais faites vainement, mais il m'a semblé avantageux de ne pas la recouvrir. Évidemment, il est des ruses si subtiles qu'elles se contrecarrent elles-mêmes, je le sais mieux que personne, et il est bien hardi de vouloir faire croire que ce trou peut dissimuler une proie digne de recherche. Mais ce serait me méconnaître que de me croire pusillanime et de penser que je ne creuse mon terrier que par lâcheté. À quelque mille pas de là se trouve cachée, sous une couche de mousse qu'on peut relever, la véritable entrée de mon habitation ; elle est aussi bien défendue qu'une chose puisse l'être en ce monde : évidemment, quelqu'un peut marcher sur la mousse, on peut la crever d'un élan, et voilà mon entrée ouverte, et, si on veut — à condition de posséder évidemment certaines qualités assez rares —, il n'y a plus qu'à entrer et à saccager tout. Je le sais bien, et même maintenant, au zénith de ma vie pourtant, je n'ai jamais une heure de vraie tranquillité. Je sais qu'à cette place, là-bas, dans cette mousse sombre, je suis mortellement vulnérable, et je vois souvent, dans mes songes, un museau renifler cupidement à l'entour. J'aurais pu, pensera-t-on, boucher aussi cette entrée avec une mince couche de terre bien tassée, puis au-dessous avec une couche plus molle, de sorte que je n'aurais jamais eu que peu de peine à me refaire ma sortie. Mais ce n'est pas possible ; car c'est justement la prudence qui exige que je puisse m'échapper sur-le-champ, c'est la prudence qui, comme si souvent, hélas ! exige qu'on risque sa vie ; ce sont calculs des plus pénibles et le plaisir qu'un cerveau subtil puise en lui-même incite seul à les pousser plus loin. Il faut que j'aie la possibilité de sortir immédiatement : ne puis-je pas, malgré toute ma vigilance, être attaqué du côté le plus inattendu ? Je vis en paix au plus secret de ma maison, et cependant quelque part, n'importe où, l'ennemi perce un trou qui l'amènera sur moi. Je ne veux pas dire qu'il ait plus de flair que je n'en ai ; peut-être m'ignore-t-il autant que je l'ignore. Mais il existe des ravisseurs acharnés qui fouissent aveuglément et, vu la formidable étendue de mon terrier, ceux-là mêmes peuvent espérer tomber un jour sur l'une de mes voies. Évidemment, j'ai l'avantage d'être chez moi, de connaître toutes les routes et toutes les directions. Le ravisseur risque facilement de devenir ma victime, et une victime d'un goût fort délicat. Mais je me fais vieux, je suis moins fort que beaucoup d'autres et j'ai tant d'ennemis ! En en fuyant un je risque de tomber sous la patte d'un autre. Hélas ! que ne risqué-je pas ! Il me faut la certitude de posséder quelque part une sortie d'accès facile et grande ouverte par où je puisse passer sans peine ; je ne veux pas risquer, pendant que je gratterais avec la rage du désespoir, de sentir soudain si peu que ce soit — le Ciel m'en préserve ! — les dents d'un poursuivant se planter dans ma cuisse. Je n'ai pas d'ennemis que là-haut, il en existe aussi sous terre. Je n'en ai encore jamais vu, mais les légendes parlent d'eux et j'y crois ferme. Ce sont des esprits souterrains ; la légende elle-même ne peut pas les décrire, leurs victimes elles-mêmes ne les ont pas vus ; ils arrivent, on entend leurs ongles gratter juste au-dessous de soi dans cette terre qui est leur élément ; à ce moment on est déjà perdu. Peu importe avec eux qu'on soit dans sa maison, c'est plutôt dans la leur qu'on se trouve. Avec eux ma sortie ne servira de rien, pas plus sans doute qu'en aucun cas ; elle causera plutôt ma mort ; mais elle constitue un espoir et je ne peux pas vivre sans lui. Outre ce grand couloir, je possède encore, pour me relier avec le monde extérieur, de petits boyaux très étroits et assez hasardeux qui me procurent un air respirable ; ils sont percés par les campagnols. Je me suis arrangé pour les utiliser. Ils élargissent le champ de mon flair et m'assurent ainsi une protection. De plus, ils laissent entrer chez moi une masse de menu gibier que je consomme sans me déranger, de sorte que je puis avoir en fretin un butin suffisant pour mon modeste entretien sans même quitter mon terrier.

Mais le plus beau, dans ce terrier, c'est son silence. Évidemment, il est trompeur. Il peut se trouver soudain rompu et alors ce sera la fin de tout. Mais en attendant j'en jouis. Je peux passer des heures à ramper dans mes couloirs sans entendre autre chose que le froufrou de quelque petit animal que je fais taire immédiatement entre mes dents, ou le crissement de la terre qui m'indique la nécessité d'une réparation à faire ; à part cela, calme complet. Quand l'air de la forêt pénètre, c'est en même temps chaud et frais. Parfois je m'étire et je me tourne de bien-être dans le couloir. Ah ! qu'il fait bon, quand l'âge vient, avoir un terrier comme le mien ! Qu'il fait bon se mettre à l'abri quand on sent l'automne approcher ! Tous les cent mètres j'ai élargi les couloirs, j'ai creusé de petits ronds-points où je peux me rouler confortablement en boule, me chauffer à ma propre chaleur et me reposer. C'est là que je dors le doux sommeil de la paix, du désir assouvi, du but atteint, du propriétaire. Je ne sais si c'est l'effet d'une vieille habitude ou des dangers que peut présenter même un terrier comme celui-là, mais je m'éveille souvent en sursaut. De temps à autre, à intervalles réguliers, l'effroi m'arrache à mon profond sommeil et j'épie, j'épie dans le silence qui règne ici, toujours semblable jour et nuit, je souris, rassuré, et plonge, les membres détendus, dans un sommeil encore plus profond. Pauvres voyageurs sans maison, sur les routes et dans les bois, vous gisez sur un tas de feuilles, si vous avez eu de la chance, ou vous vous recroquevillez dans une harde de compagnons, livrés nus à tous les dangers qui viennent du ciel et de la terre. Je suis couché ici dans un endroit protégé de toutes parts — et j'en ai plus de cinquante ainsi dans mon terrier —, et les heures passent pour moi entre le rêve somnolent et le sommeil conscient, et je choisis ces heures à mon gré.

En un point qui n'est pas tout à fait le centre du

terrier mais qui a été mûrement choisi pour un cas d'extrême péril — poursuite, non, mais plutôt siège —, j'ai bâti le cœur de ma citadelle. Alors que le reste était plutôt un travail de combinaison, une besogne de l'esprit, cette forteresse est en toutes ses parties le résultat d'un labeur harassant de mon corps. Plusieurs fois, dans le désespoir où me plongeait l'épuisement physique, j'ai failli tout abandonner, je me suis roulé sur le dos, j'ai maudit le terrier, je me suis traîné dehors et je l'ai planté là sans même le fermer. Rien ne m'en empêchait, je ne voulais plus y revenir, et puis, des heures, des jours après, je revenais plein de remords, j'aurais presque chanté de joie en le voyant si invulnérable et je me remettais à l'œuvre avec un sincère bonheur. Le travail que nécessitait la place forte s'aggravait inutilement (par inutilement j'entends que le terrier proprement dit ne profitait pas de ce labeur supplémentaire), ce travail, dis-je, s'aggravait inutilement de ce qu'à l'endroit où le plan voulait que je bâtisse la terre était toute friable, toute sablonneuse, il fallait la damer pour pouvoir obtenir cette grande place bien voûtée et bien ronde. Or, je n'ai que mon front pour faire ce métier. C'est donc avec mon front que mille et mille fois, la nuit, le jour, je me suis jeté contre la terre, heureux quand ma tête saignait, car c'était une preuve que la paroi commençait à devenir solide ; on m'accordera qu'à ce prix j'ai bien gagné ma place forte.

C'est là que je groupe mes provisions ; tout ce que j'attrape à l'intérieur de mon terrier en plus de mes besoins du jour et tout ce que je rapporte de la chasse quand je sors, je l'entasse dans cet endroit. Il est si grand que les provisions de six mois ne le comblent pas. Aussi puis-je les étaler, me promener à travers, m'en servir pour mes jeux, jouir de leur multitude, de leurs parfums divers et en garder toujours l'inventaire dans l'œil. Ainsi suis-je toujours en état d'entreprendre de nouveaux rangements, de formuler mes prévisions et de dresser mon programme de chasse conformément à la saison. Je connais des périodes où je suis si bien pourvu que je néglige le fretin qui vient gratter par là, tant les vivres m'intéressent peu — et c'est peut-être, à d'autres titres, une imprudence. À m'occuper souvent de travaux défensifs, mes idées à ce sujet-là se modifient ou se développent, dans un cadre d'ailleurs restreint. Il me semble parfois dangereux de concentrer toute la défense au cœur de la place ; la diversité du terrier m'offre tant d'autres possibilités ! Ne serait-il pas plus prudent de disperser légèrement les provisions et d'en pourvoir de petites places ? Je me réserve donc une sur trois ou une sur quatre de ces places pour stocker, et une sur deux pour lui servir d'annexe, etc. Ou encore, pour tromper l'ennemi, j'excepte telle et telle voie de la répartition des stocks, ou je choisis des places en très petit nombre, au jugé, sans autre souci que celui de leur position par rapport à l'entrée principale. L'exécution de chacun de ces nouveaux plans exige à vrai dire un énorme travail de portefaix ; il faut recommencer mes calculs et porter ensuite les fardeaux à leur nouvelle place. Je puis d'ailleurs le faire en paix sans trop de hâte et je ne déteste pas de porter ces bonnes choses dans ma gueule, en faisant des haltes à mon gré pour grignoter ce qui me fait plaisir. Ce qui m'ennuie, c'est de me réveiller soudain, en général à la suite d'une peur, et de penser que la répartition de mes vivres est peut-être très mal comprise, qu'elle risque de m'amener de grands dangers et qu'elle demande à être immédiatement réorganisée sans égard pour mon sommeil ni ma fatigue ; alors je vais, alors je vole, alors je n'ai plus le temps de réfléchir ; moi qui allais exécuter un nouveau plan des plus précis, je saisis au hasard ce qui me tombe sous la dent, je traîne, je porte, je soupire, je halète, je trébuche et je me contente de n'importe quelle modification de cette répartition du moment qui me paraît si superdangereuse ; jusqu'à ce qu'enfin, petit à petit, la froide raison revienne avec le vrai réveil et qu'alors, ne comprenant plus ma précipitation, je respire profondément cette paix de ma maison que j'ai troublée moi-même ; je retourne à mon poste de sommeil, je m'endors aussitôt, écrasé par ma nouvelle fatigue, et je découvre, à mon réveil — irréfutable preuve de ce travail de la nuit qui ne m'apparaissait déjà plus que comme un songe — un rat qui me pend entre les dents. Il y a aussi d'autres moments où je recommence à penser que le mieux est bien de réunir toutes les provisions au même endroit. De quoi me servent des provisions si dispersées ? Combien d'ailleurs en peut-on mettre dans ces coins ? Et puis, si peu que j'en dépose en ces endroits, elles me bouchent le passage, elles m'empêcheront peut-être un jour de me défendre et, surtout, de me sauver. De plus — c'est peut-être assez sot, mais il faut dire la vérité — l'amour-propre souffre toujours quand on ne voit pas ses provisions en un seul tas, quand on ne peut pas embrasser d'un seul coup d'œil tout ce qu'on possède. Et puis, bien des choses ne risquent-elles pas de se perdre avec toutes ces répartitions ? Je ne peux pas passer mon temps à galoper à travers mes boyaux de secours et mes galeries transversales pour savoir si tout va bien. Le principe d'une répartition des provisions est juste en soi, mais seulement quand on dispose de plusieurs endroits du genre de ma place forte. Plusieurs endroits de ce genre-là ? Évidemment ! Mais qui les bâtirait ? D'ailleurs, je ne peux plus, après coup, les situer dans le plan d'ensemble. J'accorde qu'il y a là un défaut du terrier comme il en est en toute chose dont on ne possède qu'un exemplaire. Et j'avoue aussi que, tout le temps que je travaillais à mon terrier, je sentais confusément, encore qu'assez nettement pour pouvoir prendre une décision, qu'il fallait en bâtir plusieurs ; je n'ai pas cédé à cette idée, je me sentais trop faible pour un aussi formidable travail. Je me sentais même trop faible pour m'en représenter la nécessité ; je me consolais avec des sentiments qui n'étaient pas d'une moindre obscurité, je me disais vaguement que ce qui ne suffisait pas d'ordinaire suffirait dans mon cas, par hasard, par don gratuit, probablement parce que la Providence tenait à la conservation de ce front qui me servait de marteau-pilon. Enfin, maintenant j'ai ma place forte, mais l'obscur sentiment qu'elle puisse suffire seule a disparu de ma conscience. Quoi qu'il en soit, je suis obligé de m'en contenter, les petits endroits ne peuvent pas la remplacer et, quand cette opinion est devenue assez puissante en moi, je me remets à tout ramener des petits ronds-points à la place forte. J'éprouve alors pendant un temps une certaine consolation à voir mes ronds-points libres et mes galeries dégagées ; des masses de viande s'entassent dans la place forte et répandent jusque dans les plus lointaines galeries ce mélange de tant de parfums dont chacun me ravit à sa façon ; je suis capable de les discerner à des lieues. Il vient alors des périodes de grande paix au cours desquelles je ramène petit à petit mes postes de sommeil plus près du centre, m'enfonçant toujours plus avant dans le parfum des provisions jusqu'à ce que je ne puisse plus le supporter et qu'une nuit je me rue enfin dans la place forte, ravageant mes stocks et m'emplissant jusqu'à complète ivresse des choses que j'aime le mieux. Heureuses périodes ! Mais combien dangereuses ! Si on savait en profiter, on m'anéantirait sans risque ; c'est alors que je sens bien le défaut d'une deuxième ou d'une troisième place forte ; c'est le grand entassement des vivres qui me séduit. Je cherche de diverses façons à me protéger de la tentation ; la répartition des provisions dans les ronds-points fait partie de ces mesures de prudence ; malheureusement, comme bien d'autres précautions du même genre, elle ne m'amène, par privation, qu'à une plus grande convoitise qui me fait perdre la raison et modifie arbitrairement à son profit toutes les mesures de défense.

À la suite de ces périodes, j'ai besoin de me ressaisir ; je passe l'inspection de mon terrier et après avoir amorcé les perfectionnements nécessaires, je l'abandonne fréquemment, quoique toujours pour peu de temps. Même alors je suis trop puni d'être obligé de l'abandonner. Mais je reconnais la nécessité de ces absences temporaires. Je sens toujours une certaine solennité quand je m'approche de la sortie. Dans mes périodes de coin du feu je l'évite, j'évite même de pénétrer dans les couloirs qui me mèneraient à la galerie qui y conduit ; il n'est d'ailleurs pas facile d'évoluer dans ce secteur, car j'y ai creusé un labyrinthe de boyaux déconcertant ; c'est par là que j'avais commencé mon terrier ; à ce moment, je n'avais pas le droit d'espérer que je pourrais jamais le finir conformément aux exigences de mon plan : j'avais donc commencé dans ce coin moitié par jeu, et ma prime ardeur de travail s'était traduite et déchaînée dans les labyrinthiques zigzags qui me paraissaient alors le summum de l'art en matière de terriers ; aujourd'hui je n'en juge pas de même, je les considère, sans doute plus justement, comme des hors-d'œuvre trop mesquins, indignes de l'œuvre complète ; ils sont peut-être très précieux théoriquement (« voilà l'entrée de ma maison », disais-je alors ironiquement aux invisibles ennemis que je voyais déjà périr d'étouffement dans ce labyrinthe), théoriquement ils sont donc peut-être très précieux, mais ils ne constituent en réalité qu'un jeu fragile ; ils ne résisteraient pas à une attaque sérieuse ni aux efforts d'un ennemi qui combattrait avec la rage du désespoir. Dois-je donc rebâtir toute cette partie ? J'hésite toujours à le faire et elle restera sans doute comme elle est. Indépendamment de l'énorme besogne qu'exigerait cette modification, elle m'exposerait aux pires dangers. Autrefois, au début, je pouvais travailler là d'une façon relativement paisible, le risque n'y était pas beaucoup plus grand qu'ailleurs, mais aujourd'hui ce serait appeler presque à plaisir l'attention du monde sur tout le terrier ; aujourd'hui ce n'est plus possible. J'en suis presque content, je me sens une faiblesse pour cette œuvre de mes débuts. D'ailleurs, au cas d'une grande attaque, quel plan de l'entrée me sauverait ? L'entrée peut tromper, détourner, tourmenter l'ennemi, et, en cas de besoin, celle-ci y parviendrait. Mais à une attaque de grand style il faudrait que je cherche tout de suite à opposer toutes les ressources du terrier au grand complet, toutes les forces de mon corps et de mon âme, c'est évident. Aussi l'entrée peut-elle rester telle quelle, le terrier a de toute façon tant de points faibles imposés par la nature qu'il peut bien conserver aussi les défauts qui lui viennent de moi et que je connais à fond, encore que cette science ne me soit venue qu'après coup. Ce qui ne veut pas dire, bien sûr, que cette lacune ne me tracasse pas de temps à autre, et même peut-être constamment. Si j'évite ce secteur au cours de mes promenades habituelles, c'est surtout parce que je n'aime pas le voir, parce que je ne veux pas avoir à constater sans cesse, bien qu'elle ne me tourmente que trop, une faiblesse de ma citadelle.

Qu'elle subsiste ; de mon côté, j'ai le droit de m'en épargner la vue toutes les fois que je peux l'éviter. Il me suffit de m'aventurer dans la direction de la sortie, même en en restant séparé par des couloirs et par des places, pour sentir le vent du danger, d'un grand danger ; il me semble parfois que ma peau s'amincit, que je vais rester là, la chair nue, et que je vais être salué, juste à ce moment, par le hurlement de mes ennemis. Sans doute la sortie suffit elle par elle-même à provoquer de tels sentiments, mais c'est quand même sa construction qui me tourmente au premier chef. Il m'arrive de rêver que je l'ai modifiée, que je l'ai transformée de fond en comble, à toute vitesse, en une nuit, avec des forces de géant, sans que personne s'en aperçoive, et qu'elle est maintenant imprenable. Je ne sais de plus doux sommeil que celui dans lequel m'arrive cette aventure ; quand je me réveille, ma barbe est encore emperlée de larmes de joie et de soulagement.

Je dois donc surmonter physiquement aussi le tourment que me cause ce labyrinthe ; je me sens furieux et touché à la fois quand je me perds un instant au sein de mon propre ouvrage et qu'il a l'air de chercher encore à me prouver sa raison d'être, à moi dont le siège est fait depuis si longtemps. Mais ensuite me voilà sous le couvercle de mousse, auquel je laisse parfois, en restant au logis, le temps de se confondre avec le tapis du sous-bois, et je n'ai plus qu'à donner un coup de tête pour me trouver à l'étranger. J'hésite longtemps à opérer ce petit mouvement ; si je n'avais pas à traverser au retour le labyrinthe de l'entrée, j'abandonnerais certainement la partie, je reviendrais. Quoi ! Ta maison est fortifiée, elle forme un tout bien isolé, tu vis en liberté, au chaud et bien nourri, seigneur et maître d'un grand nombre d'avenues et de places, et tout cela tu voudrais sinon — j'espère — le sacrifier, mais enfin, du moins, l'exposer, et, bien que te flattant de le reconquérir, le risquer délibérément dans une aventure audacieuse, d'une témérité sans rapport avec le gain de cette équipée. Il y aurait à cela des motifs raisonnables ? Non, nulle aventure de ce genre ne peut avoir de motifs raisonnables. Et pourtant, me voilà soulevant prudemment la trappe qui ferme l'entrée, la laissant retomber tout aussi prudemment, et fuyant à toute vitesse cet endroit qui me trahirait. Mais je ne suis pas encore au large. Sans doute n'ai-je plus à me faufiler dans des couloirs, je cours en pleine forêt, je me sens de nouvelles forces qui ne pourraient trouver dans le terrier un exutoire suffisant, même si la grande place était dix fois plus vaste ; la nourriture, également, est meilleure, et si la chasse présente plus de difficultés, si les succès y sont plus rares, ses résultats sont plus précieux à tous égards, je ne nie rien de tout cela, je sais le reconnaître et l'apprécier au moins aussi bien que tout autre, et probablement mieux, parce que je ne chasse pas comme un coureur de routes par fantaisie ou désespoir, mais de sang-froid, avec un but précis. Je ne suis pas fait non plus pour la vie vagabonde, je n'y suis pas livré corps et âme, je sais que mon temps est mesuré, que je ne suis pas obligé de chasser ici jusqu'à la fin des siècles, et que, quand je voudrai, quand cette vie me lassera, je serai pour ainsi dire invité chez quelqu'un dont je ne pourrai décliner l'offre. C'est ce qui me permet de jouir entièrement de mon temps et de le passer sans souci, ou plutôt ce serait ce qui se pourrait et c'est ce qui n'est pourtant pas. Le terrier m'occupe trop.

J'en ai quitté vivement l'entrée, mais j'y reviens tout aussi vite. Je cherche une bonne cachette et je passe des jours, des nuits à épier, — du dehors cette fois — l'accès de ma demeure. Qu'on me traite de fou, c'est une occupation qui me procure une joie indicible et qui tranquillise mon esprit.

Il me semble alors que je ne suis pas devant ma maison, mais devant moi-même, devant un moi-même en train de dormir, et que j'ai à la fois le bonheur de sommeiller profondément et de veiller sur moi comme une sentinelle. Il me semble que j'ai le don non seulement de voir les fantômes de la nuit dans l'impuissance et le voluptueux abandon du sommeil, mais encore, et en même temps, de les rencontrer réellement, en pleine lucidité, en plein calme d'esprit. Je trouve alors que ma situation, chose surprenante, est moins mauvaise que je ne l'ai souvent pensé et ne le repenserai probablement quand je redescendrai chez moi. À cet égard, comme d'ailleurs à bien d'autres, mais à cet égard-là surtout, ces expéditions sont vraiment indispensables. Sans doute, si à l'écart que j'aie choisi l'entrée, la circulation y est intense, comme on peut s'en rendre compte en faisant le total des observations d'une semaine, mais il en est certainement ainsi dans toutes les régions habitables, et il vaut probablement mieux s'exposer aux dangers que peut faire courir une circulation d'une certaine importance, que son propre volume entraîne toujours plus loin, que de risquer dans une solitude totale d'être livré au premier intrus qui aurait cherché avec patience. Il y a ici beaucoup d'ennemis et, encore plus, d'auxiliaires de l'ennemi, mais ils se combattent entre eux, et pendant qu'ils s'entre-dévorent mon entrée reste inaperçue. Je n'ai encore jamais vu quelqu'un chercher réellement à l'entrée de mon terrier, pour mon bonheur et pour le sien, car, de souci pour ma maison, je me serais certainement jeté en aveugle à sa gorge. Évidemment, il est bien venu des gens auprès desquels je n'osais pas rester et devant qui je devais fuir du plus loin que je les sentais, mais je ne tardais pas à revenir, et il me suffisait pour être rassuré de voir qu'ils avaient disparu et que l'entrée était intacte. J'ai connu d'heureux moments et je me suis presque dit que l'hostilité du monde à mon égard avait peut-être cessé ou que le pouvoir du terrier m'arrachait au combat mortel que j'avais mené jusqu'ici. Le terrier me protège peut-être plus que ne l'avais jamais pensé ou que je n'ose l'imaginer à l'intérieur de ma maison. J'ai ressenti si violemment cette sensation que j'ai parfois éprouvé le désir enfantin de ne plus y retourner du tout et de m'organiser ici, à proximité de l'entrée, de passer ma vie à l'observer et de trouver mon bonheur à me représenter combien ma demeure me protégerait, si j'étais dedans. Mais de ces rêves puérils l'effroi vous réveille en sursaut. Quelle peut être la sécurité que j'observe ici du dehors ? Puis-je juger du danger qui me menace dans le terrier d'après les expériences que je fais au grand air ? Mes ennemis peuvent-ils profiter de tout leur flair quand je ne suis pas à l'intérieur ? Ils en gardent encore un peu, mais il est sans doute affaibli. Pour que je pusse juger du danger que je cours en temps ordinaire, ne faudrait-il pas qu'ils fussent en possession de toutes leurs possibilités ? Ce ne sont que des moitiés d'expériences, des dixièmes d'expériences que je fais à l'extérieur ; elles ont pour résultat de me tranquilliser, de m'endormir dans une sécurité menteuse qui m'expose aux pires périls. Je me trompais en me figurant que je veille sur mon sommeil, c'est plutôt moi qui dors pendant que l'ennemi veille. Peut-être se trouve-t-il parmi ceux qui passent négligemment devant l'entrée des êtres qui ne le font que pour s'assurer comme moi que la porte est encore intacte et attend toujours leur attaque ; ils ne font que passer parce qu'ils n'ignorent pas que le maître de la maison ne se trouve pas à l'intérieur, ou même parce qu'ils savent qu'il épie innocemment du fond du buisson voisin. Je quitte alors mon poste d'observation, je suis las de la vie au grand air ; il me semble que je ne pourrai plus rien apprendre ici, ni maintenant ni plus tard. Et je suis heureux de dire adieu à tout ce qui m'entoure et de rentrer dans mon terrier et de n'avoir plus à revenir jamais, de laisser faire et de ne pas retarder les événements par des observations superflues. Mais, gâté par l'habitude que j'avais prise de voir tout ce qui se passait au-dessus de l'entrée, il m'est extrêmement pénible maintenant d'opérer cette descente qui est déjà toute une histoire par elle-même, et de ne pas savoir ce qui se passera derrière moi, puis derrière ma trappe quand elle sera retombée. J'essaie d'abord, en de fiévreuses nuits, de jeter rapidement mon butin par le trou ; l'opération semble réussir, mais a-t-elle vraiment réussi ? C'est ce qu'on saura seulement quand je serai descendu moi-même ; ce ne sera d'ailleurs peut-être plus moi qui le saurai, il sera peut-être trop tard. Je creuse, à distance suffisante de la véritable entrée, un trou d'essai que je recouvre d'une couche de mousse, je m'enfonce dans le trou, je le rebouche sur moi, j'attends soigneusement un temps plus ou moins long à différentes heures du jour, puis je rejette la mousse, je sors et j'enregistre mes observations. Je fais des expériences diverses, dans le bon ou le mauvais sens, mais je ne trouve pas de loi générale, je ne trouve pas de méthode infaillible pour entrer. Aussi ne puis-je me décider encore à descendre et je me sens désespéré d'être obligé de le faire bientôt. Je ne suis pas loin de me décider à gagner le large, à reprendre cette triste vie d'autrefois qui ne m'assurait aucune sécurité, qui ne représentait qu'une suite ininterrompue de périls et ne me laissait par conséquent ni le temps de voir ni le loisir de redouter chaque danger en particulier comme m'y poussent maintenant à chaque instant les comparaisons que j'établis entre la sécurité de mon terrier et les incertitudes du dehors. Mais une telle décision serait une complète folie que pourrait seul provoquer l'attardement dans cette insane liberté. Le terrier est encore à moi, je n'ai qu'un pas à faire pour être en sûreté. Je m'arrache alors à mes doutes et je cours droit à ma porte, en plein jour, dans l'inexcusable dessein de la lever, mais je ne peux pas, je la dépasse et je me jette exprès dans un buisson de ronces pour me punir, pour me châtier d'une faute que je ne connais pas. Ensuite, évidemment, je suis bien forcé de me dire que j'ai tout de même raison et qu'il m'est réellement impossible de descendre sans abandonner ce que j'ai de plus cher, tout au moins pour un instant, à tous les habitants du sol, des arbres et des airs. Et ce danger n'est pas imaginaire, c'est un danger extrêmement réel. Ce ne serait pas nécessairement à un véritable ennemi que je donnerais l'envie de me suivre, ce pourrait être tout aussi bien à quelque petite bête innocente, quelque petit être répugnant qui le ferait par curiosité et m'amènerait, sans le savoir, tout le monde ; ce pourrait être aussi, cas non moins dangereux, et le pire à bien des égards, quelque personnage de ma sorte, un connaisseur en bâtiment, quelque frère de la forêt, un amateur de vie paisible, mais une féroce canaille qui veut habiter sans bâtir. Ah ! s'il pouvait venir maintenant, découvrir mon entrée dans sa sale convoitise, y travailler, relever la mousse et réussir, entrer et se coincer juste assez pour que son derrière sorte encore ! Ah ! si cela pouvait arriver pour que je lui saute enfin dessus d'un seul bond ! et que je l'accroche ! que je le dépiaute, le déchiquette et lui boive tout son sang ! et que j'ajoute son cadavre à mon butin ! Ah ! surtout, si j'étais déjà dans mon terrier, comme j'admirerais cette fois le labyrinthe de mon entrée, comme je rabattrais d'abord le tapis de mousse derrière moi et comme je me reposerais ! Je me reposerais, je crois, tout le reste de mon existence. Mais personne ne vient et j'en reste réduit à moi-même. Occupé de la seule difficulté de la chose, j'oublie petit à petit mon angoisse, je n'évite plus l'entrée, je finis par ne plus me plaire qu'à décrire des cercles autour d'elle ; c'est déjà presque comme si j'étais l'ennemi et que j'épiasse l'occasion favorable pour me ruer avec succès à l'intérieur. Ah ! si j'avais quelqu'un à qui je pusse me fier pour lui demander de faire le guet à ma place, comme j'entrerais tranquillement ! Je m'entendrais avec lui pour lui faire observer le terrain au moment où je descendrais et pour qu'il frappe à la porte de mousse en cas d'alerte. Je laisserais donc derrière moi une situation parfaitement nette, à mon homme de confiance près ; car ne me demanderait-il pas, à titre de compensation, de venir regarder mon terrier ? Il me serait extrêmement pénible d'y laisser volontairement entrer quelqu'un ; je l'ai bâti pour moi, non pour des visiteurs, et je crois que je n'y laisserais jamais entrer mon homme de confiance ; même pour faciliter mon retour au logis, je ne le laisserais pas entrer. D'ailleurs, je ne le pourrais pas, car il faudrait que je le laisse entrer seul, ce qui est absolument inconcevable, ou bien nous entrerions ensemble, et je perdrais alors précisément le bénéfice de garder une sentinelle derrière moi. Qu'est-ce que la confiance ? Je me fie à quelqu'un quand je suis face à face avec lui, mais puis-je encore me fier à lui quand je ne l'ai pas sous mes yeux et qu'une couche de mousse nous sépare ? Il est relativement facile de faire confiance à quelqu'un quand on le surveille en même temps, ou tout au moins quand on peut le surveiller ; il est peut-être même facile de faire confiance à quelqu'un de loin, mais de l'intérieur du terrier, du fond d'un autre monde en somme, je crois qu'il est vraiment impossible de se fier à quelqu'un du dehors. D'ailleurs, pour me retenir, ces doutes ne sont même pas nécessaires, il suffit que je songe aux innombrables hasards qui peuvent, pendant ou après ma descente, empêcher mon homme de confiance de remplir parfaitement son devoir et aux incalculables conséquences que le moindre de ces obstacles risque d'entraîner pour moi. Non, non, tout bien pesé, je n'ai pas à déplorer d'être seul et de n'avoir personne à qui me fier. Je n'y perds aucun avantage et je m'épargne probablement bien des ennuis. Je ne peux me fier qu'à moi et au terrier. J'aurais dû y songer plus tôt et prendre dès le début des mesures pour ma rentrée. Je l'aurais pu au commencement, tout au moins en partie. J'aurais dû installer la première galerie de façon à lui procurer deux entrées à distance convenable, je serais alors descendu par la première entrée, avec tous les ennuis qu'on ne peut éviter, mais j'aurais couru rapidement jusqu'à l'autre, j'aurais entrouvert la trappe de mousse qui eût été préparée à cette fin et j'aurais tâché, de ce poste, de surveiller la situation pendant quelques jours et quelques nuits. Telle eût été la seule méthode. Évidemment, ces deux entrées auraient augmenté le péril, mais l'objection aurait été d'autant plus facilement négligeable que celle qui n'aurait servi que de poste d'observation aurait pu être très étroite. Quand j'y songe, je me perds en réflexions techniques, je recommence à rêver d'un terrier parfait en tous points, je vois avec ravissement, les yeux fermés, des possibilités d'architectures idéales — les unes nettement, les autres moins — qui me permettraient d'entrer et de sortir sans être vu. Quand j'y pense ainsi, étendu, je les prise extrêmement haut, mais seulement en qualité de réalisations techniques, non comme des avantages réels, car ces entrées et ces sorties d'une aisance extrême, à quoi bon ? Le besoin qu'on en éprouve dénote un esprit inquiet, un manque de confiance en soi, de troubles appétits, de mauvaises qualités qui paraissent encore plus mauvaises en face de ce terrier qui, de toute façon, existe et peut vous verser la paix si l'on s'ouvre à lui complètement. Mais évidemment, pour l'instant, je suis encore à l'extérieur et je cherche un moyen d'entrer ; c'est là que mes architectures me feraient le plus grand besoin. Moins qu'on ne pense cependant. N'est-ce pas une marque de grand mépris pour le terrier que de le considérer seulement, sous l'influence d'une crainte nerveuse momentanée, comme un trou dans lequel on doit se faufiler avec le plus de sûreté possible ? Certes, il est aussi, ou devrait être du moins, ce sûr abri, et quand je l'imagine au milieu d'un péril, je veux alors, les mâchoires serrées et de toute ma volonté, qu'il ne soit rien d'autre qu'un trou destiné à me sauver la vie ; je veux qu'il remplisse cette tâche aussi parfaitement que possible, et je suis prêt à faire passer cette nécessité avant tout. Mais il se trouve qu'en réalité — en cette réalité qu'on ne voit pas dans le danger, qu'il faut apprendre à voir dans les moments critiques —, il se trouve qu'en réalité il a beau m'assurer une grande sécurité, elle n'est quand même pas suffisante. Tous mes soucis disparaissent-ils dans mon terrier ? Ceux qui m'occupent quand j'y suis sont d'autres soucis que ceux de l'extérieur, des soucis plus fiers, plus substantiels, que je refoule très souvent, mais ils me rongent peut-être autant que les autres. Si je n'avais bâti ma maison que pour préparer mon existence, je n'aurais évidemment pas été trompé, mais le formidable travail qu'elle m'a coûté n'est pas en rapport avec la sécurité effective qu'elle me procure, tout au moins dans la mesure où je puis le ressentir et en profiter. Il est très pénible de se l'avouer, mais on est obligé de le faire en présence de cette entrée qui se contracte maintenant, j'oserais même dire qui se raidit en face de moi, son architecte et possesseur. Mais mon terrier n'est précisément pas un simple trou destiné à me sauver. Quand je me tiens dans la place forte, entouré de mes grands stocks de viande, le visage tourné vers les dix galeries qui partent de la citadelle et dont chacune, obéissant au plan d'ensemble, s'enfonce ou monte, s'étire ou s'arrondit, s'élargit ou se rétrécit, et quand je les vois toutes ainsi, plongées dans le même silence et le même vide, prêtes à me mener, chacune à sa façon, aux nombreux ronds-points du terrier aussi vides et silencieux qu'elles, tout souci de sécurité s'éloigne bien loin de mon esprit ; je sais que c'est ici mon château fort que j'ai conquis sur le sol rebelle à coups de griffes et de dents, à coups de bélier et à coups de muscles, mon château fort qui ne saurait appartenir à nul autre qu'à moi et où je puis recevoir en paix la blessure mortelle de l'ennemi, car mon sang coulera ici dans un sol qui m'appartient et il ne sera pas perdu... N'est-ce pas ce sentiment qui emplit les belles heures que j'aime passer dans mes galeries, tantôt dormant paisiblement, tantôt joyeusement éveillé, car ces couloirs ont été calculés juste à la taille de mon corps pour me permettre de m'étendre commodément, de me rouler comme un enfant, de me coucher rêveusement et de me réveiller avec félicité. Et les petits ronds-points, dont chacun m'est connu, les petits ronds-points que je distingue les yeux fermés, malgré leur parfaite ressemblance, à la seule pente des murs, m'entourent de leur paisible chaleur comme nul nid n'entoure son oiseau. Et tout cela, tout cela silencieux et vide.

Mais s'il en est ainsi, pourquoi donc hésiter, pourquoi redouter un intrus plus que la possibilité de ne jamais revoir ma demeure ? Heureusement, cette possibilité ne se réalisera pas, c'est une impossibilité ; pourquoi chercher à prouver par des raisonnements l'importance qu'a pour moi le terrier ? Moi et lui, nous nous tenons si bien que je pourrais, en dépit de mon angoisse, me reposer ici en toute paix, en toute tranquillité, que je n'aurais même pas besoin de chercher à me maîtriser et à ouvrir mon rideau de mousse malgré mes craintes ; il suffirait que j'attendisse sans rien faire, car rien, avec le temps, ne peut nous séparer, et je finirais toujours certainement par me trouver en lui d'une façon ou d'une autre. Mais que de temps, évidemment, cela ne demanderait-il pas ! et que d'événements peuvent survenir, ici comme au fond du terrier ! Et il ne tient pourtant qu'à moi d'abréger le délai et de faire immédiatement le nécessaire.

Alors, déjà trop fatigué pour former aucune pensée, la tête pendante, les jambes mal assurées, à demi endormi, et tâtonnant plus que marchant, je m'approche de mon entrée, je relève lentement la mousse, je descends lentement dans le trou, je laisse, dans ma distraction, l'entrée ouverte plus longtemps qu'il ne faudrait, je me rappelle ma négligence, je remonte pour la réparer : mais pourquoi remonter, au fait ? je n'ai que le toit de mousse à fermer ; bien ; je remonte donc et je le ferme enfin. Ce n'est que dans cet état que je puis exécuter ce geste. Me voilà maintenant étendu sous la mousse, sur le butin que j'ai rentré, et je pourrais commencer à dormir du sommeil que j'ai tant rêvé. Rien ne me dérange, personne ne m'a suivi ; au-dessus de moi, jusqu'à présent du moins, le calme semble bien régner, et même s'il ne régnait pas, je crois que je ne pourrais plus m'attarder à faire le guet ; j'ai changé d'endroit, j'ai quitté le monde, je suis descendu dans mon terrier et j'en ressens aussitôt les effets. C'est un royaume nouveau qui donne de nouvelles forces, et ce qui était fatigant en haut ne l'est plus ici. Je suis revenu de voyage, mort de fatigue et d'épuisement, mais en revoyant ma vieille maison, les travaux d'organisation qui m'attendent et la nécessité d'inspecter rapidement tous les secteurs, surtout la place forte, je sens ma fatigue transformée en zèle et en affairement ; il me semble que, dans le bref instant qu'il m'a fallu pour entrer dans le terrier, j'ai dormi d'un long et profond sommeil. Les premiers travaux sont trop pénibles et m'absorbent entièrement ; il s'agit de faire passer le butin par les étroites et fragiles galeries du labyrinthe. Je le pousse de toutes mes forces, et il avance, mais beaucoup trop lentement à mon gré ; pour aller plus vite, je ramène en arrière une partie de la masse de viande et je grimpe dessus, je presse, je force, je passe à travers ; maintenant je n'en ai plus qu'un fragment devant moi et il est plus facile de le faire avancer, mais je suis si bien enfoncé dans cette abondance de chair, au milieu de ces étroits couloirs, où, même seul, je ne passe pas facilement, que je pourrais fort bien périr d'étouffement au milieu de mes propres vivres ; je n'arrive parfois à me soulager de leur pression qu'en dévorant et en buvant. Mais mon transport finit par réussir ; il me faut moins de temps pour le reste quand le labyrinthe est passé ; je me retrouve dans une vraie galerie, je respire, je pousse mon butin par un couloir transversal jusque dans l'un des grands passages organisés spécialement pour ces cas-là et qui conduisent en pente rapide à la place forte. Maintenant, ce n'est plus un travail, le fardeau roule et dévale presque de lui-même. Voilà enfin ma place forte. Enfin je vais me reposer. Rien n'a changé, nul malheur n'a eu lieu ; les petits accrocs que je remarque du premier coup d'œil seront bien vite réparés ; il suffira de passer d'abord une longue inspection des galeries, mais cela n'est pas un travail, c'est un bavardage entre amis, comme j'en ai connus autrefois ou — je ne suis pas bien vieux, mais ma mémoire fonctionne déjà parfois très mal — comme j'ai appris qu'il y en avait. Je me mets alors à inspecter la deuxième galerie avec une lenteur voulue ; une fois que j'ai vu la place forte, j'ai toujours un temps infini ; et c'est toujours ainsi au fond de mon terrier, car tout ce que j'y fais est bon et important : je m'en rassasie en quelque sorte. J'attaque donc la deuxième galerie, puis, au milieu, je passe dans la troisième qui me ramène à la citadelle, ce qui m'oblige évidemment à reprendre la deuxième galerie ; je joue ainsi en travaillant, j'accrois ma tâche pour m'amuser et je ris tout seul, et je me réjouis, et je deviens complètement fou de tant de travail, mais je ne l'abandonne pas. C'est à cause de vous, galeries et ronds-points, à cause de toi surtout, place forte, que je suis venu, méprisant complètement ma vie après avoir eu si longtemps la bêtise de trembler pour elle et de retarder mon retour auprès de vous. Que m'importe le péril puisque je suis avec vous ? Vous êtes à moi, je suis à vous, nous sommes liés, que peut-il bien nous arriver ? Le peuple peut bien se presser là-haut, la gueule peut bien être prête qui va foncer à travers la mousse, il n'importe ; de son silence et de son vide le terrier me salue maintenant moi aussi et confirme mes paroles.

Mais voici qu'une certaine lassitude m'envahit et je me roule sur moi-même à l'un de mes endroits les plus chers ; je n'ai pas encore, et de loin, fini ma tournée d'inspection, je veux la terminer, je ne veux pas dormir ici, je cède seulement à la tentation de m'organiser en ce coin comme si je voulais le faire, juste pour voir si on y réussit toujours aussi bien qu'autrefois. Et j'y réussis en effet, mais je n'arrive plus à en sortir, je reste là, plongé dans une profonde torpeur. J'ai dû dormir très longtemps, je ne me réveille que dans le dernier sommeil, un sommeil qui s'évanouit déjà de lui-même ; il faut en effet qu'il ait été extrêmement léger, car c'est un imperceptible sifflement qui y met fin. Je comprends tout de suite : les petites bêtes que j'ai trop peu surveillées et trop épargnées se sont percé en mon absence un nouveau chemin quelque part, cette petite galerie en a rencontré une autre, l'air s'y engouffre et c'est ce qui produit ce sifflement. Quel peuple actif et que son zèle est ennuyeux ! Il faudra que j'aille écouter contre les murs de ma galerie et que je creuse des boyaux d'essai pour déterminer d'où vient le bruit, avant de pouvoir le faire cesser. D'ailleurs, le nouveau trou, s'il se laisse annexer dans l'ensemble de mon terrier, pourra me fournir un nouveau puits d'aération. Mais je vais surveiller maintenant tout ce fretin de plus près, je ne l'épargnerai jamais.

Comme je suis très entraîné à ce genre de recherches, elles ne me demanderont sans doute pas longtemps et je vais m'y mettre sur-le-champ ; j'ai, il est vrai, d'autres travaux à expédier, mais c'est celui qui est le plus pressé, je veux le silence dans mes galeries. D'ailleurs, ce bruit est relativement innocent ; je ne l'ai pas entendu en venant, bien qu'il se produisît déjà, certainement ; il a fallu que je me replonge d'abord dans l'atmosphère de mes pénates pour l'entendre ; c'est un bruit qu'on ne peut percevoir en quelque sorte qu'avec une oreille de propriétaire. Il n'est même pas constant, comme ils sont d'ordinaire, il opère de longs arrêts qui doivent sans doute être attribués à des embouteillages de l'air. Je m'attelle donc à mes recherches, mais je ne réussis pas à trouver l'endroit où il faudrait attaquer ; je fais bien quelques sondages, mais c'est au petit bonheur ; naturellement, cela ne donne rien et mon grand travail de forage et le travail plus grand encore qu'il faut fournir pour reboucher et réparer se trouvent vains ; je ne me rapproche pas d'un pouce de l'endroit d'où provient le bruit, il continue à résonner sans aucune modification, toujours aussi ténu, à intervalles réguliers, tantôt comme un « chut » répété, et tantôt comme un sifflement. Je pourrais bien le laisser faire pour le moment ; quoiqu'il soit très gênant, comme je ne me suis certainement pas trompé sur son origine, il ne saurait augmenter beaucoup ; au contraire, il arrive parfois — mais je n'avais jamais attendu si longtemps — que ces bruits disparaissent d'eux-mêmes sous l'effet du travail des petits fouisseurs, et puis, souvent aussi, un hasard vous met sur la trace de l'emplacement du dégât que des recherches systématiques se refusent longtemps à livrer. C'est ainsi que je me console et j'aimerais mieux continuer à flâner dans mes galeries, visiter mes ronds-points, dont tant ne m'ont même pas encore revu, et m'ébattre un peu, de loin en loin, dans la place forte, mais je n'ai pas un instant de répit, il faut que je poursuive mes recherches. Que de temps, que de temps me coûtent ces petites bêtes, que de temps que je pourrais employer beaucoup mieux ! Dans ces histoires-là, c'est ordinairement le problème technique qui m'attire ; je me représente, par exemple, l'origine de l'accident d'après le bruit que mon oreille sait discerner dans toutes ses nuances et je ne peux plus résister à l'envie de vérifier si la réalité correspond à mon hypothèse. Ce n'est pas sans motif, car, tant que je ne suis pas arrivé à une certitude, je ne parviens pas à me sentir sûr, même s'il ne s'agit que de savoir où va rouler un grain de sable qui tombe d'un mur, et ici il s'agit d'un bruit qui n'est pas une petite affaire. Mais, qu'elle soit importante ou non, j'ai beau chercher, je ne trouve rien, ou plutôt je trouve trop. Il a fallu que l'accident arrive juste à ma place préférée ! Voilà ce que je pense et je vais pourtant chercher très loin, presque à mi-chemin du prochain rond-point. C'est une plaisanterie ! On dirait que je m'escrime à prouver que ma place préférée ne peut pas m'avoir préparé seule de tels ennuis et qu'il doit y avoir forcément des perturbations autre part ! Je me mets donc à écouter en souriant, mais ma gaieté ne tarde pas à s'évanouir, car, de fait, on entend ici le même « chut ». Ce chut n'est rien, il me semble parfois qu'il n'y a que moi qui puisse l'entendre, mais mon oreille est exercée par l'habitude et je l'entends de plus en plus distinctement, bien que ce soit partout le même, comme je m'en convaincs par des comparaisons. Il ne grossit d'ailleurs pas ; je m'en aperçois quand j'écoute du milieu de la galerie sans coller mon oreille au mur. De là je ne peux plus discerner, ni même deviner, qu'avec de grands efforts — je dirais presque avec recueillement — la simple haleine d'un son. Mais c'est justement l'égalité universelle de cette intensité du son qui me tracasse le plus, car elle ne s'accorde pas avec ma première hypothèse. Si j'avais deviné l'origine exacte du bruit, j'aurais dû l'entendre résonner plus fort à un endroit particulier, qu'il eût fallu précisément déterminer, et, en m'éloignant de cet endroit, je l'aurais entendu de plus en plus faiblement. Mais si mon hypothèse était fausse, de quoi s'agit-il ? Il peut se faire qu'il y ait deux centres sonores, que je n'aie encore écouté que loin des deux, et qu'en me rapprochant de l'un, je n'aie jamais entendu le même son que parce que celui de l'autre diminuait à mesure que le premier augmentait. J'ai même été sur le point de croire, en écoutant plus attentivement, que je distinguais des différences de son conformes à ma nouvelle hypothèse, mais ce n'était pas très net. En tout cas, j'ai dû élargir considérablement mon champ d'expérimentation. Je redescends donc la galerie jusqu'à la place forte et je commence à écouter là. Étrange, encore le même son. Allons, il s'agira d'un bruit produit par les fouissements de quelques minuscules vermines qui auront infâmement exploité mon absence ; en tout cas, elles sont bien loin d'avoir des intentions hostiles, elles ne s'occupent que de leur besogne et tant qu'elles ne rencontreront pas d'obstacle, elles continueront dans la même direction ; je sais tout cela et cependant je ne comprends pas qu'elles aient osé s'avancer jusqu'à la place forte, cela trouble mes facultés dans l'instant où j'en aurais tant besoin pour mon travail. Était-ce la profondeur, tout de même respectable, à laquelle se trouve cette place forte, était-ce sa grande envergure et le violent mouvement d'air qu'elle provoquait qui faisait reculer les fouisseurs, ou le seul fait que c'était là une place forte et qu'ils avaient fini par le savoir, en dépit de leur esprit obtus (à la suite de quelles explications, je l'ignore), en tout cas je n'avais encore jamais observé de travaux de sape dans les murs de ma citadelle. Il venait bien une foule d'animaux, attirés par l'odeur violente du gibier, mais ils étaient entrés par mes galeries d'en haut et m'arrivaient d'un air penaud dans les couloirs.

Et maintenant, ils percent dans les murs ! Ah ! si j'avais du moins réalisé les projets les plus importants de ma jeunesse et des premiers temps de mon âge mûr ! Hélas ! que n'en ai-je eu la force ! Car ce n'était pas la bonne volonté qui me manquait. L'une de mes idées préférées eût été d'isoler la citadelle, de la séparer de la terre environnante, c'est-à-dire de ne laisser subsister ses parois que sur une épaisseur correspondant à peu près à ma taille et de creuser au-delà, tout autour, à une petite base près qui n'aurait pu, hélas ! être isolée du sol, un espace vide de même épaisseur que le mur. Je m'étais toujours figuré, et ce non sans quelque raison, que cet espace vide m'offrirait un séjour rêvé. Ah ! se pendre à cette voûte, y grimper, glisser au bas, cabrioler, reprendre pied, et se livrer à tous ces jeux sur le corps même de la place forte sans être en elle cependant ! Pouvoir éviter la place forte, pouvoir laisser les yeux se reposer d'elle, reculer la joie de la voir sans être obligé de s'en passer ! bien au contraire la serrer littéralement entre ses griffes — chose impossible si l'on n'a qu'une galerie ordinaire pour y accéder — et surtout pouvoir la garder ! se trouver donc dédommagé de ne pas la voir, au point que si l'on avait à choisir pour séjour entre elle et l'espace vide, on choisirait certainement l'espace vide pour toute la durée de sa vie, afin d'y aller et venir constamment et protéger la place forte !... Alors, plus de bruit dans les murs, plus d'insolents fouissements jusqu'à la place, et la paix régnerait, et je serais son gardien ; je n'aurais plus à écouter à contrecœur les travaux de sape du fretin, mais cette merveille qui m'échappe : le bourdonnement du silence dans la place. Cette félicité n'est plus et je dois aller à ma besogne, presque heureux qu'elle se rapporte directement à la place forte, car cela me donne des ailes. Évidemment, la chose se confirme, mes forces ne suffiront pas pour ce travail qui semblait d'abord minuscule. J'écoute maintenant aux murs, et partout où j'épie, en haut, en bas, le long des parois, sur le sol, aux entrées et à l'intérieur, partout, partout le même bruit. Et que de temps, que de tension d'esprit ne faut-il pas pour observer ce crissement intermittent ! Si l'on tient à se tromper soi-même, on peut à la rigueur se consoler un peu en se disant qu'ici, dans la place, quand on éloigne son oreille de la terre, on arrive à ne plus rien entendre à cause des proportions de l'endroit, contrairement à ce qui se passe dans les galeries. Mais que s'est-il donc produit ? Nulle de mes hypothèses ne peut justifier ce phénomène. Il m'en vient d'autres à l'esprit, elles ne valent pas mieux. On pourrait penser que j'entends le menu peuple de la terre à son travail ? Mais cette explication contredirait tout ce que je sais par expérience ; je ne peux pas m'être mis soudain à entendre un bruit que je n'avais pas encore discerné, bien qu'il existât déjà. Je suis peut-être devenu dans le terrier, avec le temps, plus sensible aux perturbations. Mais mon ouïe ne s'est pas affinée. La vermine ne s'entend pas, c'est précisément son caractère. L'aurais-je jamais soufferte, sans cela ? Au risque de mourir de faim, je l'eusse exterminée. Mais peut-être — cette pensée se glisse aussi dans mon esprit —, peut-être s'agit-il d'un animal que je ne connais pas encore ? Ce serait possible. Évidemment, il y a longtemps que j'observe la vie souterraine et que je l'observe soigneusement, mais le monde est extrêmement divers, les mauvaises surprises sont fréquentes. D'ailleurs, il ne s'agirait pas d'un animal isolé, il faudrait que ce fût toute une bande qui eût envahi brusquement mon domaine, une grande horde de petits animaux, plus gros que la vermine, puisqu'on perçoit leur bruit, mais à peine, puisque ce bruit reste tout de même minuscule. Ce pourrait donc être des animaux inconnus, une horde en migration qui ne ferait que passer et qui me dérangerait, mais partirait bientôt. Je pourrais dès lors attendre tranquillement sans entamer un travail superflu. Mais si ce sont des animaux inconnus, pourquoi ne puis-je réussir à les voir ? J'ai foui en bien des endroits pour tâcher d'en attraper un et je n'en ai pas découvert. Une idée me vient : ce sont peut-être des animaux minuscules, plus petits encore, beaucoup plus petits que ceux que je connais, et leur bruit seul serait supérieur à celui des autres. J'examine encore la terre que j'ai arrachée au sol, je jette les mottes en l'air pour que la chute les pulvérise... nulle trace de mes perturbateurs ! Je finis par me rendre compte que toutes ces petites fouilles de hasard ne peuvent pas me donner de résultat, je me mets donc à ne plus gratter que les murs, je fouille en hâte çà et là, je ne prends pas le temps de recombler les trous, des tas de terre s'accumulent partout qui me bouchent le passage et la vue. Évidemment tout cela ne me gêne qu'accessoirement, ce n'est pas en ce moment que je pourrais me promener, ni me reposer : il m'est arrivé plusieurs fois de m'endormir en plein travail pour un instant, une patte prise au-dessus de moi dans la terre dont je m'apprêtais à faire tomber un morceau. Je vais modifier ma méthode. Je creuserai une véritable galerie dans la direction de ces bruits, et ne cesserai d'avancer que je n'aie trouvé leur véritable cause, en dehors de toute théorie. Après quoi je supprimerai cette cause si je le peux ; sinon, je posséderai du moins une certitude. Cette certitude m'apportera ou la paix ou le désespoir ; de toute façon, ce sera l'un ou l'autre ; ce sera net et prouvé. Cette décision me fait du bien... ; tout ce que j'ai fait jusqu'ici me paraît précipité, faussé par l'émotion du retour, légèrement influencé encore par les soucis du monde d'en haut, entaché d'éléments qui ne s'accordent pas avec la paix de mon terrier ; rendu nerveux par la longue absence qui m'avait privé de lui, j'ai manqué de sang-froid en face d'un phénomène dont il faut d'ailleurs concéder l'étrangeté. Qu'est-ce donc ? Un petit sifflement qu'on entend par intermittences, un rien auquel on pourrait, je ne dis pas s'habituer — on ne peut pas s'y habituer — mais qu'on pourrait observer quelque temps sans entreprendre encore rien pour l'étouffer ; on pourrait, par exemple, écouter toutes les deux ou trois heures et enregistrer patiemment le résultat plutôt que de promener sans trêve, comme je le fais, son oreille le long des murs et de bouleverser la terre toutes les fois qu'on entend quelque chose — moins, au fond, pour trouver que pour exécuter un geste qui réponde à l'inquiétude de l'âme. J'espère que cela va changer, et puis je ne l'espère plus — comme je dois me l'avouer, furieux contre moi-même — car l'inquiétude frémit en moi comme au début, et si le bon sens ne me retenait pas, je me mettrais sans doute à fouir n'importe où comme une brute, par bravade, qu'on entende quelque chose ou pas, rien que pour le geste, à la façon de la vermine qui perce la terre sans raison ou simplement pour la manger. Le nouveau plan, le plus raisonnable, m'attire et ne m'attire pas. Il n'y a rien à y objecter ; personnellement, tout au moins, je ne vois pas ce qu'on lui reprocherait ; il doit, me semble-t-il, me mener à mes fins. Pourtant, au fond, je n'ai pas foi en lui, j'ai si peu foi en lui que je ne redoute même pas les craintes que risque de m'inspirer son résultat, et même pas qu'il puisse avoir un résultat propre à m'effrayer ; il me semble, pour tout dire, que j'ai pensé dès le premier bruit à ce sondage systématique et que je ne m'y suis pas mis uniquement parce qu'il ne m'inspirait pas confiance. Naturellement, je m'y mettrai quand même, il ne me reste pas d'autre possibilité, mais je ne commencerai pas tout de suite, je m'accorderai un petit délai ; si je veux remettre le bon sens à l'honneur, il faut que ce soit entièrement, je ne vais pas me ruer sur ce travail. En tout cas, je commencerai par réparer les dégâts que j'ai causés au terrier par mes fouilles ; ce ne sera pas mince besogne, mais nécessité fait loi ; si ma nouvelle galerie doit me mener réellement au but, elle sera probablement longue, et si elle ne me mène à rien, elle le sera encore plus ; de toute façon, cette besogne m'obligera à rester longtemps loin du terrier ; ce ne sera d'ailleurs pas une absence aussi grave que lorsque je pars pour la forêt, je pourrai couper mon travail quand je le voudrai pour aller visiter mon home et, même si je ne le fais pas, l'air de la place forte arrivera jusqu'à moi et m'entourera dans mon labeur ; mais ce sera tout de même m'éloigner du terrier, m'abandonner à un sort incertain, aussi faut-il que je le laisse derrière moi en bon état ; il ne faut pas que moi qui lutte pour sa paix, je l'aie troublée sans la rétablir immédiatement. Mon premier soin est donc de commencer par remettre la terre dans les trous, ouvrage que je connais parfaitement, que j'ai fait je ne sais combien de fois sans presque avoir la sensation de travailler, et pour lequel — ce n'est pas vantardise, je dis la pure vérité — je me déclare inégalable, surtout en ce qui concerne le damage final et le nivellement. Cette fois-ci, pourtant, j'éprouve bien du mal, je suis distrait ; au milieu du travail je me reprends toujours à coller mon oreille au mur, j'épie et laisse d'un œil froid la terre à peine replacée s'écrouler de nouveau sur le sol. Pour le dernier coup de fion, qui exige de l'attention, c'est à peine si je suffis. Il reste de vilaines bosses, des fissures gênantes ; je ne parle pas de l'ancien chic de l'ensemble, il ne se retrouvera jamais avec des murs ainsi rapetassés. Je cherche à me consoler en me disant qu'il ne s'agit là que d'un travail provisoire. Quand je reviendrai, la paix sera rétablie, je parferai définitivement tout, j'aurai fini en un clin d'œil. Hélas ! c'est dans les contes de fées que tout se passe en un clin d'œil, ma consolation n'est que chimère. Il vaudrait mieux faire dès maintenant un ouvrage définitif, ce serait beaucoup plus utile que de l'interrompre à chaque instant pour aller rôder dans les couloirs et déterminer de nouveaux points d'où se laisse entendre le bruit, ce qui est vraiment très facile : on n'a qu'à se mettre n'importe où et écouter. Et je fais bien d'autres découvertes inutiles. Il me semble parfois que le bruit a cessé : il s'arrête si longuement ! Et il est si facile de ne pas entendre ce « chut » !... Le sang vous bat trop dans l'oreille, il arrive alors que deux arrêts se succèdent sans qu'on ait discerné le bruit et l'on croit pendant un moment qu'il a disparu pour toujours. On cesse d'écouter, on fait un bond de joie, voilà toute la vie changée, il semble que s'ouvre la source d'où coule la paix du terrier. On se garde de contrôler immédiatement l'observation, on veut trouver d'abord quelqu'un à qui l'on puisse se confier sans qu'il mette votre parole en doute, on court donc à la place forte, on se rappelle qu'on s'éveille à une nouvelle vie avec tous ses besoins et tous ses appétits, qu'on n'a pas mangé depuis longtemps, on arrache n'importe quoi au tas de provisions tout recouvert de terre, on mâche encore en retournant au trot sur les lieux de la découverte merveilleuse, on ne veut d'abord que se convaincre accessoirement, superficiellement, pendant son repas, de l'exactitude de la chose, on écoute, mais le guet le plus superficiel a vite fait de prouver qu'on s'est honteusement trompé ; imperturbable, le « chut » continue dans le lointain. On crache ce qu'on mange, on voudrait enterrer cette nourriture en la piétinant et l'on revient à son travail sans savoir au juste lequel, on s'y met n'importe où, au premier endroit venu qui appelle une reprise — et il y en a suffisamment ! On commence machinalement à faire n'importe quoi, simplement comme s'il était venu un inspecteur auquel il fallût jouer la comédie. Mais à peine a-t-on commencé qu'on fait parfois une nouvelle découverte. Le bruit semble être devenu un peu plus fort, non pas beaucoup plus fort — il ne s'agit jamais ici que de différences infimes —, mais un peu plus fort tout de même, et nettement sensible à l'oreille. Et cet accroissement semble être un rapprochement ; on « voit » le bruit qui augmente, plus encore qu'on ne l'entend, on « voit » le pas qui le rapproche. On s'éloigne d'un bond du mur, on cherche à embrasser d'un regard toutes les possibilités que cette découverte aura pour conséquences. On éprouve le sentiment qu'on n'a jamais au fond organisé le terrier pour se défendre d'une attaque ; on en avait bien l'intention, mais, malgré toutes les expériences, on croyait le péril lointain et on ne s'inquiétait pas de préparer la défense, ou plutôt si, on s'en inquiétait bien (car comment ne l'eût-on pas fait ?...), mais on s'en occupait beaucoup moins que d'organiser la vie paisible aux nécessités de laquelle on subordonnait tout. On aurait pu à cet égard prendre bien des dispositions sans déranger le plan d'ensemble ; on l'a négligé d'une façon que je n'arrive pas à comprendre. J'ai eu beaucoup de chance dans toutes ces années-là ; le bonheur m'a gâté, j'ai été très inquiet, mais au sein du bonheur l'inquiétude est stérile. La première chose qu'il faudrait faire serait de réviser le terrain soigneusement, d'examiner toutes ses ressources défensives, d'élaborer un plan de la défense et un plan du terrier qui s'y adaptât bien, puis de s'atteler à la besogne avec une ardeur de jeune homme. Tel serait le travail nécessaire ; il est trop tard, entre parenthèses, pour y songer, mais ce serait bien ce qu'il faudrait faire au lieu de creuser une quelconque galerie qui me livrera sans défense au péril, comme s'il ne devait pas arriver assez vite ! Voici soudain que je ne comprends plus mon ancien plan ; je ne trouve plus la moindre trace de raison à ce plan autrefois raisonnable ; je laisse à nouveau mon travail et j'abandonne aussi mon guet ; je ne veux plus découvrir de nouveaux bruits qui s'accroissent, j'ai assez fait de découvertes comme cela, je lâche tout, je m'estimerais déjà heureux si je pouvais apaiser mes conflits intérieurs. De nouveau je me laisse mener par mes galeries, j'arrive dans des couloirs encore plus lointains, que je n'ai pas vus depuis mon retour, dans des endroits que mes pattes n'ont pas encore fouillés, dont le silence se réveille à ma venue et m'accueille en se penchant sur moi. Je ne me laisse pas aller, je fais hâte, je ne sais pas ce que je cherche, ce n'est probablement qu'un répit. Je m'égare si loin que je parviens jusqu'au labyrinthe, je me sens tenté d'aller épier contre le toit de mousse ; ce monde lointain, si lointain pour l'instant, c'est à lui que va mon intérêt. Je grimpe donc péniblement jusque là-haut et j'épie. Silence profond ; qu'il fait bon ici ! Personne ne s'y inquiète de mon terrier, chacun y vaque à ses affaires qui n'ont rien à voir avec moi ; comment ai-je fait pour parvenir à ce résultat ? Cette place près du toit de mousse est peut-être maintenant la seule de mon terrier où je puisse passer des heures à écouter vainement. C'est un complet revirement des circonstances : l'endroit dangereux jusqu'ici est devenu un asile de paix, alors que la place forte a été envahie par le bruit du monde et de ses périls. C'est encore pire d'ailleurs, car même ici, au fond, la paix n'existe pas ; rien ne s'y est modifié ; bruit ou non, le danger guette comme avant de l'autre côté de la mousse, mais j'y suis devenu insensible dans la préoccupation que me cause le crissement de mes murs. M'absorbe-t-il, après tout, ce crissement ? Il augmente, il se rapproche, mais je me glisse dans les couloirs du labyrinthe et je viens m'installer ici, sous mon toit de mousse ; n'est-ce pas comme si je livrais ma maison au crisseur et me donnais pour satisfait pour peu que je trouve de repos ? Le crisseur ? Aurais-je donc une nouvelle idée, une idée précise au sujet de la cause de ce bruit ? Ne provient-il pas des trous que creuse la vermine ? N'est-ce pas mon idée arrêtée ? Je ne pense pas m'en être écarté. S'il ne vient pas directement des trous, ce sont tout de même eux qui le justifient d'une façon ou de l'autre ? Et, s'il n'a rien à voir avec eux, quelle autre hypothèse proposer ? Il faut attendre qu'on trouve la cause ou qu'elle se révèle d'elle-même. Évidemment, on pourrait continuer à émettre des suppositions : on pourrait dire, par exemple, que l'eau s'est mise à pénétrer par quelque endroit et que ce que je prends pour un sifflement ou un crissement est en réalité un bourdonnement. Mais, d'abord, je n'ai aucune expérience à ce sujet : j'ai détourné les eaux que j'ai trouvées au début, et, dans ce sous-sol sablonneux, elles ne sont jamais revenues ; et puis, c'est bien un crissement et il n'y a pas moyen de le prendre pour un bourdonnement. Mais à quoi sert de s'exhorter au calme ? L'imagination ne s'arrête pas, et je crois, au fond — il est inutile de chercher à le nier —, que ce crissement provient d'un animal, et non pas d'un grand nombre de petits animaux, mais d'un seul et grand animal. Bien des faits seraient de nature à infirmer cette supposition. On entend le bruit, de partout, toujours avec la même intensité, et régulièrement par surcroît, aussi bien le jour que la nuit ; évidemment, dans ces conditions, on doit pencher d'abord à croire qu'il s'agit là d'un grand nombre de petites bêtes, mais comme je les aurais trouvées nécessairement en fouillant et que je ne les ai pas rencontrées, il ne reste plus qu'à admettre la présence d'un unique et grand animal, d'autant plus que ce qui semblerait démentir cette supposition ne démontre pas l'impossibilité de son existence, mais prouve simplement qu'il doit être plus dangereux que tout ce qu'on peut imaginer. C'est la seule raison qui m'a fait écarter mon hypothèse. J'abandonne mon illusion. C'est parce que mon dernier postulat doit être juste qu'on peut entendre cette bête de si loin, il y a longtemps que je retourne cette idée dans mon cerveau ; la bête doit travailler très vite, elle traverse aussi rapidement le sol qu'un promeneur traverse un chemin ; la terre frémit sous ses griffes, et, même quand la bête est passée, ce tremblement et le bruit du travail marient leurs sons à cette grande distance, et moi, qui n'en entends que les dernières vibrations, je les entends partout semblables. Ajoutez que la bête n'avance pas sur moi, aussi le bruit ne peut-il changer ; elle doit avoir quelque projet dont le sens m'échappe ; je pense qu'elle m'enveloppe, qu'elle me cerne — ce qui ne veut pas dire qu'elle connaisse mon existence ; elle doit avoir déjà plusieurs fois tourné autour de mon terrier depuis que j'observe son travail. La nature de ce bruit, crissement ou sifflement, me donne beaucoup à penser. Quand je gratte et fouille la terre à ma façon, ce n'est pas du tout le même bruit ; je ne peux m'expliquer le crissement qu'en me disant que ce ne sont pas les ongles qui constituent le principal outil de la bête ; elle doit simplement s'en aider, elle opère sans doute surtout avec son museau ou son groin qui doit aider sa force formidable de je ne sais quels tranchants aigus. Elle fore probablement la terre d'un seul coup de ce groin puissant, elle arrache du sol un énorme morceau, et pendant ce temps je n'entends rien, c'est le silence intermédiaire ; mais ensuite elle aspire l'air avant de porter un nouveau coup. C'est cette aspiration que j'entends comme une sorte de « chut » ; ce doit être en réalité un bruit qui ébranle la terre, non seulement à cause de la force de la bête, mais aussi à cause de sa hâte, de son affairement au travail. Et ce que je n'arrive pas à comprendre, c'est cette capacité de travailler sans arrêt ; peut-être les petites pauses lui donnent-elles l'occasion de se reposer un temps infime, mais elle n'a pas dû se détendre encore vraiment ; elle fouit, et jour et nuit, toujours avec la même force, toujours avec la même vigueur, tenant toujours son but présent à son esprit, et un but qu'il lui faut atteindre en toute hâte, et elle a toutes les facultés nécessaires pour aboutir. Je ne pouvais m'attendre à pareil adversaire. Mais, indépendamment de ces particularités, ce qui se produit maintenant n'est qu'une chose que j'aurais dû redouter toujours, un événement pour lequel j'aurais dû toujours être prêt : il vient quelqu'un. Comment même a-t-il pu se faire que tout se soit passé si longtemps, si tranquillement, si heureusement ? Qui a dirigé les voies de l'ennemi pour qu'elles fissent ce grand détour autour de chez moi ? Pourquoi suis-je resté si longtemps à l'abri pour me trouver soudain réveillé par l'effroi ? Qu'étaient-ce, auprès de celui-ci, que tous les petits périls auxquels j'ai passé mon temps à réfléchir ! Espérais-je que ma qualité de propriétaire du terrier allait me donner pouvoir contre cette intrusion ? Hélas ! C'est justement parce que je suis possesseur de ce grand ouvrage si fragile que je me trouve sans défense contre toute attaque un peu sérieuse : le bonheur de le posséder m'a gâté ; la fragilité du terrier m'a rendu sensible et fragile, ses blessures me font mal comme si c'étaient les miennes. C'est là ce que j'aurais dû prévoir ; je n'aurais pas dû penser à ma seule défense — encore l'ai-je fait bien légèrement, bien vainement —, mais à la défense du terrier. Il faudrait surtout s'arranger pour que certaines de ses parties, et en nombre aussi grand que possible, pussent être très rapidement bouchées en cas d'attaque et séparées des régions moins menacées par des masses de terre si grandes et si efficaces que l'intrus ne pût même pas soupçonner que le véritable terrier se trouve au-delà d'elles. Bien plus, ces éboulements devraient être propres non seulement à cacher le terrier, mais encore à enterrer l'envahisseur. Or, je n'ai rien fait dans ce sens ; rien, rien de rien n'a été entrepris qui puisse servir à cette fin, j'ai été étourdi comme un enfant, j'ai passé mon âge mûr en jeux puérils, mon esprit n'a fait que jouer avec l'idée du danger, j'ai négligé de penser vraiment au vrai danger. Pourtant, que d'avertissements ! Il ne s'est rien passé, c'est vrai, qui approchât du péril d'aujourd'hui, mais, dans les débuts du terrier, j'ai tout de même vu des cas du même genre... Je travaillais alors en petit apprenti à ma première galerie, le labyrinthe était à peine projeté en gros, j'avais déjà creusé une petite place, mais elle était complètement ratée dans ses proportions et dans sa maçonnerie ; bref, c'était tellement un début qu'on ne pouvait prendre ce travail que pour un essai, pour une chose qu'on peut soudain abandonner sans grands regrets si la patience vous échappe. Il arriva alors que, pendant une pause — j'ai toujours fait beaucoup trop de pauses pendant ma vie —, tandis que j'étais couché entre mes tas de terre, j'entendis brusquement un bruit dans le lointain. Jeune comme je l'étais, je ressentis alors plus de curiosité que de crainte. Je lâchai mon travail et me mis à épier ; j'épiais à cette époque-là ! je n'allais pas sous le toit de mousse pour me détendre et n'être pas obligé d'écouter ! Bref, j'épiai. Je distinguai très nettement qu'il s'agissait d'un fouissement semblable au mien ; le bruit en était un peu plus faible mais on ne pouvait pas savoir dans quelle mesure c'était un effet de la distance. J'étais très curieux de comprendre, mais je restais calme et de sang-froid. Peut-être suis-je, pensais-je, au milieu du terrier d'un autre, son possesseur va venir jusqu'à moi. Si cette hypothèse s'était vérifiée, n'ayant jamais été avide de conquêtes ni de querelles, j'aurais pris le large pour aller bâtir ailleurs. Mais j'étais jeune, je n'avais pas encore de logis, rien ne m'empêchait de garder ma tranquillité intérieure. La suite de l'aventure ne m'émut pas davantage, je ne sus pourtant pas ce qui se passa. Si celui qui creusait cherchait à venir vers moi parce qu'il m'avait entendu, j'ignore pourquoi il changea soudain de direction comme il le fit, si ce fut parce que mon silence le priva de repère ou, ce qui me paraît plus probable, parce que l'adversaire modifia lui-même sa tactique. Mais peut-être aussi m'étais-je trompé complètement, peut-être n'avait-il jamais eu d'intentions hostiles, en tout cas le bruit s'accusa encore un instant comme s'il se rapprochait, et moi, dans ma jeune énergie, je n'aurais peut-être pas été fâché de voir surgir le fouisseur, mais il n'arriva rien de ce genre ; à partir d'un certain moment les grattements diminuèrent d'intensité, ils devinrent de plus en plus légers comme si le perceur se détournait petit à petit de sa première direction, et tout d'un coup on n'entendit plus rien : on eût dit que l'animal s'était mis à percer dans une direction complètement opposée et s'éloignait de moi en me tournant le dos ; je tendis encore longtemps l'oreille dans le silence avant de reprendre mon ouvrage. L'avertissement avait été précis, pourtant j'eus vite fait de l'oublier et il n'eut guère d'influence sur mes plans. Maintenant, tout mon âge mûr me sépare de cette époque, mais n'est-ce pas comme s'il n'y avait rien eu depuis ? Je fais toujours de grandes pauses dans mon travail pour écouter, l'oreille au mur : le fouisseur vient de modifier ses intentions, il a fait demi-tour, il revient de son voyage, il croit qu'il m'a laissé suffisamment de temps pour me préparer à le recevoir. Mais je suis moins prêt que jamais ; mon grand terrier reste là sans défense, je ne suis plus un petit apprenti, je suis un vieux maître maçon, et le peu de force que j'ai m'abandonne au moment de prendre une décision solide ; pourtant, quelque vieux que je sois, il me semble que j'aimerais l'être encore plus, que j'aimerais l'être tellement que je ne pusse plus quitter le coin où je repose sous la mousse, car, en réalité, je ne peux plus rester là, je me relève et vais rejoindre en toute hâte les profondeurs de mon terrier comme si je n'avais trouvé ici que de nouveaux sujets d'inquiétude au lieu du repos désiré. Où en était la situation quand je suis monté ? Le crissement s'était affaibli ? Non, il s'était accentué, je vais écouter à dix endroits et je m'aperçois de mon erreur : le crissement est resté le même, il n'a diminué en rien. Rien ne se modifie là-bas, on y est calme, on n'y mesure pas le temps, au lieu qu'ici toute seconde vous ébranle un peu plus pendant que vous écoutez. Et je reprends le long chemin de la place forte ; tout, autour de moi, semble ému, tout semble me regarder, puis se détourner un peu pour ne pas me gêner et s'efforcer pourtant de lire sur mon visage la décision qui sauvera la situation. Je secoue la tête, je n'ai pas encore pris de décision, je ne vais pas à la place forte pour exécuter un plan. Je passe devant l'endroit où j'aurais voulu creuser la galerie d'exploration ; je l'examine une fois de plus, c'eût été le bon endroit, la galerie aurait conduit dans la direction où se trouvent le plus de dispositifs d'aération ; ils m'auraient bien facilité le travail ; je n'aurais peut-être pas eu à fouir bien loin, je n'aurais peut-être pas eu à creuser jusqu'à l'origine du bruit, peut-être m'aurait-il suffi d'écouter le long des conduits. Mais nulle considération n'est assez forte pour me pousser à ces forages. Cette galerie m'apporterait la certitude ? J'en suis à ne même plus chercher une certitude. Je choisis dans la place forte un beau morceau de viande rouge dépouillée de sa peau et je m'enfonce avec lui dans l'un des tas de terre : là du moins je serai en paix, autant que la paix puisse régner encore ici. Je lâche ma viande, je la mordille, je pense à la bête étrangère qui creuse son chemin au loin, puis je me dis que je devrais me gaver de mes provisions tant que j'en ai encore la possibilité. C'est sans doute là le seul plan exécutable qu'il me reste. Je cherche à déchiffrer celui de la bête : voyage-t-elle ou travaille-t-elle à son propre terrier ? Si elle voyage, je pourrais peut-être m'entendre avec elle. Si elle arrive jusque chez moi, je lui donnerai quelques-unes de mes provisions et elle poursuivra sa route. Et voilà, elle poursuivra sa route. Dans mon tas de terre, naturellement, je peux tout rêver, je peux même rêver une entente, bien que je sache parfaitement que cela ne puisse pas exister et que dès l'instant où nous nous verrons, que dis-je ? où nous nous sentirons à proximité l'un de l'autre, nous sortirons griffes et dents avec un nouvel appétit, même si nous sommes repus, tous les deux au même moment, pas une seconde plus tôt, pas une seconde plus tard, avec une égale folie. Et, comme toujours, à bon droit : qui ne modifierait ses plans de voyages et d'avenir, même s'il est en pleine route, en présence de mon terrier ? Mais peut-être la bête creuse-t-elle le sien ; alors il ne saurait même pas être question d'aller rêver à une entente. Même s'il s'agit d'un animal si singulier que son terrier puisse supporter un voisinage, mon terrier à moi n'en admet aucun, tout au moins aucun qui s'entende avec un autre. Pour le moment, évidemment, la bête semble être très loin ; si elle se retirait encore un petit peu plus, je pense que le bruit disparaîtrait aussi et peut-être tout s'arrangerait-il encore comme dans l'ancien temps ; je n'aurais fait qu'une expérience pénible, mais bienfaisante, elle me pousserait à opérer les plus diverses modifications : dès que j'aurai un peu de repos et que le danger me pressera de moins près, je serai capable de toutes sortes de grands ouvrages ; peut-être, étant donné les formidables possibilités que lui accorde sa puissance de travail, la bête renoncera-t-elle à étendre son terrier dans la direction du mien et se dédommagera-t-elle ailleurs. Là non plus, naturellement, ce ne sera pas par des négociations qu'on obtiendra un résultat, il faudra que l'animal comprenne de lui-même ou que je lui impose ma volonté. Dans les deux cas il est très important de savoir s'il connaît mon existence et ce qu'il en connaît. Plus j'y réfléchis, plus il me semble invraisemblable qu'il m'ait entendu : il est possible, bien que je trouve personnellement la chose inconcevable, qu'il ait eu je ne sais comment de vagues renseignements sur moi, mais il ne m'a sûrement pas entendu. Tant que je n'ai rien su de lui il n'a jamais pu m'entendre, car je restais silencieux — il n'y a rien de plus silencieux que la scène de mon retour au terrier, quand nous nous retrouvons après une longue absence —, et ensuite, quand j'ai fait les fouilles pour mes recherches, il aurait fort bien pu m'entendre, bien que ma façon de forer fasse extrêmement peu de bruit, mais, s'il m'avait réellement entendu, je l'aurais nécessairement remarqué, il aurait dû s'arrêter fréquemment pour épier au cours de sa besogne, or il ne s'est pas produit de changement.

(Le fragment s'arrête ici.)

NOTE :

Ce texte (qui ne portait pas de titre) semble dater des dernières années de la vie de Kafka.

Au contraire des autres fragments, qui s'arrêtent au

milieu de la page, celui-ci s'arrête à la fin en pleine phrase ; il est donc certain que l'auteur a continué sa rédaction. Pourtant, malgré tous mes efforts, je n'ai pu en trouver la suite jusqu'ici dans les papiers qui me sont restés.

L'idée se rattache nettement à celle des trois grands romans qui constituent une trilogie de la solitude. La nouvelle rappelle par ailleurs l'art magistral qu'a déployé Kafka dans les histoires d'animaux, elle relèverait par là de la série : Métamorphose, Arabes et Chacals, Rapports pour une académie *et* Joséphine la cantatrice.

La solitude a pour dernière conséquence un système de protection que Kafka expose ici avec la puissance inquiétante de l'expérience personnelle et un réalisme total au sein du fantastique ; c'est dire qu'il y emploie son style le plus strictement singulier. La peur de vivre d'un sans-défense, la nostalgie d'un repos parfait... ; mais remarquez le passage émouvant où l'auteur, qui évite d'ordinaire toute explication abstraite, qui ne semble vivre qu'au sein des images et des faits les plus concrets, soulève légèrement le voile du symbole et indique que le « Terrier » signifie plus pour lui que la sécurité, qu'il symbolise aussi la patrie, une assiette morale, une base d'existence conquise au prix d'un honnête labeur... Tout ce que « l'arpenteur » du Château *cherchait précisément en vain.*

Max Brod.

NOTICES

DESCRIPTION D'UN COMBAT

est la seule œuvre posthume complète de Kafka. C'est une des plus anciennes et la première qu'il ait lue à M. Brod. Elle daterait des années 1902-1903 ou 1907. Sous une forme toute jean-paulienne, on y reconnaît déjà les grands thèmes de Franz Kafka et, du même coup, les questions de nos temps manichéens sur l'incarnation et la réalité : l'homme moderne en tant qu'esprit pur et créature-en-l'air à la recherche d'un corps !

Kafka en avait publié lui-même quelques fragments[1] :

** *Conversation avec le Dévot* — cf. *supra*, pp. 36-52

*** *Conversation avec l'Ivrogne* — cf. *supra*, pp. 52-60

dans le nº VIII de la revue *Hyperion* en 1909.

* *L'Excursion en montagne* — cf. *supra*, p. 26.

***** *Robes* — cf. *supra*, p. 59.

**** *Les Arbres* — cf. *supra*, p. 63.

LA MURAILLE DE CHINE

date des années 1918-1919. Le traducteur a rassemblé ici, épars dans trois des tomes des Œuvres Complètes, toutes les esquisses se rapportant à *la Muraille* et dont Kafka détruisit

1. Les deux fragments *Conversation avec un Dévot* et *Conversation avec l'Ivrogne* sont publiés également dans le volume Franz Kafka *La Métamorphose* (Folio nº 2017), traduction de Claude David.

lui-même une grande partie. Deux fragments en furent publiés par Kafka dans *Un Médecin de campagne* (Leipzig, 1919, Verlag Kurt Wolff) :

Un Vieux Parchemin
Un Message Impérial[1]

La référence expresse à un passage de l'Écriture confère à ce long fragment une valeur particulière. Kafka paraît prendre ici position contre le néo-positivisme (*neue Sachlichkeit*) de l'époque. L'Être n'est pas réductible à l'intellect, dans le « combat » entre *Anima* et *Animus*, il ne peut être question qu'*Animus* exprime tout *Anima*, l'Infini ne peut être ramené au Fini ! Si donc la Muraille est fragmentaire, c'est parce que l'intellect ne peut cerner Dieu — et, partant, aucun des marxismes et utopies à la mode exprimer *tout* l'homme au nom d'un dieu baalique enfin conforme à notre expérience ! Dans son livre sur *Kafka ou l'irréductible espoir* (Julliard, 1947, in-12), Robert Rochefort fait les plus pertinentes remarques sur cette opposition de la Muraille de Chine et de la Tour de Babel.

* En tchèque, le mot-onomatopée *kavka* signifie le choucas ! *(N.d.T.)*

POSÉIDON

se trouve dans un cahier in-8° de l'année 1919, ainsi que les deux autres esquisses mythologiques : *Le Silence des Sirènes* et *Prométhée*.

RECHERCHES D'UN CHIEN

est avec *le Terrier* probablement l'un des derniers récits. Elles furent sans doute écrites à Berlin-Stéglitz en 1923-1924 et constituent l'un des fragments les plus saisissants de la *théolo-*

1. Ces deux fragments sont publiés également dans le volume Franz Kafka *Un artiste de la faim* (Folio n° 2191), traduction de Claude David.

gie négative de Franz Kafka († 1924). Dans l'époque nietzschéenne de la *Mort de Dieu*, l'homme n'est même plus le singe savant de Darwin ! *Oubliée* la Loi, *oublié* l'Ancien Ordre de Création où était centrée toute vie, répudiée la Révélation pour l'empirisme — il n'est plus qu'un chien, un chien voué, par l'effet même de l'Oubli, au cauchemar et à l'angoisse (puisque *seul Dieu soutient la Création au-dessus du néant* — avait appris Eckardt à Kafka) ! Qui saurait vivre ainsi — même pour la mode de l'Absurde ? Dans un monde aussi désolé, il apparaît une *petite fêlure* par où se révèle à notre chien une Absence Capitale...

Rochefort (*loc. cit.*) fait remarquer que c'est dans un cirque (dans *l'Amérique*, le Royaume de Dieu apparaît dans un théâtre) que se passe la rencontre avec les chiens musiciens, que c'est la voix (exprimant le Logos) qui le jette à genoux et qu'à la fin du récit, c'est le son du cor, *i.e.* encore la voix humaine, qui le chasse de la forêt.

* *Mithund.* Mot à mot : co-chien.

** *Lufthund* : mot à peu près intraduisible, forgé par Kafka sur le modèle de Luftpost (Poste Aérienne) ou Luftgebilde (fantasme, mot à mot : assemblage d'air).
Sans doute les chiens que les dames portent dans leur manchon ou sous le bras et qui, si l'on fait abstraction de leurs « porteurs » semblent flotter dans l'air. Kafka semble viser ici les intellectuels « purs », les clercs déracinés et détachés de tout lien terrestre, les prophètes de « l'éternité ! » *(N.d.T.)*

*** Le Chien n'a même pas idée du ciel, Kafka écrit donc seulement : *oben*, in die Höhe, mot à mot : en haut, dans les hauteurs *(N.d.T.)*

**** Je crois bon de rétablir ici un passage que Kafka avait barré dans le manuscrit comme interrompant sans raison la suite du récit. Sans doute tout le drame (de la pédagogie) se trouve là. *(N.d.T.)*

« *Mon attention ne s'était d'abord portée que sur les spectateurs. Leur conduite a changé au cours des temps. Lorsque j'étais enfant, on ne prêtait aucune attention à mes agissements. Un enfant qui fait des sottises, ça n'a pas la moindre importance ! On passe avec un regard désapprobateur et l'on souhaite qu'il s'amende avec l'âge. Mais au fond je n'étais déjà plus un enfant, et ce qui semblait une sottise, je ne le faisais, enfant précoce, qu'avec une intention bien arrêtée — sans que d'ailleurs mes efforts calculés eussent plus d'effet que les jeux gratuits des enfants ! Il fallait bien que quelque grande personne eût le caractère particulièrement violent pour courir sur moi tête baissée, comme il arriva parfois, me rouler sur le dos et me mordre finalement la cuisse jusqu'au sang, sous prétexte d'éducation ! Et c'est elle qui avait raison, si l'on peut ici parler de raison ! Lorsque je fus plus âgé et qu'on me malmenait, je faisais un signe de tête approbateur comme en connaissance de cause. Non qu'à la vérité je visse dans cette brutalité un moyen d'éducation : j'y voyais ce qu'elle était, la défense de quelqu'un de dangereusement attaqué, tellement sensible et désarmé au fond qu'il avait peur même des enfants. Étant au surplus vraisemblable que toute éducation tient dans ces deux principes : d'abord repousser le fougueux assaut à la Vérité des enfants ignorants, et ensuite initier les enfants humiliés au mensonge de façon insensible et progressive... Tout cela ne pouvait qu'empirer, lorsque je fus parvenu à l'âge adulte sans avoir voulu céder !* »

(Les indications bio-bibliographiques sont fournies d'après les postfaces de M. Brod.)

J.C.

COLLECTION FOLIO

Dernières parutions

2565.	Gonzalo Torrente Ballester	*Le roi ébahi.*
2566.	Ray Bradbury	*Le fantôme d'Hollywood.*
2567.	Thierry Jonquet	*La Bête et la Belle.*
2568.	Marguerite Duras	*La pluie d'été.*
2569.	Roger Grenier	*Il te faudra quitter Florence.*
2570.	Yukio Mishima	*Les amours interdites.*
2571.	J.-B. Pontalis	*L'amour des commencements.*
2572.	Pascal Quignard	*La frontière.*
2573.	Antoine de Saint-Exupéry	*Écrits de guerre (1939-1944).*
2574.	Avraham B. Yehoshua	*L'amant.*
2575.	Denis Diderot	*Paradoxe sur le comédien.*
2576.	Anonyme	*La Châtelaine de Vergy.*
2577.	Honoré de Balzac	*Le Chef-d'œuvre inconnu.*
2578.	José Cabanis	*Saint-Simon l'admirable.*
2579.	Michel Déon	*Le prix de l'amour.*
2580.	Lawrence Durrell	*Le sourire du Tao.*
2581.	André Gide	*Amyntas.*
2582.	Hervé Guibert	*Mes parents.*
2583.	Nat Hentoff	*Le diable et son jazz.*
2584.	Pierre Mac Orlan	*Quartier Réservé.*
2585.	Pierre Magnan	*La naine.*
2586.	Naguib Mahfouz	*Chimères.*
2587.	Vladimir Nabokov	*Ada ou l'Ardeur.*
2588.	Daniel Boulanger	*Un été à la diable.*
2589.	Louis Calaferte	*La mécanique des femmes.*
2590.	Sylvie Germain	*La Pleurante des rues de Prague.*
2591.	Julian Gloag	*N'éveillez pas le chat qui dort.*
2592.	J.M.G. Le Clézio	*Étoile errante.*
2593.	Louis Malle	*Au revoir, les enfants.*

2595. Jean-Bernard Pouy — *L'homme à l'oreille croquée.*
2596. Reiser — *Jeanine.*
2597. Jean Rhys — *Il ne faut pas tirer les oiseaux au repos.*
2598. Isaac Bashevis Singer — *Gimpel le naïf.*
2599. Andersen — *Contes.*
2600. Jacques Almira — *Le Bar de la Mer.*
2602. Dominique Bona — *Malika.*
2603. John Dunning — *Les mécanos de la mort.*
2604. Oriana Fallaci — *Inchallah.*
2605. Sue Hubbell — *Une année à la campagne.*
2606. Sébastien Japrisot — *Le passager de la pluie.*
2607. Jack Kerouac — *Docteur Sax.*
2608. Ruth Rendell/Helen Simpson — *Heures fatales.*
2609. Tristan L'Hermite — *Le Page disgracié.*
2610. Alexandre Dumas — *Les Trois Mousquetaires.*
2611. John Updike — *La concubine de saint Augustin* et autres nouvelles.
2612. John Updike — *Bech est de retour.*
2613. John Updike — *Un mois de dimanches.*
2614. Emmanuèle Bernheim — *Le cran d'arrêt.*
2615. Tonino Benacquista — *La commedia des ratés.*
2616. Tonino Benacquista — *Trois carrés rouges sur fond noir.*
2617. Rachid Boudjedra — *FIS de la haine.*
2618. Jean d'Ormesson — *La gloire de l'Empire.*
2619. Léon Tolstoï — *Résurrection.*
2620. Ingmar Bergman — *Cris et chuchotements* suivi de Persona et de *Le lien.*
2621. Ingmar Bergman — *Les meilleures intentions.*
2622. Nina Bouraoui — *Poing mort.*
2623. Marguerite Duras — *La Vie matérielle.*
2624. René Frégni — *Les nuits d'Alice.*
2625. Pierre Gamarra — *Le maître d'école.*
2626. Joseph Hansen — *Les ravages de la nuit.*
2627. Félicien Marceau — *Les belles natures.*
2628. Patrick Modiano — *Un cirque passe.*
2629. Raymond Queneau — *Le vol d'Icare.*
2630. Voltaire — *Dictionnaire philosophique.*
2631. William Makepeace Thackeray — *La Foire aux Vanités.*

2632. Julian Barnes — *Love, etc.*
2633. Lisa Bresner — *Le sculpteur de femmes.*
2634. Patrick Chamoiseau — *Texaco.*
2635. Didier Daeninckx — *Play-back.*
2636. René Fallet — *L'amour baroque.*
2637. Paula Jacques — *Deborah et les anges dissipés.*
2638. Charles Juliet — *L'inattendu.*
2639. Michel Mohrt — *On liquide et on s'en va.*
2640. Marie Nimier — *L'hypnotisme à la portée de tous.*
2641. Henri Pourrat — *Bons, pauvres et mauvais diables.*
2642. Jacques Syreigeol — *Miracle en Vendée.*
2643. Virginia Woolf — *Mrs Dalloway.*
2645. Jerome Charyn — *Elseneur.*
2646. Sylvie Doizelet — *Chercher sa demeure.*
2647. Hervé Guibert — *L'homme au chapeau rouge.*
2648. Knut Hamsun — *Benoni.*
2649. Knut Hamsun — *La dernière joie.*
2650. Hermann Hesse — *Gertrude.*
2651. William Hjortsberg — *Le sabbat dans Central Park.*
2652. Alexandre Jardin — *Le Petit Sauvage.*
2653. Philip Roth — *Patrimoine.*
2655. Fédor Dostoïevski — *Les Frères Karamazov.*
2656. Fédor Dostoïevski — *L'Idiot.*
2657. Lewis Carroll — *Alice au pays des merveilles. De l'autre côté du miroir.*
2658. Marcel Proust — *Le Côté de Guermantes.*
2659. Honoré de Balzac — *Le Colonel Chabert.*
2660. Léon Tolstoï — *Anna Karénine.*

[illegible]